中國歷代書目題跋叢書

瞿啓甲 輯

鐵琴銅劍樓藏書題跋集錄

上海古籍出版社

圖書在版編目(CIP)數據

鐵琴銅劍樓藏書題跋集録 / 瞿啓甲輯. —上海：上海古籍出版社，2019.1
(中國歷代書目題跋叢書)
ISBN 978-7-5325-9100-8

Ⅰ.①鐵… Ⅱ.①瞿… Ⅲ.①題跋—作品集—中國—當代 Ⅳ.①I267

中國版本圖書館 CIP 數據核字(2019)第 020807 號

中國歷代書目題跋叢書
鐵琴銅劍樓藏書題跋集録
瞿啓甲　輯
上海古籍出版社出版發行
(上海瑞金二路 272 號　郵政編碼 200020)
(1) 網址：www.guji.com.cn
(2) E-mail：guji1@guji.com.cn
(3) 易文網網址：www.ewen.co
蘇州越洋印刷有限公司印刷
開本 850×1168　1/32　印張 11.25　插頁 5　字數 238,000
2019 年 1 月第 1 版　2019 年 1 月第 1 次印刷
ISBN 978-7-5325-9100-8
G·702　　定價：58.00 元
如有質量問題，請與承印公司聯繫

《中國歷代書目題跋叢書》出版説明

漢代劉向、劉歆父子編撰《别録》《七略》，目録之學自此濫觴，在傳統學術中發揮了重要作用。歷代典籍浩繁龐雜，官私藏書目録依類編次，繩貫珠聯，所謂「類例既分，學術自明」（《通志・校讎略》），學者自可「即類求書，因書究學」（《校讎通義・互著》），實爲讀書治學之門户。而我國典籍屢經流散之厄，許多圖書真容難睹，甚至天壤不存，書目題跋所録書名、撰者、卷數、版本、内容即爲訪書求古的重要綫索。至於藏書家於題跋中校訂版本異同、考述版本淵源、判定版本優劣、追述藏弆流傳，更是不乏真知灼見，足以津逮後學。

我社素重書目題跋著作的出版，早在二十世紀五十年代，我社就排印出版了歷代書目題跋著作二十二種，後彙編爲《中國歷代書目題跋叢書》第一輯。此後，我社又與學界通力合作，精選歷代有代表性和影響較大的書目題跋著作，約請專家學者點校整理。至二〇一五年，先後推出《中國歷代書目題跋叢書》第二至四輯，共收書目題跋著作四十六種，加上第一輯的二十二種，計六十八種，極大地普及了版本目録之學。面對廣大讀者的需求，我社將該叢書陸續重版，並訂正所發現的錯誤，以饗讀者。

上海古籍出版社

二〇一八年八月

自序

私家藏書之有簿籍可考者多矣，宋之尤氏遂初堂，晁氏郡齋，明之范氏天一閣，黄氏千頃堂，清之毛氏汲古閣，錢氏絳雲樓其尤者也。余家藏書，肇自先曾大父蔭棠公，時當遜清中葉，海内承平，郡中黄氏士禮居、汪氏藝芸精舍，邑中張氏愛日精廬、陳氏稽瑞樓先後凌替，遂承其敝。先大父子雍公更事搜羅，續有增益，先後得十餘萬卷，釐訂部居，成書目稿二十四卷，以授先嗣父鏡之公、先君濬之公而壽之梓。經部甫蕆，適逢咸豐庚申之季，先嗣、先君抱書出亡，散失宋元本卷以千計，如宋刊前、後漢書、晉書、通典、麗澤論説集録、鄧析子、竇氏聯珠集等，而明刊本及鈔本、校本數更倍蓰，尚不與也。至若當時未入書目之明清人著述，則又不可勝數矣。整理之餘，得十之七，因繪虹月歸來圖誌幸，遍請名家題詠，士林傳爲嘉話云。甲仰承先志，未敢或懈，重以藏書目録稿付諸剞劂，收曩年已失之書，以還合浦之珠；鈔舊日原闕之卷，而成完趙之璧。更拔世之罕見孤行者，或影印零種而單行，或附庸叢刊而傳世；更別取各種宋元本擇一二葉影印成編，顔曰書影，聊資研究版本之一助，藉欲使其與書目能互相闡揚也。然兩編對於諸家題跋，每略而不詳，遂啓彙録諸家題跋之志，因命兒曹按書鈔録，都凡三百八十餘種，題曰題跋集録，俾得與書目、書影相互加詳焉，而爲之序。常熟瞿良士啓甲。

鐵琴銅劍樓藏書題跋集録目次

卷二史部

卷三子部

卷四集部

鐵琴銅劍樓藏書題跋集録卷一

經部

周易十卷 宋刊本

天啓七年丁卯歲三月六日，董其昌觀于頑仙廬。

萬曆庚辰三月二日，文嘉閲。

崇禎壬申午日，黄子羽攜過清瑶嶼，與張異度同觀，去先叔祖文水翁題識時已五十二年矣。震孟。

崇禎甲戌陽月，過趺影齋焚香觀，陸孟鳧、曹孟林、葛君常在坐。文從簡。

此真北宋佳本，人世存者尠矣，宜董、文諸公欽愛而珍異之。吾家世有舊刻，久多散佚，此書得之玉峯徐氏，吉光片羽，爲味經窩藏書第一，子子孫孫其善守之。乾隆二十九年歲在甲申，味經秦蕙田識。

周易注疏十三卷 宋刊本

五經正義：周易、尚書、毛詩、禮記、春秋左氏傳也，皆孔穎達與諸儒撰定者，其文辭義兼優，與他經殊勝，號爲「義疏」，凡一百七十卷，詔改爲「正義」。「正義」皆敷演本注，令其曉暢通達，或有譏其絶無異同者：非孔公本旨也。異同之説，始於唐中葉，而廬陵歐陽氏較多改駁。至南渡後，而先儒傳疏盡爲削除，而宋注始大行矣。

此古注疏原本也，蒙古刊本割截，可恨。明興，諸監本皆因之，而始失其舊。予所習周易一書，已與俗本縣絶，他可知矣。古書爲劣儒庸奴竄改，每思扼腕，而於六經，尤爲可深惜云。

常熟錢求赤所藏鈔本周易注疏十三卷，後附略例一卷、音義一卷，前有五經正義表四葉，每葉十八行，行十七字。表後半葉，有朱筆題識，凡三條，其第三條書於上方。全書俱用朱筆句讀點勘，每卷首有「彭城」、「天啓甲子」、「匪庵」、「求赤氏」、「錢孫保印」，凡五印。卷尾有「錢孫保一名容保」一印。按孫保，字求赤，爲人方嚴抗特，勤讀書，有父風。父謙貞，字履之。少孤，嗜學，闢懷古堂以奉母。工詩，能度曲，尤善書法。詳見常熟縣志、蘇州府志及馮班譔傳。嘉慶十五年秋日陳鱣記。

此古注疏本也，經下列注，注後疏自釋經，疏釋經後，疏復釋注，其文通達曉暢，井條不紊，非仲達不能爲也。不知何年腐儒割裂疏文，逐句逐行列於經注之下，同一節之侏儒，類既截之鶴頸，可爲深嘆。予所獲單疏本一，注疏合刻一，又單注本二，皆宋刻最精好完善者，真天下之至寶也。家貧，古書盡鬻於人，惟留此鈔本，惜之不啻如寶玉大弓，後有識者，當知吾言之不誣。庚戌十二月甲午日記。

錢求赤此記，亦用朱筆，在第十三卷後。庚戌爲康熙九年，求赤生於明天啓四年甲子，則其時年四十七矣。是書記但稱爲鈔本，而後有亭林跋，則稱爲影宋鈔。今以鱣所得宋刻本較之，凡宋本避諱字，是本惟避玄鏡字，而不避苟弘恒貞等字。宋本注小字雙行，是本注作中等字單行。宋本經文大字與注疏小字俱頂格相連，每節不提行。是本每節次行俱低一格，次節提行。又以山井鼎七經孟子考文所引宋本較之，如乾卦初九疏「他皆放此」，是本作「倣此」；「所以重錢」，是本作「重體」；「故交其錢」，是本作「其體」；下方朱筆校云，二「體」字宋作「錢」。九二疏「且大人之文」，是本作「之云」；「是上下兩體」，是本無「是」字；「二爲大夫」，是本作「大人」；「故但自明當爻之理」，是本作「之地」。九三疏「居上體之下者」，是本作「下」；「有常若厲也」，是本作「當」；「若王以九三與上九相並」，是本作「正以」。九四疏「猶豫持疑」，是本作「遲疑」。九五注「非飛如何」，是本作「而何」。上九疏「亢陽之至天而極盛」，是本作「大」；「而純陽進極」，是本作「雖極」。象傳疏「此明乘駕六龍」，是本作「此名」；「或難具解」，是本作「其解」。文言傳疏「亦於爻下言之」，是本作「有之」；「潛隱避世，心守道」，是本作「隱潛避世，心志守道」；「而柱礎潤」，是本作「而礎柱潤」；「若磁石引針」，是本作「若磁」；「感應之事廣」，是本作「感應之事應」；「故云天下治」，是本「治」下有「也」字；「初末雖無正位」，是本作「初上」；「下文即云」，是本作「下又」；「故心惑之也」，是本作「心或」。斯類甚多，且既係影宋鈔本，而求赤校語，又何以云宋本某皆屬可疑，然注疏次序，與宋本悉合。其書法工整，非影宋鈔者不能。且五經正義表，巋然冠首，正賴此以存，誠所謂天下至寶也。今藏吳中周氏香嚴堂，餘姚盧弓父學士羣書拾補曾據以是正。鱣所得宋刻本，亦最爲精美，惜闕首卷，更無他本可補，借此繕録，得成完書，幸莫甚焉。鱣向有尚書注疏廿行本二十卷，亦求赤舊藏，始末皆以朱筆手勘，其前後所用印記，正與此同，可稱並美，因并及之。陳鱣載記。

五經不易言，尤難言者周易，漢唐諸儒，去聖未遠，故其注釋，猶得聖賢微義，至於宋儒議論紛紜，而穿鑿者多矣。余自髫齡習易，迄今皓首，終身詳讀玩味，能稍窺門閥，信乎易理難窮也。百家解詁，靡有不覽，其中能闡發奥旨者，莫善於仲達，是書但惜無佳本，爲可憾耳。甲辰春，偶憩玉峯傳是樓中，檢得匪菴錢子影宋鈔本，見楮墨精美，如獲拱璧，因攜以歸，反覆較勘，得正南北監本之誤，已詳載於日知録中。按宋史藝文志及家藏書目，皆載十三卷，今之刊本改爲九卷。覩此，猶得見古人真面目矣，聊識數語以歸之。甲辰秋仲八日，亭林老人記。

亭林先生此識，似非其手筆，文集中亦不載入，即日知録中，未曾勘正及此。既避諱，書「校」作「較」，而不避「檢」之作「簡」。所云偶憩傳是樓中檢得，而並無徐氏收藏印記。甲辰爲康熙三年，考亭林生於明萬曆四十一年癸酉，計是時年五十二，按癸酉至甲辰，實際衹三十二。不合云「迄今皓首」，且未必遽自稱曰「老人」。又按日知録有剩孔氏正義，而此云「闡發奥旨，莫如仲達」。種種疑竇，因鈔本所有，姑附存焉。鱣記。

孔穎達等周易正義序云十有四卷，新唐書藝文志及郡齋讀書志同，惟直齋書録解題作十三卷，引館閣書目亦云今本止十三卷。按序所云十有四卷者，蓋兼略例一卷而言，若正義原本止十三卷，舊唐書經籍志誤作十六卷，後皆作十卷，又爲妄人所并也。原本單疏，並無經注，正經注語，惟標起止，而疏列其下。注疏合刻，起於南北宋之間。至於釋文，舊皆不列，本書附刻釋文，又在南宋之末，即九經三傳沿革例所謂建本有音釋注疏是也。修版至明正德間止，亦謂之正德本。以其每半葉十行，又謂之十行本。近世通行者曰閩本、曰監本、曰毛本，每半葉皆九行。鱣向所藏十行本，已爲罕有。今年秋，從吴賈得宋刻大字本十三卷，每半葉八行，行十九字，皆頂格，經下夾行注，有注云二字，注下作大字陰文，疏字仍夾行，先整釋經文，然後釋注，再接大字經文，與日本山井鼎七經孟子考文所據宋本，一一符合。書中避敬恒貞桓等字，而不避慎字，間有避慎字者，審係修版，疑即沿革例所謂紹興初監本，其刷印則在乾道、淳熙間也。楮墨精良，古香可愛。每葉楮背有「習説書院」長印，是宋印之徵。每卷首有「孫修景芳」印，似係明人。其經文如今本坤象傳「應地無疆」，此作「无彊」。大有象傳「明辨晳也」，此作「辯晳」。解象傳「而百果草木皆甲拆」，此作「甲坼」。繫辭傳「力小而任重」，此作「力少」；「辨是與非」，此作「辯是」。序卦傳「傷於外者，必反其家」，此作「於家」，俱與唐石經合。顧亭林石經攷以「力少」爲誤，錢辛楣辨之甚當。攷景祐本漢書王莽傳，「自知德薄位尊，力少任大」；後漢書朱馮虞鄭周傳贊注引易亦作「力少」；三國志王修傳注引魏略，「力少任重」，今得宋本作「力少」，尤可證俗間傳刻之失。其注疏中可以勘今本之脱誤者，更復不少，即如咸象傳疏一段，凡一百一字，今本全脱。宋本之足寶貴如此，惜闕其首卷，復從吳中周猗唐明經借影宋鈔十三卷本，前有五經正義表，係錢求赤手校，覓善書者補全，自謂生平幸事，錢校本題識，并録諸卷首焉。嘉慶十五年秋九月海寧陳鱣跋。

周易本義通釋十二卷 舊鈔本

胡雲峯周易通釋，世未有刻本，每欲讀之而不可得。庚寅春至都門謁安溪師，見案頭有此書，閱之不忍去手。師因言：「宋元來解易者，惟雲峯最爲精密，子愛之，當以相贈。」喜極攜歸識此。後生何焯。

周易經義三卷 元刊本

按朱竹垞經義考，載涂溍生易主意一卷，已佚，而無此書。又引楊士奇之言，謂易主意專爲科舉設，近年獨廬陵謝之方有之，以教學者，於是吾郡學易者，皆有資於此。不知即此書耶，抑别有其書也。溍生，字自昭，宜黄人，江西通志稱其邃於易，三上春官不第，爲贛州濂溪書院山長，著有四書斷疑、易義矜式行世。己亥十月望日，得此册於鬻古書者，嘗質諸朱文游丈，亦未之見也。延陵吴翌鳳伊仲記。

禹貢山川地理圖二卷 鈔本

通志堂刻，僅存敍説，今用以校正誤字數處，紅筆所書者皆是。然通志堂本頗多譌脱，實遜此本，蓋大典所載猶出淳熙舊刻也。咸豐己未仲春，文村老民記。

書蔡氏傳輯録纂註六卷 元刊本

延祐己未八月點校訖。卷四後。

王元亮點校訖。卷六後。

叢桂毛詩集解三十一卷 舊鈔本

叢桂毛詩集解，「宋廬陵段昌武子武輯」。首載學詩總説，分作詩之理、寓詩之樂、讀詩之法；次載論詩總説，分詩之世、詩之次、詩之序、詩之體、詩之派；餘三十卷，分十五國風、小雅、大雅、周頌、魯頌、商頌。引先儒之説，依詩之章次解之，而間附以己意，大抵如東萊讀詩記例，而較明暢。前後無敍跋，但有其從子維清請給據狀。段氏有叢桂堂，故取以名。焦弱侯經籍志、朱西亭授經圖，皆載此書，而焦氏以「段昌武」爲「文昌」，朱氏又倒其名爲「段武昌」，俱似未見此書者。余所見北平孫氏鈔本，孫侍郎耳伯知祥符縣事所鈔。聞西亭晚得宋刻，今没於洪流矣」。陸氏元輔説載朱氏經義考。乾隆四年商邱宋筠録於西陂之萬緑叢。時七月廿二日雨中書。

詩經疑問七卷附編一卷 元刊本

嘉靖乙亥大溪書屋置。目録後。

周禮句解十二卷 宋刊本

姑蘇吴岫家藏。卷末

周禮補亡六卷 元刊本

周禮卌卷，周公所定，相傳既久，諸儒之是非紛起。丘葵以幾千年後之心智，揣度幾千年前大聖人之制作，可謂勞矣。然其中亦自有得，不容盡棄，故收置之。讀周禮，亦可參考也。南陽轂識。

儀禮要義五十卷 影鈔宋本

丙子六月再讀。廣圻記。卷五後。

丙寅二月重勘，起此卷，時在江寧郡齋。廿六日記。卷十九後。

江寧寓館燈下校。澗薲記。卷二十四後。

單疏通爲一卷。卷二十六上後。

右三卷，賴以正今本注疏之誤者特多。以下三卷，差少於此，益惜單疏本之不完也。江寧寓中燈下讀并記。澗蘋居士。卷三十四後。

自卅二卷以下，單疏缺六卷，使無要義，并崖略亦不得知矣，此書之可寶在是也，澗蘋漫記。卅日覆校。卷三十七後。

五月十一日江寧寓館續校，起此卷。時新合刻注疏，始成鄉射、大射二篇。卷三十八後。

顧澗薲校。嘉慶丙寅六月，時在江寧。卷四十四後。

宋本止，無下半葉。

右借歸安嚴九能手鈔本寫，宋槧即嚴所藏，壬戌六月，曾携至西湖相示，余爲作兩跋也，文煩不具録。

甲子五月，顧廣圻記。

丙寅六月廿五日用單本疏互勘一過，時在江寧寓館，澗薲居士。以上卷五十後。

禮記十六卷 宋刊殘本

至正癸卯五月望日，淮南生重整於姑蘇城東之書館。下有徐棨叔度印。

禮記釋文四卷 宋刊本

南宋槧本禮記鄭氏注六册，明嘉靖時上海顧從德汝修所藏，後百餘年，入崑山徐健菴司寇傳是樓，兩家皆有圖記。乾隆年間，余從兄抱沖收得之，其於宋屬何刻，未有明文也。有借校者，臆斷爲毛誼父所謂舊監本，而同時相傳，皆沿彼稱矣。抱沖續又收得單行釋文兩種，一禮記，一左傳，亦皆南宋槧本。禮記釋文即此也，與禮記版式行字，以至工匠記數，罔不相同，而名銜年月在焉，余於是始定禮記之即淳熙四年撫州公使庫刻也。其禮記以嘉慶丙寅歲，陽城張太守古餘先生見屬刊行。是時抱沖已没，遺孤尚幼，釋文一時檢之弗獲，聊用通志堂所翻單本附於後，使讀者足以悟其爲撫本而已。倏忽以來，又一星終，每念及此既一刻，余實知之，獨未能合併而傳其真，豈非尚留遺憾乎？爰促姪望山尋出，及今病中，自力細勘一過，是正翻本之誤不少，將一一改回，以復其舊，但太守久移江右，余復留滯鄉里，未知何日方了此願耳。元書裝四册，無前人圖記，不詳出自何家，由此而推，通志堂當别有一印本云。庚辰孟秋處暑後五日，元和顧廣圻千里甫記於楓江僦舍。

夏小正戴氏傳四卷 校宋本

右硃校字依玉磬山房影宋鈔本校也。下有有堂吴志忠記印。

纂圖互註文公家禮十卷 宋刊本

此序原刻乃朱子手筆，後來翻刻模倣，漸失其真，乃與文集不同七處。今以文義推之，「常體」「體」字集作「禮」，「舉其契」「契」字集作「要」，「體」「契」二字，疑是翻刻之訛。至「用於貧窶」，集本訛「用」作「困」，「務本」之「務」，集訛作「敦」，「崇化」之「崇」，集亦誤作「敦」，又「不可以一日」「不」字上，集少「亦」字，「究觀古今」上，集少「究」字，皆當以此本爲正。

春秋經傳集解三十卷 宋刊本

此宋刻春秋經傳集解三十卷，前有春秋名號歸一圖二卷，即石經提要所引南宋巾箱本，阮氏校勘記所載淳熙小字本也。校勘記歷敘是書舊本，北宋刻有二，而皆殘卷，其完善無闕者，首列是書，其爲世珍，足可知已。書中莊六「後君噬齊」作「噬臍」，僖廿三「懷與安」作「懷其安」，宣十二「楚軍討鄭」「軍」作「君」，「屈蕩尸之」「尸」作「户」，襄廿八「武王有亂臣十人」，無「臣」字，昭八「臣必致死以息楚」，「楚」下有「國」字，定八「晉師將盟衛侯於鄟澤」，「鄟」作「剸」，皆足正明監本及坊本之失，間有俗體訛字，無傷大指，阮氏定爲宋刻中善本，有以也。子雍明經於去冬以厚價購得是本，出以示余，從此書庫中縹緗益生色矣。宋槧經籍，傳世日少，余耄矣，猶幸獲拭目展審一過，洵於翰墨緣中不淺也，讀竟，爲識數語於後。道光庚子秋九月下澣，七十九叟黄廷鑑書。

春秋公羊經傳解詁十二卷 宋刊本

九經三傳沿革例載有建余氏本，余所見殘本穀梁，在周香嚴家，即萬卷堂余仁仲校刻者也。此外有周禮，亦闕秋官，藏顧抱沖所。今秋得此春秋公羊經傳解詁十二卷，完善無闕，實爲至寶，得之價白金一百二十兩，不特書估居奇，亦余之愛書有以致此。初是書出鎮江蔣春農家，書估以賤值購之，攜至吾郡，疊爲有識者稱贊，故索價竟至不減。余務在必得，惜書而不惜錢物，書魔故智有如是者。春秋五傳，鄒、夾已亡，左、穀二家，僅存晉人之注，惟公羊注猶漢人，安得不以至寶視之？儻有餘力，當付諸剞劂，以廣其傳焉。嘉慶戊辰秋七月黄丕烈識。

春秋穀梁疏七卷 鈔殘本

穀梁單疏，舊本卷首有無名氏題記云：「李中麓鈔本，自文公起至哀公止。何北山雖據以改正汲古閣本，尚有遺漏，但脱誤亦多，正須善擇云云。」原本有朱筆校改處，未知即中麓手蹟否。咸豐丁巳夏，恬裕齋主人從邑中張氏假得，傳録一本，囑余對校一過，中用朱筆者，仍依舊校；新鈔有誤者，以墨筆改之。凡鈔白書恒多魚豕之謬，傳録一次，則誤一次，非精心校勘，必至滿紙迷謬，不可句讀。此種書尤不可誤，誤則必不能臆校。余於酷暑中揮汗校之，悉心參覈，一字不肯放過，庶幾無遺憾矣。至其書之勝於注疏本，允足寶貴者，別詳恬裕齋藏書記中，不復贅述。立秋後四日，松雲居士書於鐵琴銅劍樓下。

春秋經解十五卷 舊鈔本

乾隆乙卯夏日王履端校過。卷末。

京本詳增補註東萊先生左氏博議二十五卷 明刊本

此明安正堂刻本，有百六十八首，爲博議全本，惟誤奪甚多。湖估金順甫携有郡中汪氏所藏錢楚殷校本，假留十日，校勘一過。錢本有題云：「借遵王堂兄藏宋本校數字。」其圈點用青筆，頗有手眼，亦依之度出；中有直筆，大約出宋人也。咸豐丁巳歲冬十一月二十二日校畢識。菘耘居士書於鐵琴銅劍樓下。卷首。

咸豐丁巳仲冬下旬校畢。菘耘居士。首末。

孝經一卷 影鈔宋本

此本係相臺本影鈔，按之悉合，惟虞翻不作「䜋」，乃是鈔者筆誤，宜改正。錫疇校後記。

按校勘記云："「岳本作『翻』，與今三國志同。」是岳本不作「飜」，此鈔未嘗誤也，菘翁似誤會，記此以俟正。振聲書。

又攷感應章，校勘記謂岳本作「應感」，此本作「感應」，疑鈔誤。

經典釋文一卷 宋刊殘本

宋版經典釋文第二十卷。春秋左氏傳音義之六。

書宋版左氏音義第六卷後。

右毛子晉所藏宋雕釋文左氏一卷，借自明經顧安道家，雖斷圭殘璧，然益足寶貴。近通志堂徐氏版出於葉林宗借絳雲樓藏本影寫。余新見葉本，知徐本之妄改者甚多，猶覺葉本亦有誤，恨不及見絳雲樓真面目，而此卷當即與錢本同。今取以勘葉本，既皆印合，并多原版不誤而影寫誤者。又定十四年「檇李」「檇」字作「椎」下「凹」，此漢魏以來俗體，故陸云「依説文從木」，言當作「檇」爲正也。而葉、徐本俱大書「檇」字，則陸語爲贅矣。哀八年水玆音玄，本亦作滋，子絲反，因正作玆，或作滋，故陸氏隨字爲音。説文玄部云："玆，黑也，從二玄。"春秋傳曰："何故使吾水玆。"德明定從之本，與許君正同。今注疏本作水滋，與或本又合，因宋版滋字水旁模糊，葉鈔遂作玆字，徐氏覺其難通也，反改正文，水玆作水滋，非特失漢唐舊書之真，且乖陸氏之音矣，幸獲此本正之。每葉魚尾上有字數，大若干，小若干，卷末有總數，經若干字，注若干字，蓋亦六朝唐宋相傳校勘欵式，而此卷總數，葉鈔遺落，故徐本亦闕。至魚尾之數，葉皆未録，徐本則不分大小，合計若干，寖失其舊矣。惟魚尾下盡載全目，則非式也。以第一卷但題文一二字例之，則此卷當題文二十三字，而世人或以爲瑣悉不足較，或反以全載爲是，或病余之泥古，試質之明經，其與余見合否也？乾隆癸丑季秋，臧鏞堂跋。

九經三傳沿革例一卷 影鈔宋本

嘉慶庚辰歲，依是本付刊入經學叢書丁集中。吴志忠識。

九經疑難四卷 舊鈔殘本

宋張正夫九經疑難十卷，竹垞先生經義存亡考云：「未見，祇載其自序一篇。」按：正夫名文伯，經義考作伯文，恐誤。辛亥孟冬，不佞游武林，得是本於書坊，僅首四卷，乃山陰祁氏澹生堂鈔本。不佞近得魏鶴山所著儀禮要義宋槧本於武林汪氏，與此書皆竹垞未及見之書也，惜生不與同時，不得與竹垞共欣賞耳。即月二十二日黄昏，芳椒堂主人嚴元照書，時舟次萬安橋側。

此書竹垞所未見，故經義考無所辨論，止載正夫自序一篇。

四庫圖書經最先，刓殘經義更堪憐。錯嫌竹垞多遺漏，翰墨從來各有緣。二十三日武林放棹還，舟行逆風，出拱宸橋數里，已黄昏矣，口占斷句一首，書於九經疑難卷端，芳椒子書。以上卷首。世人不甚好經學書，矧殘闕者乎？余迂拙無似，獨有書癖，而於四庫書中，尤好經學書。日後所集稍富，當如徐氏所刻經解，試一刻之。辛亥仲冬，芳椒堂主人嚴元照呵凍書。

九經疑難一書，朱氏經義考云「未見」。欽定四庫全書簡明目録亦未及，蓋祕書也。而此編爲澹生堂鈔本，則尤可寶矣。澹生堂主人，明山陰祁承鄴也，有澹生堂藏書約及澹生堂書目。己酉九月，嘉定錢東垣子亦甫書於得自怡齋。以上卷末。

論語一卷 元刊本

吾里籤軸之富，首推文莊公家，自公殁後百十有餘年，而其圖書府扃鑰未疏，蓋先賢遺澤，人人不忍其拋散，非獨爲之子孫者當念也。今年春，稍聞其來裔且析卷而分矣。亡何，蔣傭持此帙來，見有鎮撫燕雲關防，知是公故家物，亟以五金購□□□木雁軒架内，他日吾家子孫儻不能守，幸轉屬之惜書如吾者，慎毋委諸俗子厚昵醬瓿也。甲午六月，吴人張棟記。

讀四書叢説八卷 元刊本

此元刻殘本東陽許謙讀四書叢説中大學一卷、中庸上下二卷、孟子上下二卷也。余於宋元經學，不甚喜購，然遇舊刻，亦間收焉，惟此則甚樂之，爲其中庸多一下卷故也。國朝四庫書目止收四卷，故嘉定錢竹汀撰補元史藝文志卷亦如此。今兹夏，余爲竹汀先生刊補志一書。竹汀因余於元代藝文頗多蒐羅，屬爲參校。適書友攜此書至，知多一卷，强索重直，余許以緡錢二千易之而未果，告諸竹汀，竹汀已采入志中，改作五卷矣。越月，有三書賈持書易錢而去，爰記此緣起以徵信於後。余檢菉竹堂書目載四書叢説四册，而卷數不詳；又璜川吴氏書目收藏較近，則云七卷，然係抄白，未之敢信，余惟就所見之五卷爲信可爾。倘異日一齋書目之二十卷盡出，不更快乎！庚申九月小晦日挑燈記。蕘圃黄丕烈。

聖宋皇祐新樂圖記三卷 影鈔宋本

按通鑑仁宗景祐三年二月，詔胡瑗、阮逸校定鍾律，蓋以李照樂穿鑿也。至皇祐三年閏十一月置詳定大樂局，其鍾弇而直，聲鬱不發。著作佐郎劉羲叟曰「此謂害金，帝將感心腹之疾」，已而果然。然則羲叟審音，出胡阮一等矣，何以當時不合羲叟同定樂哉！此書閣鈔本，姑録之，以俟倫曠耳。時萬曆三十九年十月十三日書於奉常公署。清常道人誌。

爾雅三卷 宋刊本

道光甲申春仲，從藝芸書舍借來，細勘一過，知其佳處，洵非以後諸刻所能及也。思適居士顧千里記。

異日當并單本邢疏再勘。三月朔又記。

博雅十卷 校宋本

余向收李明古家書，内有皇甫録本博雅，詫爲得未曾有，取余舊儲影宋鈔之本相勘，行欵悉同，信乎陳少章先生云「皇甫本最佳」，誠不誣也。李本闕首序最後一葉，當時冀後日之或遇斯刻，可以補全，今果遇之，豈不幸耶！書出坊間，收於郡故家，叠經朋好中往訪檢取，惟此獨遺，爲余收得，朋好聞之，亦謂檢書之法，萬不如余，併誌之以博一笑。戊寅處暑日重裝，越日晨起記。復翁。

説文解字韻譜五卷 元刊本

篆隸四聲韻，皆經余手自校補者，三四始完，而板刻模糊者，猶十一二，好書之難得也如此。儼山記於中和堂，壬辰秋。

説文韻譜五卷，南唐徐楚金鍇撰，漢隸分韻七卷，撰人名氏未傳，俱載入欽定四庫全書總目中。按漢隸分韻，依元熊子中忠韻會舉要部分，以一東、二冬、三江爲次，係元人所爲，而説文韻譜，則與漢隸分韻同一版刻，良足珍也。惜不數覯，近於書肆中得之，展玩數過，愛不忍釋。卷尾有前明陸文裕公深手書，知其同是元槧，字多漫漶，紙已剥蝕，得文裕手蹟補全。跋云「好書難得」，信哉！夫莫爲之前，雖美不彰，莫爲之後，雖盛不傳。是書上荷石渠之校理，又得名公之標識，俾二三百年來，好古之士，得窺全豹，是書亦云幸矣。得是書者，更可寶矣。爰爲重加裝褫，什襲而藏之。時道光五年，歲在乙酉，中秋後三日，海上陳錫端小連氏識。

汗簡七卷 舊鈔本

吴僧文瑩玉壺野史云：「李留臺建中，以書學名家，手寫郭忠恕汗簡集以進，皆科斗文字，太宗深悼惜之，詔付祕閣。」下有「癸巳人」印。

右汗簡上中下各二卷，末卷爲略例、目録，共七卷。李公建中序，爲郭宗正忠恕所撰，引用者七十一家，亦云博矣。崇禎十四年，借之山西張孟恭氏，久置案頭，未及抄録。今年乙酉，避兵入鄉，居於莫城西之洋蕩村，大海横流，人情鼎沸，此鄉尤幸無恙。屋小炎熱，無書可讀，架上偶攜此本，便發興書之，二十日而畢。家人笑謂予曰：「世亂如此，揮汗寫書，近聞有焚書之令，未知此一編者，助得秦坑幾許虐燄。」予亦自笑而已。猶憶予家有舊抄張燕公集，卷末識云「吴元年南濠老人伍德手録」，此時何時，嘯歌不廢，他年安知不留此洋蕩老人本耶？但此書向無刻本，張本亦非曉字學者所書，遺失譌謬，未可意革。李公序云：「『趙』字『舊』字下俱有『臣忠恕』字，今『趙』字下尚存，『舊』下則亡之矣，確然知其非全本也。」既無善本可資是正，而所引七十一家，予所有者，僅僅始一終亥本説文，古老子及碧落碑而已，又何從釘其譌謬哉？亦姑存其形似耳。又此書亦有不可余意處，如「沔」字、「汸」字、「泯」字、「涸」字，俱从「水」，今「沔」从「丏」，「汸」从「方」，「泯」从「氏」，「涸」从「鹵」，「腈」从「月」而入「脊部」，「郤」从「邑」而入「谷部」，「駛」从「馬」而入「史部」，「朽」从木而入「丂部」，諸此之類，不可枚舉，大氐因古文字少，未免援文就部，以足其數，其實非也。目録八紙，應在第七卷，今七卷首行尚存「略敍目録」四字。古人著書，多有目録，是他人作者，故每云書若干卷，目録幾卷，即一人所作，目録亦或在後，徐常侍所校説文其明證也。今人一概移置卷首，非是。今此本目録亦在第七卷。後人知之。書成後，偶餘一紙，信筆書此，以供他年一笑。太歲乙酉閏六月之十日，孱守老人識。

汗簡一書，錢唐汪立名所刊，出於竹垞藏舊抄本，舊刻無聞焉。錢遵王讀書記謂「孱守居士藏書，率多異本」，此殆是也。汗簡，字學中不甚重，潛研老人曾言之，然論古書源流，是本何可廢哉！且孱守居士鈔於明代，較竹垞所藏更舊，因急收之。己巳冬至後二日，復翁識。

復古編二卷 舊鈔本

崇禎辛未七月鈔。

此編甫鈔成，便爲何士龍借去。越六年丙子始見歸，如見古人，如得已失物也。九月十七日夜記。下有馮巳蒼印。

班馬字類五卷 舊鈔本

此本當從宋刊録下，故𠃓𦙶脊並闕末筆，字雖潦草，而點畫可尋，且有書卷氣，與鈔胥不同。非石。

字類有繁簡二本，此繁本也，翻刻者頗古雅，用較舊鈔，仍小小異同。盧抱經嘗言不可以有刻本而棄鈔本，此其比矣。戊子歲除前一日，一雲老人記，時年六十三。

班馬字類補遺五卷 鈔本

右班馬字類補遺五卷，我友顧千里從士禮居藏舊鈔本校録，余見而奇之，亟借歸，苦適事冗，即早暮有間，須校開元占經，不得校此書，因屬塾師褚南厓録之，而余覆勘一過，庶免漏略。班馬二史，自宋至今，不止十刻，烏焉之誤，日甚一日，得此猶能考見舊本面目，可不寶貴乎？嘉慶六年三月廿八日，袁廷檮勘畢，記於五硯樓。是日從杭州回來，夜雨一鐙，有懷千里焉。

新刊韻略五卷 影鈔元本

向讀崑山顧氏、秀水朱氏、蕭山毛氏、毘陵邵氏論韻，謂今韻之併，始於平水劉淵，其書名「壬子新刊禮部韻略」。訪求藏書家，邈不可得，未審劉淵何許人，平水何地也。頃吴門黄蕘圃孝廉得平水新刊韻略元槧本，亟假歸讀之。前載正大六年許道真序，知此書爲平水書籍王文郁所定。卷末有墨圖記二行，其文云：「大德丙午重刊新本，平水中和軒王宅印。」是此書初刻於金正大己丑，重刻於元大德丙午，中和軒王宅，或即文郁之後耶？其前列聖朝頒降貢舉程式，則延祐設科以後，書坊逐漸添入。又「御名廟諱」一條，稱英宗爲今上皇帝，可證此書爲至治間印本也。又附壬子新增分毫點畫正誤字三葉，壬子新雕禮部分毫字様三葉，此壬子者，未知其爲淳祐之壬子與？抑皇慶之壬子與？考正大己丑，在宋淳祐壬子前廿有四年，而其時已併上下平聲各爲十五，上聲廿九，去聲卅，入聲十七，則不得云併韻始於劉淵，豈淵竊見文郁書而翻刻之耶？又其時南北分裂，王與劉既非一姓，刊版又不同時，何以皆稱平水？論者又謂平水韻併四聲爲一百七部，陰時夫始併上聲拯韻入迥韻。據此本，則迥與拯等之併，平水韻已然矣。劉書既不可得見，此書世又尟有著録者，姑識所疑，以諗世之言韻者。嘉慶丙辰五月望日，竹汀居士錢大昕識。

許序稱平水書籍王文郁，初不可解。頃讀金史地理志，平陽府有書籍，其倚郭平陽縣有平水，是平水即平陽也。史言有書籍者，蓋置局設官於此。元太宗八年用耶律楚材言，立經籍所於平陽，當是因金之舊。然則平水書籍者，殆文郁之官稱耳。五月廿六日雨後大昕再記。

鐵琴銅劍樓藏書題跋集録卷二

史部

漢書一百二十卷 宋刊本

右宋景文公以諸本參校，手所是正，並附古注之末。至正癸丑三月十二日，雲林倪瓚在凝香閣謹閲。

此北宋精刊景祐本漢書，爲余百宋一廛中史部之冠，藏篋中三十年來矣，非至好不輕示人。郡中厚齋都轉偶過小齋，曾一出示，繼於朋好中時一及之。奈余惜書癖深，未忍輕棄，并不敢以議價，致蔑視寶物。因思都轉崇儒重道，昔年出資數萬，敬修文廟，其誠摯爲何如，知天必昌大其後，以振家聲，故近日收藏古籍嗜好之篤，訪求之勤，一至於此，則余又何敢自祕所藏，獨寶其寶耶？君家當必有能讀是書者，敢以鎮庫之物輟贈爲預兆云。乙亥季冬，士禮居主人識。

顔注班書，行世諸刻，大約源於南宋槧本，文句或用三劉、宋子京之説，或校刊者用意添改，往往致譌，而剩字尤多，此以後人文理讀前人書之病也。惟是刻乃景祐二年監本。獨存北宋時面目，惜補版及剜損處無從取正，然據是可以求其添改之跡，誠今日希世寶笈也。後之讀者幸知而珍重之。嘉慶戊午用校時本一過於讀未見書齋，其所取正文多别記，茲不論。澗蘋顧廣圻。

南史八十卷 元刊本

改正十五字。丁卯秋初。

憶校正訛謬，爲丁卯年，今稍用筆點勘，乃戊寅季秋，連絡十一年。丁丑暮秋，先爲亡友周云治借看一徧，甫掩卷而長逝，中間欠葉，亦此兄手補，楷法精謹，無一筆苟且。九月廿二徐波記。以上卷一前。

戊寅十月三日寓安隱菴，朱筆點勘一過。卷五首。

三卷以下，取宋書對較。卷十一首。

戊寅十二月初七閲竟十三卷。是日復寓大弘。卷十七首。

己卯正月四日，寓修上人房朱筆點一過。卷三十三首。

己卯元夕後二日在東廂，晚窗點閲。時連雪初晴，手足僵凍，一冬無此寒也。卷四十一首。

己卯正月廿三辰刻，朱筆點勘至四十五卷。連日陰雨，春寒異常，波記。卷四十九首。

己卯二月初二午餘，點閲竟五十三卷。是日晴好，始動游思，歎翁記于大弘寺修上人房。卷五十九首。

己卯四月二日閲至六十四卷。近從武陵歸，間缺多日。卷七十首。

崇禎己卯四月十三日點閲一編。卷七十五首。

此兩卷書爲亡友周云治手補，無一字潦草訛脱，披讀之際，想見其端謹，宜爲遠到之器，竟以丁丑十月年三十八貧死古廟中，天道不足問也。己卯四月九日，徐波記。卷七十六後。

舊唐書二百卷 明刊本

辛丑歲三月十九日，借得錢遵王所藏至樂樓鈔本校起，至九月初五日畢功。鈔本亦非完璧，故中多空校卷目。

余自幼得此書，繙閲數次，中有差誤，歎無善本參正。庚子深秋，從坊間見至樂樓鈔本，又歎無物售之。未幾爲錢遵王取去，因得假歸籌勘。鈔本有後人補入者，皆依此刻本鈔録，其疑處反多誤字，故不及全勘。自此之後，更不知從何人細爲校讐以成完璧也。東山道轂記。

宋儒以劉昫唐書剥雜，更爲纂撰，歐陽公之本紀、表、志，實爲明了，宋景文之列傳，殊覺格塞。舊書雖非一人手筆，而有唐之廢興是非，尚見八九。新書事雖倍於前，而文義不暢，取舍失真，體類亦未允當也。余嘗有志取古人之史而貫穿之，而鄭夾漈、唐荆川諸公所編，皆爲紀事之書，不能推見當時之廢興，是非若太史公之史記，不可再矣。苟有歐公者出，則自漢以至於明，皆可整齊而貫穿之，不止唐之一朝也。然余固非其人，而亦無圖書足以備覽，友朋足以討論，徒賁此志以荏苒歲月，可慨也已，因讀唐書，爲之愴然，書於卷末，以望後來之士云爾。葉萬石君。以上目録後。

此卷錯辭兩行，覆閲乃見，因用硃筆訂之，其他差誤，亦不免也。抱沖記。卷三十後。

宋史四百九十六卷 明刊本

歲庚寅四月朔日閲始。卷首。

積雨纍月，兼天亡暑夜寒，今且六月十三日矣。天時人事，究當何如？讀是書五行志第十五卷，建炎二年六月寒。又紹熙元年三月留寒，至立夏不退。又慶元六年五月亡暑氣，凜如秋。嘉定六年六月亡暑夜寒。此覩記也，而身經之。月令云：「仲夏行冬令，則雹傷穀，道路不通，暴兵來至。」此語宋此下闕文。皆驗之矣。寒暑事之大者，此下闕文。賃居此下闕文。卷九十七後。

六月二十晨起如凛秋，執筆點書，寒戰停筆，添衣飲熱。小雨傾注竟日。前兩日陰雨不止，又前皆大雨，或有一日半日望見晴霽云。

是夜極寒，睡加褥被，未能成寐。曉起，冷氣侵肌，曙光照户，似初冬驟寒，負日迎暄時也。廿一日又識。以上卷一百四後。

閲是卷終，稍知暑氣，時放日色雲，六月廿七午刻。卷一百二十一後。

閲是卷畢，爲七月朔日也。先是狂風兩日，至此陰雲盡釋，天青日白，蓋纍月來未見此晴明也。卷一百二十八後。

七月十三日侵晨閲竟此卷。出門詣遵王，遇大雨，淹留竟日。是日新生送學，旗采爭相耀跨多。一天風雨，莫不廢然，通國拍掌笑曰：「此老蒼爲孤寒灑淚也。」衆人之口，忽出高言，豈非公道尚在人心乎。是日甲子，立秋第二日也。秋甲子雨，禾頭生。此下闕文。卷一百五十四後。

九月初八日風雨留城，點竟此卷。先是浹旬來與王蘭陔議賃園居，往返□城間，陸陸無寧晷也。卷一百七十四後。

十月初二日夜，半野堂火。時方雷電交作，大雨傾盆，後樓前堂，片刻煨燼，乃異災也。讀隋經籍志，知書籍所聚，遑遑遭厄。宋元之繕本，研精五十餘年，轉輾困阨，遭值兵燹，肆力靡休，告成書于望古稀之晨。而一旦爲火焚卻，此爲何者也？傷哉！先是朔日午時，日食幾既，晝晦星見。至次日風雷雨雹，不減盛夏。海溢，漂溺人畜，崇明更甚，亦災異之不輕者矣。卷一百七十九後。

辛卯十二月廿日閲至此卷，因借宋版荀子對校，遂輟業。時新令公湯諱家相，山西人，到任，前令瞿四達在獄。撫臺土國寶縊死。卷二百八十後。

六月十一辛亥日，又舉一孫，外舅年七十五，爲名之曰台孫，壬辰、丁未、辛亥、己丑，其八字也。卷四百五十五後。

六月十八日侵曉，研硃，方舉筆點邵成章傳三行，驚見幼媳乳媪之變。此媪年四十七歲，素健無疾，偶過留宿黄昏，又善粥也，旦乃逝矣。書云：「地箭觸之，立死。」其殆是乎？爰書之以志異。卷四百六十八後。

資治通鑑二百九十四卷 元刊本

己亥年十月十六日讀起。採寒記。

壬辰四月二十日研石山房閱。孫果記。

甲戌三月廿四日閱，誓將自始至終細閱一過，不敢作輟也。

丙寅又四月十八日再閱於城西孫氏之館。惇記。

辛巳五月十四日閱。時方輯通鑑提要，大指以温公目録增損爲之，目録煩瑣，不甚貫續也。

丙辰九月二十有七日閱完此本，前三卷大人所閱也。虞惇記。

雍正癸丑午月午日閱起。鎏記。

癸酉十二月初三日夜，酒後於半塘舟中，曾立一誓，此生決不可犯，慎之。嚴虞惇記。

丁巳三月己丑朔閱起，自課每日雖極忙，必閱一卷，不知何日得卒業，更不知此生尚得有此歲月否也。逸農鎏記。

辛卯十月廿九日從周巷載至香草垞。晚翠果記。

乾隆戊辰五月望日閱起。有禧。以上卷四後。

辛巳四月廿一日閲一過，輯通鑑提要自漢紀起。虞惇。

庚寅三月初九日閲。得家信，知隣居失火，至家門而滅，此天之祐之也。虞惇記。

丁巳三月十一日郡中祭掃，歸舟阻風，大雨雷電竟夜。時同行者昭嗣及桐夏，城中有章相期而不至，亦可笑也。逸農。以上卷十二後。

戊午二月十九日白醉樓閲一過。惇記。

丁巳三月十三日閲訖此本於錦峯之雪月樓，時淫雨兩月，始得晴和，書此誌喜。鎏。以上卷十六後。

三月廿七日閲完此卷，是日自三峯歸。前二日登錢遵王莪匪樓，閲其藏書。惇記。卷十九後。

辛巳四月廿七日閲過，震一以是日入秦。虞惇記。

庚寅三月十四日閲記，是日爲萬壽，誦保安經行香。遂寧自江南回。以上卷二十後。

六月初一日覆閲，老僕周祥，畢竟不起，乩仙之言驗矣。

辛未閏七月十五日重閲一過，時鍔兒新殤，鑛兒病幾死，心緒作惡甚。

癸丑夏五月十有二日閲先君前記，鑛兒即仲弟密也，以康熙乙酉病瘵卒，於今二十九年。嗣子夭亡，兩孫孤立，不禁涕之汍瀾也。鎏。以上卷二十四後。

丙戌三月廿六日無轍道人再記。

壬辰五月十一日珠藏道者記。以上卷三十二後。

康熙庚寅三月廿七日閲。是月李敏啓由主事陞館少，王景曾由檢討陞庶子。

壬辰六月廿五日記，時久旱不雨，青苗焦死過半。石城玄揆。

丁巳四月五日閲此本，時自錦峯之雪月樓遷歸。昨修築樞部公墓，亦不得已之事也。一息尚存，不容少懈，我後人其念之哉！鎏記。以上卷三十六後。

壬申六月十八日完。欲撰成細目質疑，從王莽始建國始。虞惇。

壬辰八月初三日閲。夏秋之交，瘡疥作楚，少親卷帙，遂多間斷，深用爲愧。井庵揆頭陀記。

丙辰十月初八日閲。自朔日歸家，至是赴館，病勢有加無已，可爲深憂。惇記。

丁巳四月十二日完此本。是日新生送學，以族中獲雋者三子爲作公堂主人，亦餼羊之意也。鎏。以上卷四十後。

戊寅八月廿三日京師閲。自今日始，非有大事，每日限閲二十葉，或多至一卷，少至十葉，總不闕。虞惇記。卷四十三後。

壬辰十二月廿八日閲完。亮一道人。

丁丑十月二十二日閲完。時家人新到，尤苦珠桂不給，明日即絶糧矣。虞惇記。

戊寅八月二十六日京師閲。甘來，攜揚孫西山爽氣詩二卷，讀之不禁淚下。揚孫才而貧，宜其悲愁無聊也。思庵。

余平生以友朋爲性命，朋友中之有材者尤愛之慕之，惟恐其不得志也。昔東海司寇奬拔寒士，不可勝數，及遭患難，竟不獲一士之用。余之力萬萬不及健翁，而此心則同之。自摘官來，有□力下石者，有從衆毁詆者，有棄去落然不顧者，世態炎涼，人心險薄，閱前記爲之三嘆。草草亭主人。

繼而思之，甚矣余之褊也。任安、灌夫，古今有幾人哉？翟公大書其門，何所見之不廣也。思庵又記，辛巳六月十八日。

庚寅四月初五日閱，重校定通鑑提要。虞惇。以上卷四十四後。

壬戌春正月二十六日，天氣晴和，梅花盛放，隨大人至破山寺一遊，暮歸閱完此本。嚴虞惇記。

癸丑五月廿又四日閱上諭，申明中外一統之義，謂本朝肇基東海，君臨天下，百年以來，深仁厚澤，度越古今，而書籍中每以夷虜等字爲諱，殊非忠愛之意。大哉王言，誠足破小儒拘固不通之見，且以開千古夷□之疑。島夷索虜，眼空直井底蛙也。瀊記。以上卷四十八後。

萬曆丙戌四月二十甲戌閱，時先君棄世十四年矣，痛哉！小子發記。

壬戌春二月朔日閱過，新令高君於是日到任。虞惇。

丙寅秋七月中元日閱過，時卧病，祀先不能跪拜，可勝悽愴。虞惇記，是日縣試童子。

丁巳五月廿又四日夏至，閱此本，荒棄卷□已月餘矣。昨入郡侯崔司馬，今又以府尊黄公來縣，具刺迎謁，真無益之應酬也。逸農居士瀊記。以上卷五十二後。

戊辰七月巧日讀。韋川居士。卷五十六後。

内城有人宰鴨，鴨腹中得一物，長四五寸，宛然人也，頭目口鼻手足皆俱，但手足無指爪耳，未知古來有此異否？辛巳八月十七日記。卷五十八後。

乙酉六月十二日閱。擬以每日閱一卷，纂成通鑑提要，未知能不作輟否也？思庵。卷五十九後。

丙辰十月十三日從少韓家至館，閱完此册。惇記。

壬午正月十五日閱一過。昨赴東川師席回，卧至三鼓，心痛大作，吐血數口，恐是死症，如何！思庵居士。

癸未正月初六日閱，閱前記爲之愴然。去年以十四日夜心痛嘔血，次日即愈，十八日心痛復作，幾不能生，賴武陵君晝夜扶持，廢寢食，奉湯藥，逾月而復故，今武陵君先我而逝矣。昨赴東川師席回，空房無人，失聲長慟，今復見前記，心摧膽裂，哀如之何！以上卷六十後。

二十七年三月十八日再閱一過，睬初看時忽復十七年頭矣。歲月易流，衰老日益，不知此後幾年尚得寓目否？時孟兒伴亨兒在荆溪應試。

丙辰十月十四日閱。病中無夕不得惡夢，昨夢大人抱恙，并夢見先母大人體素强健，邇來覺有倦色，愛日之誠，烏能已已。虞惇記。

戊寅十一月望日京邸閱。先府君已捐館八年矣，見舊記，不勝眩然。昨日决囚，晴日忽然陰晦，上天好生，不誣也。虞惇記。

丙戌六月十二日京師寓閲。時病甚，又爲窮所迫。思庵。

丁巳六月六日閲。連日大雨，水長二尺，而雨勢不止，低田又復可憂矣，如何如何！鎣記。以上卷六十四後。

癸未正月十五日三鼓閲。去年此時，患病幾死，賴武陵君晝夜扶持，匝月而愈，今武陵君先我去矣。君隨我十年，未曾得一日快樂，日在窮愁疾病之中。追念疇曩，摧心傷肝，血枯淚乾，唯閔然痛悼而已，哀哉哀哉！卷六十七後。

丁巳六月七日蚤起完此本。昨又大雨竟夜，今日甲子又大雨，乘船入市之語，恐將驗矣。逸農記。卷六十八後。

戊寅十二月十六日閲。有同族人辱身於黄岡少宰爲奴，以身價求贖不允，舉朝士大夫俱爲不平，記此志恨。後倍其身價即贖出，蓋黄岡天資忠厚，特老而好得耳。君子有三戒，信哉。虞惇記。

癸丑六月初七日閲。錢寶光自晉江寄蘭花二缸。逸農鎣。

丁巳六月八日閲記。大雨連日，水勢視去年更甚，兼晴意甚少，大可憂也。麥奇貴，而米價漸昂，貧民將不聊生矣。以上卷七十二後。

己卯春二月廿五日京師閲。入春以來讀杜詩，故暫輟通鑑，杜詩畢乃復閲此。思庵。卷七十六後。

嘉靖庚申四月十七日閲過，文彭記。時催科甚急，苦無以應，心誠無聊，亦涉獵而已。

丙辰八月晦日從晉紀閲起。時久雨初晴，日色可愛，病改什之□□。惇記。以上卷八十後。

庚寅五月初八日復閲完一册。時心境惡逆，以此排遣而已。虞惇。

萬曆甲申夏五廿又四日看完。時久旱□不能插蒔，是日大雨，慰甚。又得大奇吏官之報，喜何如之。發記。

雍正十一年癸丑六月廿又三日閲。大風三日夜，屋瓦皆震，潮水驟發，沿海地方復被衝没之患，但比去年七月十六之變爲少殺耳，而又無涓滴之雨。嗚呼，民何以聊生乎！逸農記。以上卷九十二後。

癸酉六月廿五日讀。家中自三月買米，至今米日益貴，亢旱祈雨不得，荒年又將到矣，如何？逸農記。卷九十六後。

癸丑六月廿六日閲。時大疫，民死者相枕籍。又大旱，苗有立槁之勢，杞人之憂，不獨一家也。逸農鎏記於繩武堂。卷一百後。

己卯夏四月二十二日京師閲。上南巡賜羣臣御書扁額，高士奇曰「忠孝節義」，宋駿業曰「謇諤老成」。卷一百四後。

丁巳七月十三日閲。時刻先君詩文，延徐君敬輿寫樣，與刻工定議，約須百金。卷一百十二後。

萬曆十二年歲在甲申六月四日，自文□家賞荷花歸，久雨新霽，簾櫳澄爽，□熏適意，快讀一過，殊嫌易盡。清涼居士記。

癸丑七月三日閱。譯羼居士鎏記。以上卷一百十六後。

萬曆甲申六月六日辛亥再閱，相去庚申二十五年，而終天□□，亦十有二年矣。發記。

丁巳七月十七日閱。是日聞張訥夫、吴習之俱作古人。訥夫雖曾作令，二子已中舉，然客死於楚，兩郎君俱不在側。習之垂老無成，家貧無子，亦可傷也，念之俱令人惻然。逸農鎏記。以上卷一百二十後。

丁亥八月二十四日京師閱。時病新愈。今年屢病，困憊不可言。嗚呼，我老矣，無能爲也矣。思庵居士記。卷一百二十四後。

庚辰四月十一日閱。黄河衝决，漕艘不前，京師百萬人之命係於此，此杞人之憂也。思庵。

庚寅六月朔日閱。通倉偷米一案，擬死者已十六日，而提督必欲誣入無辜五人於死，三法司會審，不得已，擬以充發。嗚呼！人命至重，上蒼難欺，殺人媚人，於心何忍！官之得失，聽之於天而已。嚴虞惇記。以上卷一百二十八後。

海寧相國予告歸，恩禮優渥，本朝大臣名位福壽，莫有並之矣。吾邑文肅洵不逮也。

丁巳七月廿五日萊郡崔司馬辦差到蘇，事竣過訪，留一日而行。次日遣唐昇等行，發第五號信。以上卷一百三十二後。

嘉靖甲寅六月十四日閱。是日倭寇已去二日矣。

丁亥九月初三日赴周漁璜席歸，雷雹大風，雨雹如拳石，亦一異也。虞惇記。

庚寅六月初四日閲。□人偷米一案，上令明白回奏，刑部滿漢堂遂互相推諉，殊失大臣之體。都察院、大理寺同具一摺，而爲施副憲改削數次，情事不白，恐將來有大處分，亦聽之於天而已。詩云：「發言盈庭，誰敢執其咎。」言小人争知而讓過也，有旨哉，有旨哉。嚴虞惇記。

癸丑七月廿二日閲。久不得東信，家中絶糧，天復亢旱，生理竟絶，哀哉哀哉。鎏記。以上卷一百三十六後。

嘉靖甲寅六月十五日覽畢。是日聞倭寇去者尚在平望。文彭記。卷一百四十後。

己丑三月十三日重閲於遺安堂。

庚寅六月初八日閲。近來吏部假官甚多，一選動至數人，偶有一巡檢事發，吏部拿訪書辦，搜獲假印，牽累多人，甚矣小人之行險徼幸也。以上卷一百四十四後。

數月以來，饔飧不繼，借貸無所，日聞索逋之聲，艱窘萬狀。因令兒子送内人附糧船回南，各自存濟，别時相對潸然。迴思三十年來，何有何無，百計御窮，未嘗伸眉一日，今飄零至此，未知是生離，未知是死别，不能不大丈夫氣短矣。庚辰七月十六日記。思庵居士。卷一百四十七後。

丁亥九月十二日京師閲。見陶雋文白虎通、顔氏家訓説二篇，筆仗甚佳，不忝厥考矣，喜而記之。思庵。卷一百四十八後。

庚寅六月十一日閱。壇張三一案，奉旨九卿、詹事、科道嚴察議奏，大約是降級調用矣。嗚呼，以不肯殺人媚人而降調，不賢於一歲九遷乎？蓋自是而余浩然之歸志決矣。嚴虞惇。卷一百五十二後。

丁亥九月十五日京師閱。聞吾郡瘟疫盛行，痢疾者多死，何天之虐我民也！思庵記。

癸丑八月初九日閱。邑中先苦大旱，今更大雨不止，一歲中水旱癘疫，無不畢至。嗚呼，民何以得生乎！逸農居士鎏記。以上卷一百五十六後。

庚寅六月十八日閱。壇張三事，漢九卿議請覆審，而滿洲不從，蓋覆審則壇張三決無死法，恐非九門之意也。連日會議未定，余惟静聽處分而已。嚴虞惇。

先子賦申王馬圖，有「肉騣汗血盡龍種，紫袍玉帶真天人」之句，見得當時不獨曹緯輩畫骨而不畫肉，諸王留意摹寫亦然。故後世纔見畫馬，便指爲曹緯輩作，定知諸王肆意馳騁，所見既多，下筆益高，其間造入微妙處，曹緯所不□到，其可概以畫目之耶？崇寧作噩歲仲夏吕知止家避暑，因觀唐馬，遂書卷末。眉陽蘇叔黨題。以上卷一百六十四後。

癸丑八月十六日甲子秋分，鎏閱記。朱荆白以病自萊歸。燈下發萊信。兩夜月色絶佳，風雨之後，不意得此。丁巳八月十八日閱記。卷一百六十八後。

庚寅中秋日京師寓閱。傳聞七月初六日淮揚之間雷電風雹大作，有十二龍盤旋空中，如戰鬬狀，鱗爪歷歷可見，河水噴薄，高家堰堤閘蕩然無存，亦異事也。思庵居士。

丁亥九月廿四日京師閲。江蘇于撫軍以旱災請開捐納，上命九卿速議。虞惇記。

癸丑八月廿又四日閲。吉安太守張君以辦銅來吴，登堂修門牆之禮，極言官中之苦，聞之令人太息。逸農記。

丁巳八月廿又二日閲。刻先公集，是日開雕。鎏記。以上卷一百七十一後。

庚辰八月十七日閲。至未刻大雷電，以風雨雹交作，平地水深三尺。思庵記。卷一百七十二後。

庚寅六月念三日閲。大雨。欽天監奏，自六月杪起，有大雨四十五日未知驗否？嚴虞惇。

癸丑九月初四日閲。絶糧無策，廢閏號田十八畝，不半日而盡。前此之窮，未有至此者，哀哉！逸農記。

丁巳九月四日閲此訖。錢氏其順堂大宅，子孫拆廢已盡，僅存一牆，分賣不均。秩斯父子訟大木之子于官，主僕被杖。事至於此，尚可言哉！書此志慨。逸農。

東鄰已富憂不足，西老家貧食有餘。白酒釀來緣好客，黄金散盡爲收書。（□按：字體頗似蘇叔黨。）以上卷一百七十九後。

丁亥十月初四日京師閲。上以江南荒旱，捐免四十三年漕折一百萬，皇恩可謂浩蕩矣。然所利者姦民猾吏耳，於良民無與也。虞惇。卷一百八十四後。

庚辰十月初一日具疏告闗帝，中立誓詞，切不可犯，記之記之。嚴虞惇記。卷一百八十六後。

丁亥十月初十日京師閱。得截留漕米之信，江南百姓稍蘇矣。虞惇記。

庚寅六月廿六日閱。傳聞吾郡自五月初二日雨，至六月初四日尚未止，中間僅二日晴。嚴虞惇記。

丁巳又九月初六日讀。聞興化守蘇友清殁於任，年未及中壽，以妻悍無子，稍有宦貲，歸之嫁女，亦可憐也。以上卷一百八十九後。

庚辰十月十七日燈下閱。時方絶糧，今日從逆旅主人借米五升，度過一日矣，明日以後，不知作何活計也。思庵居士。

癸丑九月二十日閱。讀先大夫庚辰所記，時適罷官，淹滯京師，窮況至於此極。今日所遭，正復不減，可爲嘆息流涕也。鎏記。以上卷一百九十二後。

嘉靖庚申七月四日畢。今歲雨暘時若，但廿九日甲子有雨，及今未晴，或有可憂。彭記。

甲寅七月十三日看。時久旱無雨，城中廟橋下坼裂，目所未覩也。彭記。

丙辰七月初九日閱畢。日來心緒甚惡，讀書一無興致，憂能傷人，洵不誣也。惇記。

丁亥十月十四日京師閱。家信到，知内人痢疾危殆，憂悶之至。思庵。

庚寅六月廿八日閱。欽天監奏自廿七日起雨四十五日，昨果微雨，今大雨矣。倘由此不止，米珠薪桂，更當何如，殊可懼也。

癸丑十一月初三日雨窗閱。兩月以來，先患目疾，繼又以内人病劇，復以事往吴門、玉峯、用直等處。

歸而遣幕友翁許二君并家人赴萊，鹿鹿無寧晷，而此書遂輟功矣。老而讀書固難，窮而讀書尤難也。歲遇奇荒，仲冬大雨三晝夜，從友人借米度日，可嘆可嘆！逸園居士鎏記。

丁巳十月初六日郡中冒雨而歸，燈下蕭然無事，展此册，竟衰憊不能久坐，書此志慨。逸農。以上卷一百九十五後。

十七年五月廿四日酷暑，再閲於願賢堂，是時大旱。卷一百九十九後。

庚辰十一月二十日京師閲。時一病幾危，好友憐余之窮，稍賙給之，得以度日，然此豈長策乎？草草亭主人嚴虞惇記。

丁亥十月二十三日京師閲。上自口外歸，命考察部院官。又聞有蠲免錢糧之信。虞惇記。

丁巳十月既望閲。陰雨十餘日，晝夜不止，於租漕大有礙也。許貫之赴萊，亦不免道路之苦，頗以爲念。逸農記。以上卷二百二後。

萬曆甲申七月廿一日早起，露坐覽畢。清凉居士。

丁巳十月十八日完此本。時得東信，知奉旨薦道府等官，院司俱以大兒應詔，亦幸事也。鎏記。

庚寅七月初三日閲。噶禮進密摺，必欲寘陳鵬年於死，上諭九卿議其罪，少宰仇公兆鼇昌言曰：「陳鵬年有三罪：不逢迎上官一也，生今返古二也，不能止百姓之謳歌三也。」同列皆爲之咋舌，於是僅議革任發回原籍，不許出境。嗚呼，仇公可謂鳳鳴朝陽矣！嚴虞惇記。

癸丑十一月初九日閱記。時雨勢綿延，半月不止。天竟何如，不可知也。嗚呼，民何以得聊生哉！逸農。以上卷二百六後。

丁巳十月二十二日。時謀建鐘樓，偕王少林至唐墅，募緣而歸，復苦久雨。逸農居士。卷二百十後。

己丑六月十七日，酷暑煩人。適子初兄來言，外間無籍小民，糾夥剽刧商人米鋪，官不之禁，幾成武陵民變之事，大爲可慮。杞人無聊，檢此一過。

丁亥十一月十三日閱。是爲先府君忌日，終天之痛也已十七年矣。虞惇記。

庚寅七月初五日閱。老僕薛楳，隨余五十餘年，貧窮患難，無不經歷，樸實愚鈍，始終如一，蓋兼蕭穎士、司馬君實之僕而有之。今年六十有二，以老病死。嗚呼，可哀也已！思庵記。以上卷二百十四後。

萬曆己丑六月十七日再閱。時酷暑未解，望雨不得，三農行將槁死，悲哉。

丁亥十一月二十六日京師閱。程天玉以袁定念、葉兆堂二監實收至，可以告無罪於鄱陽師矣。

庚寅七月初五日閱。得六月初三日家信，寄到咨監文書一通，又得大孫將聘許詒孫令愛，甚喜。虞惇。

癸丑十一月十七日甲午長至閱。久雨望晴不得，憂心如焚，生路愈絶矣。以上卷二百十七後。

庚辰十二月十三日京師寓中閱。索逋如蝟，饔飧不給，可勝浩嘆。虞惇記。

庚寅七月初六日閱，聞吾鄉水勢滔天，六月重裘，寒不可禁。嚴虞惇記。

癸丑長至後一日閲。時與海塘之役。鎏記。

鄰人有死十日而不得殮者，聞其妻已先其死而嫁矣，悲哉！

丁巳十一月十又二日讀完。此時喜先公集刻完，其他著作，力尚未及也。鎏記。以上卷二百二十後。

嘉慶戊辰閏五月六日閲。時大雨連日，河流暴漲三四尺，尚無晴意，可憂可憂。畦香李蕙記。卷二百二十三後。

萬曆己丑五月廿七日願賢堂閲。酷暑大旱，人心惶惶，奈何奈何！下有「子棑」印。卷二百二十四前。

康熙庚辰十二月廿五日京師寓閲。記自丁丑以來，每歲底借百金，以了公私應酬，今年謫官，無處可借矣。索逋如蝟，突烟不舉，人生苦況，至斯而極，未來茫茫，作何歸宿，可爲太息也。於如此窘迫中，尚能執筆批閲此書，諺云「黄柏樹下彈琴」，亦可想余之胸次矣。虞惇又記。

戊子正月十八日閲。時上諭截留湖廣漕米三十萬，平糶蘇松諸郡。惇記。以上卷二百三十後。

萬曆己丑仲夏廿四日重觀。時方大旱，人心惶惶，病齒無聊，漫揭一過。卷二百三十一後。

昨會審西城民王大、王二毆死小張三一案，王二自認獨毆，與兄無干，刑訊不易辭。嗚呼，彼一小人也，以死脱兄之罪，何其賢哉！以古義繩之，王二應免死矣。按今之法，則王二如律抵償，不能於法外行事也。而世有衣冠之列，視兄弟如路人，又從而下石者，真狗彘之不如也。余抱天倫之痛，刺心切骨，不禁爲之潸然。庚寅夏五廿又一日，嚴虞惇記。卷二百三十三後。

嘉靖庚申七月十八日未時畢。是日早上寫扇三十把，大字兩堂，極倦。

丙辰八月二十四日午刻完。昨夜半忽風雨大作，電光閃耀，霹靂數聲如天崩地裂之勢，天威震怒，未可測也。虞惇記。

丁巳仲冬晦日閱。兩月來陰雨纏綿，田租半飽於佃户之腹，麥已盡淹，今復大雪，天意不可解也，如何如何！以上卷二百三十七後。

萬曆壬寅三月既望，憂中無聊，漫了宿課，展玩手澤，不勝感慟。孤孟拭淚書。

丁巳十一月初九日閱。檢點先公集數十册，附海艘到萊，據云歲内可達也。鎏記。以上卷二百四十二後。

甲申年九月初七日申時四休齋記。

庚寅年八月初四日申刻再記。視前記恍已七年。日月如流，老景漸增，不知此後眼目如何，尚能一再閲否？ 丁酉十一月十一日再閲，時年六十九。發。

庚寅歲筆記謂：「不知此後尚能一閲否？」不意越八年而丁酉再閲一過，又四年而辛丑又復一過，真日月如流，固不知老將至而耄及之矣。漫記此以驗後此目力，尚能涉獵否也。正月十有八日，時年七十有三。

壬寅四月二十七日寓城南别業，覽之悲慟。孤孟記。

庚寅七月十一日閲。上午大雨，下午晴，余於此書批閲已數過矣。今年馬齒亦六十有一，未知此後更能再一閲否?虞惇記。

癸丑臘月初二日閲記。覩先君前記,不禁泫然,蓋自庚寅後,於此書亦不復能再閲矣。不肖鎣。

丁巳臘月十又七日閲,立春之第二日也。是日得東信,知將遣許貫之回南,亦其自取之也。逸農。以上卷二百四十四後。

庚寅七月十四日閲。是日立秋。有内庭吴君善於傳神,昨過蔣檀人齋,今爲余寫棲雲圖,甚肖也。思庵居士。

癸丑十二月四日閲。大雨不止,租之未入者,必盡飽頑佃之腹,亦無可如何也。今年疫癘大作,編户之民,死者過半,親黨亦多彫謝。早間翁聘三以飢寒死,典揭以助棺衾。此刻又得許雍之歿於慈溪之信,俱可傷悼。昌黎云:「人欲久不死,而觀居此世者,何也?」逸農記。

丁巳十二月廿三日閲。十日前有竊余篋中數十金者,衆口嘵嘵,余惟付之淡然而已。鎣記。以上卷二百五十後。

康熙辛巳正月廿四日閲。夜夢族人名偓佺者中探花及第。族無其人,書此以俟之。嚴虞惇記。

亡妾華氏無子,臨終之夕,許爲置嗣,以偓佺名之,今尚無其人也。戊子二月初七日思庵居士記。

乙酉南歸,復娶亡妾之妹。戊子六月生一子,今名偓佺。庚寅七月十五日記。是日寺正命下,吏部宣旨。嚴虞惇。

萬曆丁亥孟冬二十八日再閲遺安堂。

庚寅中秋十一日雨中再看一過。是時唐事決裂，令人氣塞，看亦不能詳也。

丁酉仲冬廿日蘭雪齋重閲。回首丁亥已十年，即庚寅記語亦八年矣。歲月易邁，老至耄及，不知向後再能一閲否？

辛丑正月廿有八日元發再閲一過，年已七十三矣。是日雨窗蒙晦，老眼眵昏，僅讀白文，注不能詳，可歎！

丙辰八月廿又七日閲完。時陰雨晦蒙，病體轉劇，假此以消遣悶懷而已。惇記。

丁巳十月二十五日遣萊役東還。時歲事如蜩，大雨晝夜不止，胸懷甚惡，閲此以解愁腸，亦老境之大不堪者也。逸農記。以上卷二百五十三後。

康熙辛巳正月二十五日閲。時病腰痛，無錢買藥，同年張壽平遺我青蚨五百，亦可爲太息也已。思庵記。

康熙戊子二月初十日京師閲。昨日落一左牙，衰徵見矣。新年貧而且病，意興殊惡。老僕薛枚之妻又死，家中無人照管，擬以三月打發家口回南，盤費無從措辦也。虞惇。

丁巳臘月廿又五日閲。自古治日少而亂日多，然未有如唐僖宗時者，藩鎮無一人不叛，盡天下無一塊乾浄土。閲史至此，怨憤欲絶矣。加以歲暮諸逋蝟集，天又陰雨，晝夜不止，歲月幾何，堪此三悶於一日！因輟卷而嘆，不能卒讀。新正二日，謝客無事，勉强竟此。逸農記，時年六十有六。以上卷二百五十六後。

嘉慶戊辰六月二十日閲畢。時適有不平之事，閲至杜讓能一節，尤爲憤憤。李蕙記。

辛巳正月廿八日閲。以趙中喬爲浙江布政使，李厚庵薦之也。思庵記。以上卷二百五十九後。

康熙辛巳正月廿九日京師寓閲。明日絶糧矣，如何如何！嚴虞惇記。卷二百八十三後。

康熙辛巳二月初二日閲梁紀二卷，乃辛酉年動筆圈點，粗踈殊甚，可恨也。草草亭主人記。

戊子二月十五日京師閲。自冬徂春，未有雪，昨暮雪幾寸許，亦稍解温熱之氣。今早揲家人南歸卦，得咸之初爻「咸其拇」。嚴虞惇記。

庚寅七月廿二日閲。佺兒天花初見。思庵。

癸丑十二月十一日閲。歲事云暮，公私交迫，如何如何！逸園居士。以上卷二百六十七後。

康熙戊子二月十九日京師閲。順天民張二縊殺其母，今日會審，定罪凌遲。嗚呼，世道之壞極矣！虞惇記。

庚寅七月廿四日閲。佺兒出痘，醫頗有難色，憂心如焚。此兒聰穎異常，養成必爲大器，恐余薄福不能保之。但余生平無大過惡，法官五年，時有平反，天亦不應降此酷罰，此時亦惟伏天地祖宗之靈而已。嚴虞惇記。

癸丑十二月十二日閲。讀先大人前記，知所望於佺弟者至矣，豈知其竟不成材也。家運如此，爲之慨然。鋆記。以上卷二百七十後。

萬曆庚寅八月廿有五日，清涼居士其順堂閱過。

辛丑二月廿九日又得一閱。湘翁手記，時年七十三。

新春方擬静坐，而兩年官逋，急於星火，無一刻之暇，於此書稍稍涉獵而已。辛酉正月廿又七日閱記。二月初四日雨窗覆閱記。虞惇。

戊子二月廿二日京師閱。新年奇窮，心緒作惡，體中倦極，不能久坐讀書。嗚呼，吾老矣！嚴虞惇記。

庚寅秋七月廿五日閱。佺兒患痘，醫有難色，中心如焚，借此排遣而已。思庵。以上卷二百七十四後。

丁酉季冬望日，自邑中送禮歸完此。是日寒甚。

壬子冬日偶閱此書，見卷末各有先人手書歲月，此册爲季冬望日閱，而小子亦以是日看完。追念往昔，屈指十六年，而違遠音容亦十年矣，可勝感痛！是日迎春大雨。震亨記。

庚寅七月廿七日閱。内倉招買一案，滿漢堂司官得銀者共七十四人，筆帖式一百餘人，齊世武又請追三十三年至四十四年陋規册籍，將來支蔓，勢必至千人，俱請革職拿問，朝班爲之一空矣。上諭止追贓銀入官，免其革職拿問。皇仁廣大，恩威兼至，稱曰聖明，豈虚言哉！嚴虞惇謹誌。佺兒痘症亦稍有起色，并記。

癸丑臘月，歲事紛紜，積逋如蝟。老親痰症頓劇，晝夜與參藥爲緣，幸病可減，復以四妹遣嫁，支吾拮据，吾生六十一年，未有如此之困阨者也。今日元旦，心神稍寧，接見新婿，外飭閽人不通一客，作半日閒人。檢閲此本，聊記數語，但親病未得脱體，蕭然四壁，明日以後，又不知何如也。甲寅元旦立春，逸園道人鎏書於繩武堂。以上卷二百七十八後。

康熙戊子正月，順天民張二縊殺其母，李彦珣之事復見矣。虞惇時爲大理寺副，親斷斯獄，魂魄震悼者數日，記此。卷二百八十一後。

丁酉十二月十七日送徐氏葬西山，舟中閲完。

嘉慶戊辰七月初二日閲畢。星家謂余前月初二日脱亥運，交庚運，庚運偏財□氣，諸事稱心。然月餘來竭蹷依然，毫無佳兆，殆被其愚矣。李蕙記。

癸亥春二月二十九日閲。夜雷雨，農占以二月夜雨爲大水，是日得雨則解，然未知其驗否也。嚴虞惇記。

康熙辛巳三月初八日閲。連日大雪，聞駕至永定河。草草亭主人。以上卷二百八十二後。

戊寅八月初二日京師寓閲。終窶且貧，索逋如蝟，憂悶成疾，怔忡不已，每一發動，頭暈欲仆，恐不能久長矣。虞惇。

康熙辛巳二月初十日京師閲。自去年以來，貧況非人所堪，比前戊寅，追加數倍，憂慮無益，聽命而已。草草亭主人。

戊子三月初九日京師閲。偶患目疾。戴二爲王先拐去，將王先送官。

庚寅七月廿九日閲。連日爲侄兒出花，勞悴殊甚，今已有起色矣，書此志喜。

甲寅正月廿六日爲單氏姊營葬節坊於錦峯，舟中閲此。鎏。

戊午三月十又三日閲。時於錦峯東樓後復搆小樓，落成居此，亦老人之菟裘也。逸農記。以上卷二百八十六後。

戊子三月十三日京師閲。時目疾未得全愈，尚畏風日。虞惇記。

庚寅七月廿九日閲。初患右耳聾，甚悶悶，知五官不可闕一也。嚴虞惇。以上卷二百九十後。

丙辰六月廿又七日閲訖。虞惇記。

康熙辛巳二月十八日京師寓閲竟。虞惇。

辛丑四月初一日涉躐一過。

萬曆丁酉歲十二月廿又三日看畢。老人心力衰減，涉獵而已，强記則不能也。清涼居士記。

癸亥春三月初五日閲。嚴虞惇記。

戊寅八月二十日京師閲。虞惇記。

丁亥年九月玉磬山房閲。

家中書籍散亡，此書幸存，老年無事，時一觀覽，遂至再四，然心神耗減，不能記憶，障目而已。萬曆辛丑四月朔日湘南老人記，時年七十有三。

此書向存亨弟所。天啓丙寅閏六月，偶念祖父手澤，思欲一觀，因以思古齋所刻一部易之，藏於石經堂中。三世藏書，家不多有，遺書能讀，乃足貴耳。二十五日乙丑，震孟謹記。

萬曆壬寅八月二十日孤孟閲畢。捧覽手澤，泣血不已。

此本爲文氏藏書，自衡山先生至文肅公，俱有題識。病中無聊，命筆點一過，賦性魯鈍，掩卷即忘，殊可恨也。丙辰十月十六日，嚴虞惇記。

此爲文氏藏書，先大人得之以授小子者也。先世藏書，一無所存，唯此猶爲故物，故自里門攜至京師，時一展玩。但應酬牽率，不能專力，又拮据薪桂，戚戚無好懷，大概涉獵而已。虞惇記，時戊寅八月二十日。

虞惇年十三，先君子白雲先生即命讀資治通鑑，因用徐氏坊本點閲一過。後復授此書，歷年動筆圈點，作輟不恒。去歲摘官，索居無事，遂得終閲。憂患之餘，神志耗減，不能記憶，中間評語，多有棖觸，傷忌時事，但可藏之家塾，不可傳示同人，凡我子孫記之。嚴虞惇再記，時辛巳二月十八日。

甲寅二月丁未朔閲訖。自始閲至此幾數月，中間人事牽纏，飢寒驅迫，卒卒未暇，良可嘆悼也。逸農鎣記。

先君子於此書，凡經六七閲，中間評語及書尾題識，有稍涉時事，刺人眼目者，兼以歲久，紙晝零落，不堪展讀。雍正庚戌命工重裝，補綴成帙，庶可傳之家塾。此書自文氏衡山先生歷文肅公凡□世，先王父中憲公爲文肅外孫，故幼時即受而卒業。繼以授先君子，逮小子亦經三世，歷年二百有餘，前賢之遺蹟未渝，先人之手澤宛在。昔司馬文正公云：「某修通鑑，惟王勝之借一讀，他人讀未盡一紙，已欠伸思睡。」而先君子披閲至六七不厭，其精勤爲何如，即此書而於他書可知也，我子孫其永念之哉。不肖鎏謹志。

戊子三月既望，閲訖於錦峯之東樓，計始閲迄今恰一年矣。老耄多忘，僅以消磨歲月，重可愧也。逸農記。

禧年十四，先君即命閲通鑑，爾時涉獵而已，不甚解，亦不好也。比長，肆力爲時文，於經傳多未究心，遑問其他。服官後，碌碌簿書，光頭線裝書束之高閣矣。戊辰歲，在長沙監司，事簡公暇，即取通鑑讀之，見有經濟作用，裨益政治，嘉言美行，足爲坊表者，隨手摘録，久而成帙。繼以移任中州，作輟不恒，至今夏始得卒業。年老衰病，精力耗減，展卷茫然，讀猶未讀。惟念是書向藏文氏，後傳吾家，名賢之遺蹟存焉，先人之手澤在焉，亦一家寶玉大弓也，凡吾子孫其共守之，其共珍之。乾隆壬申六月十三日，有禧謹識。以上卷二百九十四後。

歷代紀年十卷 宋刊本

此歷代紀年，述古堂舊物也。初書友以是書求售，亦知其爲宋刻，需直二十金。余曰：「此書誠哉宋刻，且係錢遵王所藏，然殘缺損污，究爲瑜不掩瑕，以青蚨四金易之可乎？」書友亦以余言爲不謬，遂交易而退。按是書傳布絶少，故知者頗希。余素檢讀書敏求記，留心述古舊物，故裝潢式樣，一見即識。然遵王所記，不甚了了。即如此書，首缺第一卷，並未標明，其云：「始之以正統，而後以最歷代年號終焉，似首尾完善矣。」然十卷外，又有最國朝典禮五葉，此附録於本書者，而記未之及，何其疏略如是耶。又按書録解題云：「歷代紀年十卷，其自爲序，當紹興七年。」或者此缺第一卷，故自序不傳爾。余友陶蘊輝爲余言：「向在京師，見一鈔本，是完好者。」未知尚在否也，俟其入都，當屬訪之。大清嘉慶元年二月清明前三日，棘人黄丕烈書於故居之養恬軒。

三朝北盟會編二百五十卷　舊鈔本

三朝北盟會編二百五十卷，世無刊本，惟季滄葦家鈔藏本，每葉有何子宣騎縫圖記者，最爲近古。向藏蘇氏，今爲清河氏子謙所得，子謙與子雍爲同硯友，因向借之，囑余校出譌謬脱略，反覆數次，悉爲訂正，可稱完善。季本計五十册，以五卷爲一册，卷首俱有題銜，係徐商老元書之舊。後人芟削，僅存首卷一條，全改舊觀矣。至行間字裏，季本亦間有譌脱，然舍此别無是正，且兩存之，以竢參考。

是歲十一月二十九日校竟，朗先手記。

此書余得之於姑蘇山塘書舖，尚缺三本，後天都吴司成鱗潭先生過訪。先生家多藏書，向有是本，余舉此詢之，先生因言：「此書尚有集補五十卷，明季覓之已不可得，往年黄俞邰徵刻宋元祕本目録，已無五十卷之目，則集補之亡久矣。」先生歸，不遠千里命其子姓來吴者寄到後帙，不勝狂喜。適余有京江之行，付工録之，匆匆付還，先生之高誼不可没也，因識其末。康熙壬寅長至後三日，庸菴書。　聞先生下世後，其書已散失矣。又記。

三朝北盟會編二百五十卷，宋荆溪安撫參議徐夢莘撰集，所載事實，多可補正宋史之訛闕，真奇書也。朱鶴齡愚庵小集謂此書鈔本雖存，而字句頗多脱謬，學士家從無校讐及之者，因深嘆史學之不講。余友文學周君叔平，多蓄異籍，於此書尤珍惜之，而恨其魚魯帝虎，前後錯雜，幾不可句讀，因博訪藏書家有是書者，不憚委曲借校。如也是園藏本，東皋柏先生藏本，及浦氏、仲氏諸家本，互有是非，從其是，薙其非，前後積七八年，訂訛補闕之功，始得文從字順，可謂勤矣。間有諸本俱無可是正者，則仍之，然亦僅千百之什一爾。君虚懷若谷，雖以余之不學，亦嘗預參訂之末，因憶朱氏之説，并識數語於後，知周君之爲功於史學不小云。嘉慶丙辰秋七月既望，琴水王春敷癡叔識。

袁氏通鑑紀事本末撮要八卷 影鈔宋本

此書簡而有要，可與袁氏書各自單行。恬裕主人從郡中汪氏所藏宋本影鈔，裝甫竟，出以見示，披讀一過，爲校正若干字，惜未得原本一覈也。咸豐丙辰七月五日，菘耘居士記。

蜀鑑十卷 舊鈔本

隆慶元年，歲在丁卯，仲春二月上旬，在於翠筠軒下録之。卷六後。

鋪序整飭，記載詳到。雖其文句不能如華陽志之秀拔贍美，而每值郡邑地土，每爲標註，使考蜀事者不至混漫，此則有特長焉。嗚呼，恭擬於華陽志，可爲合之則聯璧矣！其又歷唐抵宋元千三百載上下之事迹爲蜀全書，美矣夫。明嘉靖間姑蘇吴岫識。卷十後。

隆平集二十卷 明刊本

乾隆五十年夏四月二十五日雨窗校訖。箬溪老人記。卷末。

契丹國志二十七卷 元刊本

契丹國志，余向藏鈔本，其上方有小字，標明書中眼目，衆皆以爲此必有所據。及觀書華陽顧氏，見元刻本，方信鈔本所自出，果元本也。昨歲春間，鮑渌飲以元刻見歸，末尾卷多缺，急向顧氏借録，孰知顧本自十五卷以下皆缺乎，遂就其見存之卷校補缺字而還之。至於鈔本與元刻又多不同，未必影寫，擬補缺字，未敢深信也。丁卯正月十有九日，復翁。

閱。其所攜本，適爲下册，遂請西賓陸東蘿鈔補余書之缺，亦一快事也。小暑後一日雨窗復翁識。

歲在辛未仲夏，書友有以契丹國志鈔本求售者。余見其裝潢，識是述古堂物，且與元刻欵式同，因留

大金國志四十卷 影鈔元本

契丹國志二十七卷，宋淳熙七年祕書丞葉隆禮奉詔撰進。其書帝紀十二卷，后紀、諸王、外戚傳三卷，列傳四卷，石晉降表、宋澶淵誓書、關南誓書、議割地界書共一卷，南北朝饋獻禮物、外國貢獻一卷，四京州縣沿革一卷，風俗官制科舉等一卷，王沂公、富鄭公行程録一卷，張舜民使北記等一卷，諸番雜記、歲時雜記二卷。又大金國志四十卷，宋端平元年淮西歸正人改授承事郎工部架閣宇文懋昭上。其書帝紀二十六卷，開國功臣一卷，文學二卷，張邦昌録一卷，劉豫録一卷，立僞楚僞齊册文、宋宗室隨二帝北狩一卷，兩京制度、陵廟、儀衛、官制、科舉、兵制等四卷，兩國誓書一卷，京府州縣一卷，初興風俗一卷，許亢宗行程録一卷。金志紀載，與南遷録多相合，與史多謬，其文學傳則全節取元好問中州集，或云宋人僞造，似也。契丹志簡浄可觀，金志則仿其書而爲之耳。漁洋山人題。

元祕史十五卷 鈔本

元太祖，創業之主也，而史述其事迹最疏舛。惟祕史敍次，頗得其實，而其文俚鄙，未經詞人譯潤，故

知之者尠，良可惜也。元之先世譜系，史亦缺略，據秘史，乃知太祖之大父葛不律，始自稱合罕，史稱葛不律寒，「寒」當爲「罕」，方與他文一例。葛不律殁，遺言以叔父之子俺巴孩代領其衆，是爲泰赤烏氏，即史所稱咸補海罕也。俺巴孩爲金人所殺，諸部又立葛不律之子忽都剌爲合罕，此皆元史所未詳也。太祖少與泰赤烏有隙，爲泰赤烏所執，欲殺之，太祖伺守者隙逃去，鎖兒罕失剌匿之家，乃得免。鎖兒罕失剌者，赤老温之父。史既不爲赤老温立傳，而鎖兒罕失剌之事，亦不著於本紀，亦闕漏之甚者也。蔑兒乞部，故與烈祖有怨，聞太祖在不兒罕山，襲掠之，虜夫人宏吉剌氏。太祖求救於克烈王罕，王罕資太祖兵，與札木合兵擊之，悉收其所掠，太祖遂與札木合合營。札木合者，太祖之疏屬，太祖幼時同嬉戲，稱安答者也。居歲餘，札木合復疑之，乃乘夜去。諸部多棄札木合從太祖者，遂議立太祖爲成吉思合罕，紀皆不書，而忽書麾下搠只與札木合部人構怨一事，繫於帝方幼沖云云之下，此大誤也。當太祖幼時，勢甚微弱，賴王罕、札木合二人假以徒衆，羽翼漸成，始立名號。紀但云丙寅歲，羣臣上尊號曰成吉思皇帝，不知成吉思罕之號，蓋已久矣。其後遣使誚責，按彈、火察兒等謂昔者吾國無主，汝等推戴吾爲之主者，正指此事也。先稱合罕者，一部之主，後稱皇帝，乃爲羣部之主，豈可略稱罕一節而不書乎？紀又云：「哈答斤部、散只兀部、朶魯班部、塔塔兒部、宏吉剌部聞乃蠻泰赤烏敗，皆不自安，會於阿雷泉，斬白馬爲誓，欲襲帝及汪罕。宏吉剌部長迭夷恐事不成，潛遣人告變，帝與汪罕逆戰於盃亦烈川，大敗之。」其下文又云：「宏吉剌部欲來附，哈撒兒不知其意，往掠之。於是宏吉剌歸札木合部，與朶魯班、亦乞剌思、哈答斤、火魯剌思、塔塔兒、散只兀諸部會於犍河，共立札木合爲局兒罕，盟於秃律別兒河岸，誓畢，驅士卒來侵。抄吾兒知其謀，以告帝，帝即起兵逆戰，破之，札木合脱走，宏吉剌部來降。」據秘史，則此兩條本是一事。當時從札木合者，實有十二部，立札木合爲罕將，以拒王罕與太祖也，而乃蠻、泰赤烏之敗，則在札木合等散去之後，紀所書顛倒複沓，皆不足據。論次太祖、太宗兩朝事迹者，其必於此書折其衷與。嘉定錢大昕跋。

鮑氏國策十卷 宋刊本

洪武十七年孟夏鄭汶偉置。序文後。

五代史闕文一卷 舊鈔本

辛酉夏六月借黄俞邰鈔本一勘。下有孫潛之印。卷末。

五代史補五卷 舊鈔本

崇禎辛未仲春六日，以海虞馮已蒼鈔本對閲於寒山小宛堂。野竹齋藏本。

右五代史補五卷，潯陽陶岳介立撰，代每爲補一卷，凡一百四條。岳雍熙二年進士。己亥歲仲夏下浣，傳俞氏假唐月心本重録一過。

嘉靖十五年歲次丙申季秋下浣柳僉重録。

宋特進左丞相許國公奏議四卷　鈔本

宋丞相吴許公奏議四卷，祁氏淡生堂書目著之，凡六十三篇，始紹定四年，終景定三年，卷末有臨終謝表，故以公卒年爲斷。首尾三十五年，不出理宗一朝。所言皆中外大計，反覆詳明，可見公愛君憂國，謇諤不阿風概，誠考宋事者不可少之書也。按公有履齋遺集四卷，爲明末宣城梅鼎祚所編詩詞雜文，四庫館已著録。提要謂：「宋史本傳所載諸疏，不見集中，已多散佚。」今觀此書，諸疏燦然具在。卷首序文二篇，不著撰人名氏，據所言，知前序爲公鄉人，後序爲公後裔。又知此書在國初時曾經裔孫所謂汝州君者付梓，見前序。第四卷尾謝表一篇，即從梅氏斑案，梅氏所編遺集，並無此表。所編遺集録載。目録謝表下注明。此異乎吾家石林奏議，自元以後，絶無傳刻者，乃當日四庫館開，亦竟無人采進，何歟？或者汝州雖梓，而未能流傳久遠，以此仍湮没不彰，未可知也。此鈔本爲金陵朱述之司馬所藏，吾友胡君心耘借歸録副，屬爲校讐。胡君言：「司馬家毁於癸丑二月之難，藏書十餘萬卷，悉成灰燼。此書獨留杭州行篋，幸而獲存，豈非公忠直之氣，鬱久必伸，天爲愛惜護持，以待後來之傳布哉！」惟然則胡君表彰往哲遺著之心，尤足重矣。咸豐五年乙卯夏五月，吴人葉廷琯謹跋。

此書元鈔，已經葉調笙、江彤甫數校，是正處頗多。今年夏，心耘丈復録是本，屬爲校讐，因爲對閲一過。葉江兩君所校者，仍録於上方，間參以臆見，然並無他本可證，知金銀華車尚不免也。戊午夏日，元和徐紹乾校畢識于琳琅秘室。

諸臣奏議一百五十卷 校宋本

趙汝愚編宋諸臣奏議一百五十卷，統爲十二門，析子目一百十四，自北宋至南宋之初，君臣交際，人事天時，燦然具見。第宋版不易得，行世者惟會通館鑄銅活字本，中間譌謬舛踳，幾不可讀，如愛日精廬藏書志所載者，尚有未盡也。去歲秋七月，蔭棠出活字本，屬假張月霄所藏宋版讐校，缺者補之，訛者正之，以甲之前半篇，接乙之後半篇，而不能句讀者足之，宋版漶漫者缺之，凡雙行夾注者，悉以紅點誌之，歷十閲月而始蕆事。其趙希瀞序一篇，奏劄一道，自敍一篇，史季温跋一篇，總目十三葉，活字本未録。目録一百四葉，俱照宋版録出，以存其真，他如字裏行間，悉用朱筆更正。惟宋版缺第一卷至第二卷之第十二葉，又缺第一百九卷，又缺一百四十四卷至一百五十卷，終無從是正。傳是樓書目載有宋本，未知尚在人間否也。道光五年歲次乙酉，郎仙邵恩多校竟識。

東家雜記二卷 宋刊本

東家雜記書一本，得之胡祭酒先生家。觀其書，首有沈氏圖書，又有夏氏圖書，而又傳於胡矣。今吾家又得之於胡，子孫其念之哉。時成化乙巳十月十九日，袁則明甫寓南昌學識。

題宋槧本東家雜記後

東家雜記二卷，葉九來曾有宋槧本，而錢遵王因假借繕寫，此見諸讀書敏求記者也。繼於顧抱沖案頭，見有影宋本東家雜記，末有茱萸山人席鑑跋云：「往聞何義門太史得宋槧本東家雜記二卷，毛省菴先輩從之影寫一本，余於丙申仲夏得之汲古閣中。」據是，則錢、毛二家皆有影宋本，而葉與何所藏宋槧本，不知是一是二耳。今余於東城舊家得宋槧本，即爲毛氏影寫本所自出，是可喜也，敢不寶之。棘人黄丕烈。

世文於宣和六年嘗撰祖庭雜記，及從思陵南渡，别撰此書，改祖庭爲東家者，殆痛祖庭之淪滔，而不忍質言之歟。考四十九代孫玠襲封衍聖公時，世文已稱本家尊長，而卷中述世系訖於五十三代孫洙，計其時代當在南宋之季，蓋後來續有增入矣。卷首杏壇圖説，與錢遵王所記正同。竊意此圖説及北山移文、擊虵笏銘、元祐黨籍三篇，亦後人增入，非世文意。蕘圃主人精於考古，其以吾言爲然乎否？辛酉十一月，竹汀居士錢大昕記。

孔氏祖庭廣記十二卷 蒙古刊本

此先聖五十一代孫襲封衍聖公元措夢得所編，前載元豐八年四十六代孫宗翰家譜舊引，宣和六年四十七代孫傳祖庭雜記舊序。家譜與雜記本各自爲書，夢得始合爲一，復增益門類，冠以圖像，并載舊碑全文，因祖庭之名，而改稱廣記，蓋仙源之文獻，至是始備。書成於金正大四年丁亥，張左丞行信爲之序，鐫版南京。此則蒙古壬寅年元措歸闕里後重雕之本也。壬寅爲元太宗六皇后稱制之年，金之亡已十載矣。蒙古未有年號，但以干支紀歲，在宋則爲淳祐二年也。此書世無傳本，兹於何夢華齋見之，紙墨古雅，字畫精審，余所見金元槧本，未有若是之完美者。向嘗據漢宋元石刻，證聖妃當爲并官氏，今檢此書并官氏屢見，無有作幵字者，自明人刻家語，妄改爲幵，沿譌到今，莫能更正，讀此益信元初舊刻之可寶。嘉慶六年歲在辛酉五月五日庚辰，嘉定錢大昕謹題。

嘉慶六年四月十日孫星衍觀。

此記「正大四年訖功」一行，當接卷首「資政續編」銜名，金元列銜多左行也，重裝時宜移此半葉於前合之。辛酉四月廿又三日觀於何夢華三吾鴻景齋中，因題記。萇生瞿中溶。

嘉慶甲戌五月廿日，七十三老人吴翌鳳敬觀。

余往閲讀書敏求記，始知牧翁所亟稱者，有東家雜記、祖庭廣記諸書，然遵王皆以爲未見。既從葉九來假得宋槧本東家雜記繕寫，遂著於録，若祖庭廣記，仍無有也。余收書郡故家，得宋槧本東家雜記，自謂所收較遵王爲勝，惟祖庭廣記，僅從素王事記見其摘録數條，仍以未見全書爲憾。今夏五月，余自都門歸，錢唐何夢華亦新自山東曲阜攜眷屬僑寓於吴中。何固孔氏壻也，其奩贈中有元版孔氏祖庭廣記五册，裝潢古雅，籤題似元人書，因出以相示。余詫爲驚人秘笈，蓋數年來所願見而不得者，一旦見之，已屬幸事。乃夢華稔知宋槧本東家雜記已在余處，謂此書是兩美之合，爰割愛投贈。贈書之日，適夢華將返杭，余贈以行資卅金，今而後士禮居中，如獲雙璧矣。余檢菉竹堂書目，有孔子實録五册；文淵閣書目，有孔子實録一册。伏讀四庫全書提要傳記類存目，有云：「孔氏實録一卷，永樂大典本，不著撰人名氏。」末一條云：「大蒙古國領中書省耶律楚材奏准皇帝聖旨，於南京特取襲封孔元措令赴闕里奉祀。」案元措以金承安二年襲封衍聖公。此書或即元措所撰歟？今取證是書，與之悉合，方悟向來藏書目所云孔子實録、孔氏實録，即此孔氏祖庭廣記也。特所記册數、卷數，多寡不同，或有完缺之異爾。余與古書因緣巧合，往往類是。而此書之得，雖遵王不且遜余之創獲耶？敢不詳述原委，以志余幸。此書裱托過厚，圖畫皆遭俗手補壞，因損裝重修，纖悉皆還舊時面目。首册次序紊亂，各以原注小號順之。結銜一葉，舊分兩半葉離之，瞿木夫已正其誤，今亦合之。錢少詹之題跋，孫觀察之看欵，皆於夢華時乞題，今悉存其舊。他日當并東家雜記求辛楣先生作總跋，俾兩書並藏，文宣事迹粲然大備於今日，儒者可以資考覽，後人可以舉名籍，紀載缺如之憾，東澗老不得而訾議已。嘉慶歲在辛酉季秋月乙未日，黄丕烈識。

書中顏子從行小影，謂聖像最真。昨同年友張子和從蕺山書院來，摹得宣和聖像贈余，石刻之與板本，纖毫無二，益信祖庭廣記爲得其真也。東家雜記首列杏壇圖説，下附琴歌一首，反疑後人僞托，遵王亦作疑信參半語，有以夫。蕘圃又識。

咸豐七年四月辛巳昭文邵淵耀敬觀。近得燕園鈔本，據以校勘，正訛甚多，知元槧之致足寶也。

晏子春秋八卷 影鈔元本

甲戌九月校正付刊。澗蘋記。

此本擬不示人以樸，然流傳於外，亦足見辦書之心苦矣，無不可也。乙亥閏月廿五日又記。上以書衣。

影元版本鈔晏子，據別本改正數字，用朱筆記之。星衍。卷四後。

重刻晏子春秋後序

嘗謂古書無唐以前人注者，易多脱誤，晏子春秋其一也。乾隆戊申，孫伯淵觀察始校定，爲之撰音義，發凡起例，綱舉目張矣。嗣是盧抱經先生羣書拾補中晏子，即據其本，引申觸類，頗得增益。最後見所謂元人刻本者，補二百十五章之目，而觀察亦得從元刻影鈔一部，手自覆勘，嘉慶甲戌九月以贈吳山尊學士。於是學士屬廣圻重刻於揚州。別録前有都凡，每篇有章次題目，外篇每章有定著之故，悉復劉向之舊，洵爲是書傳一善本已。廣圻讐字之餘，尋繹文句，間有一得。知問上篇第十二章當云「故臣聞義，句謀之法也，句民，句事之本也」。下文當云「及其衰也，建謀反義，四字句興事傷民」。問下篇第十五章當云「晉平公饗之文室，句既事，句請以燕」。第十九章當云「其事君也，盡禮道忠，句不爲苟禄，不用則去而不議。其交友也，諭義道行，句不爲苟戚，不同則疎而不誹」。今本皆脱誤不可讀。此類相承雖久，尚有可以爲之推求審正者。其音義、拾補方行於世，既所共覩，不事贅述。倘取以參稽互證，尊舊聞而資新悟，將見讀晏子者之自此無難矣。元和顧廣圻謹後序。

魏鄭公諫録五卷 鈔本

據正德二年吴中刻本校。

是書字畫之疑，偏旁之誤，呼吸之譌，莫不讐正。至若闕文，非史有所證，則姑存其舊，不敢增損，蓋春秋「夏五郭公」之意也。茂陵馬萬頃敬書。

此跋見正德本，今秀雅草堂本遺之。萬頃，字叔度，宋淳熙間人。

雲韓堂紹陶録二卷 舊鈔本

余生長湖山，稟賦成性，日徜徉於雲霞之府，但適然耳，不自知其超然世外也。自飢驅入塵以來，歸遊旅思之際，每讀章詠及丘壑之趣者，未嘗不爲之心神飛動。去秋，健菴徐司寇撰志於吾山，借得紹陶録發鈔。余見其旨趣高逸，辭調奇古，一字不落凡俗蹊逕，深有契於幽懷，而絶不能發之於拙筆者，因命炳、掞兩兒録得一本，以期日後向平事畢，託友魚鳥，幅巾道服，以漁鼓簡板歌此辭於煙光嵐翠之間，其樂殆將何如也耶！中多差落，親加較對，以所來如此，不敢妄爲補正。康熙三十年辛巳端午，洞庭東山翁栻識。

祠山事要指掌集四卷 元刊殘本

道光庚寅四月十日蔣因培拜觀。卷一後。

道光丙申清和月十日，合江蓮生氏陶廷杰敬觀於味經書屋。卷二首。

祠山事要指掌集殘本四卷，元梅應發因宋周秉秀舊本重編者，原十卷，今佚卷五之末。此本述古錢氏舊藏，即讀書敏求記著録本也。祠山真君姓張氏，吾邑謂之張大帝。祠山本名横山，在廣德西五里，真君隱居之所。唐天寶中，以山有真君祠，改今名，猶崇仁巴山以有漢沛相欒巴墓改相山也。真君本末不可考，就其所載，要亦一方之禦災捍患者。卷中載唐顔魯公、宋張乖崖、真西山皆極崇奉，然乎否乎，未可知也。其最可笑者，謂乖崖自稱臣姪。夫真君，神耳，非古帝王也，何得稱臣？真君西漢人，去宋千年，何得稱姪？曾謂乖崖不學無術若此乎，此則附會無稽之尤者也。嗚呼，世之附會無稽者，豈獨祠山事要所述也哉！昭文張金吾跋。

道光丙戌七月下澣當湖朱爲弼拜觀。以上卷四後。

鄜王劉公家傳三卷 舊鈔本

閣本宋刻鄜王劉公家傳三卷，乃劉光世之家傳也。第一卷脱十八葉，惟存十九葉尾張而已；三卷止於紹興元年，不知後當逸去幾何卷，姑録之以俟異日。世稱張韓劉岳爲中興四大名將，張俊卑卑無足道，且傅會秦檜而殺岳飛，罪不容誅矣。光世亦瑣瑣孱弱，何以厠名其間？吁，亦幸矣！豈四人者，同時俱爲大帥，故世人順口而稱耶。不然，劉錡之矯矯者，乃不得並稱哉？夫亦以其後於四人而已。清常道人志，時萬曆三十九年季冬念有五日初漏下，書於奉常齋中。

元統元年進士題名録一卷 鈔本

此元統元年進士録，録前當有讀卷、監試、執事諸臣銜，今惟存監膳、供給、□造、公服數人，餘皆失之。是年歲在癸酉，以十月改元，故列傳或書至順四年，其實一也。元自延祐設科，賜進士五十有六人，嗣後遞有增廣，無及百人之額者。是科增至百人，史家以爲科舉取士莫盛於斯者也。廷試進士，例以三月七日。是年順帝以六月即位，故廷試移在九月三日，此亦當書於選舉志者，可以補史文之闕。是榜蒙古、色目五十人，漢人、南人五十人，有兩丑閭，兩脱穎，敏安達爾與明安達耳，音亦相同，當時不以同名爲嫌也。李齊，貫保定路祁州蒲陰縣匠户，而史云廣平人。丑閭，貫昔寶赤身役，唐兀氏，而史云蒙古氏，皆當以録爲正。右榜第三甲第十六名字彦輝，而名已殘缺，惟末筆似「歹」字曳脚，以元史忠義傳證之，當是塔不台。「台」與「歹」，元人多通用也。此百人之中，元史有傳及附見者十人，余闕、月魯不花、李齊、聶炳、塔不台、明安達耳、丑閭皆以忠義顯名。而成遵之政績，張楨之讜直，宇文公諒之文學，亦卓卓可稱，斯足徵科舉得人之效矣。宋世登科録傳於今者，惟王佐、文天祥兩榜。元之登科録，前輩未有及見者。頃黄君蕘圃於書肆中偶得之，詫爲希有，屬余審定，爰紀所考證於卷末。時乙卯重五日夏至，竹汀居士錢大昕書。

乾隆六十年乙卯之夏，偶過東城醋坊橋崇善堂書肆，主人出舊書數種示余，惟有校本易林，係用陸勅先本校者，祇及一卷，餘未動筆，因需直昂，未之得也。最後以此録丐余品評。余曰：「此題名録也。」主人遂云：「既是題名録，定是無用物，想君亦棄之矣。」余曰：「子如不索重價，我當置之。」主人云：「我需錢一百四十文，君嫌貴乎？」余曰：「無用需貴價，有用索賤直，君等類如是，我何爲不得。」遂如數歸之。余雖知其爲元代題名録，然所載人名，自余忠宣、劉青田外不甚悉。久知錢竹汀先生熟於元代事，且有元史稿，必能悉其詳，遂攜示先生，並乞其跋。既而先生來，欣喜殊甚，謂余曰：「此録於元史大有裨益，勿輕視之，吾已詳跋之矣。」蓋跋語元元本本，殫見洽聞，苟非胸熟元史者，何能輕吐一字。余既重其書之有補於元史，且重先生之跋，足以表章是書也，急爲重付裝池，再加表托，其費幾至數十倍於書價而不惜，誠不敢傚書賈之視有用爲無用耳。余於史事不熟，無能道一字，不過敍得書之由，并著書之無用而有用，或待後人之賞鑒而始彰也。古來題名録，惟紹興、寶祐兩科最著於世，而此録世無傳本，宜先生之珍重若是。然余謂紹興同年録僅見弘治刊本，寶祐録雖明刻亦未見，惟此尚是元刻，則此刻真古於弘治本矣。近擬輯所見古書録，自序云：「編殘簡斷，市希駿骨之來；墨敝紙渝，窺詡豹斑之見。」吾於此録亦存斯意耳。嘉慶二年，歲在丁巳季春月下澣一日，讀未見書齋主人書。

重刻宋朝南渡十將傳十卷 元刊本

此表從毛鈔本補録備覽。章穎所上四將傳宜有之，此刻無者，或因十將傳而不列此表，抑或置諸卷首而脱失也。每葉二十四行，每行二十一字，後欲繕録重裝，照此行欵可爾。蕘翁識。卷首。

四葉一行空格「金」。　十二行「閲」字下校增「爲」字。　五葉十一行「詣」字下校增「行」字。　十葉十九行「士」字下校增「爲」字。　十一葉九行「免」字下校增「者」字。　二十二行「浚」校改「俊」，下同。　十四葉十行「亦」字下校增「奏」字。　十六葉十九行「怒」校改「怨」。論中「張浚」不作「俊」。　以毛鈔本校。蕘翁。卷一後。

一葉二行「母」字下校增「懷」字。　二十四行「人」字下校增「入」字。　五葉十五行「令」

字下校增「各以」字。　十七葉五行「至」字下校增「行」字。　廿七葉三行「行」作「在」。卷二前。

此刻本十將傳，諸家書目不之載，眞奇書也。南倉橋書坊携以示余，卒未知爲誰家所藏。先見頭本，後乃見全書，索值十六金，余議價未得。岳傳中原闕二葉，以白紙畫烏絲存之，誠謹慎之至。適余假得香嚴書屋所藏鈔本，其文尚全，因遂手録以補。香嚴本出毛氏舊鈔，當非無據者。鈔本行欵略異，照此刻每行二十一字補之，不致大錯，益信毛鈔之善。余性躁急，書未買成，而已爲之鈔補，一可笑；且今日正自旗亭赴酌歸，醉眼昏花，而燒燭寫此，行欵參差，字跡草率，不計工拙爲之，又一可笑也。蕘翁識。卷二中。

卅一葉五行「號」作「虢」。　九行「侵」下多「軼」字。　卅二葉三行「也」作「耶」。　十行「通」誤「邇」。　卅三葉廿三行「懽」作「懼」。　卅四葉十行脱「飛」字。　十五行「亦」作「已」，「國」下衍「家」字。　十九行「示之」下多「兀朮」字。　卅四葉十九行有脱文，當接卅五葉「聞豫」云云。　廿四行脱「信」字。　卅五葉十五行「又」字下當接卅六葉「有謂」云云。　卅五葉廿行「用」字下多「間兀朮」三字。　卅六葉九行「同」誤「伺」。　卅七葉十四行「其」字下無「餘」字，「翟」字下有「將」字。　卅七葉廿一行「安永」作「永安」，下脱「軍」字。　卅八葉十六行「硯同」誤校「覘」。　廿行「國」下有「之」字。　卅九葉五行「人」作「橋」。　十九行「護」下多「欄」字。　四十葉三行「張」作「劉」。　四十一葉四行「椅」校「觭」。　四十一葉六行「歛」誤「飲」。　十三行「萬」作「高」。　廿二行「行」下有「矣」字。　「故」校「欲」。　四十二葉八行「其爲」下多「相薦」二字。四十二葉廿四行「山東」下無「渡東」字。四十五葉三行「怒」作「悲」。四行「下」作「示」。六行「帥」作「師」，「膻」作「羶」。四十七葉五行「著」作「者」。八行無「乃北朝向來初起之兵白。」十三行「飛」下多「來」字。四十八葉六行脱「俊地分也」四字。四十八葉廿三行「吾軍二」作「輩」。四十九葉五行「訪」作「紡」，下同。十六行「佾」作「俊」。五十葉一行脱「兵」字。五十葉五行「卒」下多「告其徒呼干罪得爲都頭俊以張憲謀還飛兵柄」共十九字。六行「刼」校「劫」。五十三葉二行「全」下多「師」字。十七行「夾」作「來」。五十四葉廿行多「合軍万人」四字。五十五葉八行「許」作「訐」。五十五葉八行「從」作「俊」。五十六葉七行「陌」作「百」。八行脱「必誅」字。十八行「施」下「之」作「人」。五十八葉四行「俊」作「浚」。六十葉九行「入」作「辰」。廿二行「論曰」提行。廿四行空格「會」。六十一葉十二行「又論曰」提行。從毛鈔本校。卷二中。

余初見此書，偏檢諸家書目，皆無其書。偶訪周香嚴丈云：「晁公武讀書志中有之。」歸家後，檢衢本無其書，後檢袁本有之，然止四將傳，蓋劉錡、岳飛、李顯忠、魏勝也，亦出於史官章穎所撰而上之者。今香嚴所藏毛氏舊鈔本，先之以种諤傳，趙起撰者，此刻所無，後列韓世忠、劉錡、岳飛、李顯忠、魏勝傳，行欵與此刻同，每卷不排次第，但云某人傳，無「重刊宋朝南渡十將傳」字樣，又無「宋朝南渡十將列傳」字樣，是必從宋時雕本出也。其不分卷第者，晁志本云四將傳，可無容別標卷第矣。韓世忠本不在四將列，故毛鈔本在劉錡傳前。劉錡傳前有進劉、岳、李、魏傳表，此十將傳故無之也。傳惟劉、岳、李、魏有「史官章潁纂」五字，韓世忠以下皆無之，是必非章潁所纂矣。不知何時合編爲十將，而題曰「重刊」，又曰「宋朝南渡」，是必元人爲之矣。余因其爲秘本，出番錢二十枚購之。其同購者，尚有舊刻楊鐵崖古樂府，書估居奇，不肯獨售此種，故以彼爲副爾。時嘉慶十年乙丑春三月二十有六日，黄丕烈識。

癸酉冬季，又從坊間購獲元刻東光張預輯十七史百將傳殘本，與此可稱合璧，惜半已失之，安得藏書家亦有舊本可爲鈔補乎？書此以俟。甲戌仲春復翁。以上卷十後。

國朝名臣事略十五卷 元刊本

卷二第十三、十四葉鈔本皆脱，惟香嚴元刻有。此所鈔補者，當屬影寫，取對香嚴本無異也。卷二後。

甲申季春假吴門黄氏藏淡生堂鈔本校勘一過，凡元本模糊處，以硃筆補之。金吾。

向余收得紅豆書屋藏鈔本名臣事略，中多闕失，因見吴伊仲藏元刻本，借歸手校，知鈔本所少者，不僅在字句之間，元刊固可寶也。後爲執經堂張氏所有，時張猶與余未甚熟識，故託坊友轉商之，出重直購此，而以手校本贈之。既而别從他所獲見又一本，與此刻同，索值五十餅金，力不能兼蓄，取對影鈔補者纖悉都合，方信前人重書，必得刻本影鈔者，非不知妄作。所補葉有伊仲圖記，當即其所補。伊仲作客楚中，將書存貯友人處，竟致遺失，幸爲張君所收，張又因余之愛而轉歸余，蓋以余爲書知己耳。曾幾何時，而已三易其所，甚哉書之難久聚也。蕘夫記。以上卷十五後。

草莽私乘一卷 舊鈔本

草莽私乘一册，借江上李如一鈔本繕寫。

余往輯桑海續録，訪問龔聖予文履善、陸君實二傳而不可得。從江上李如一借得陶南村草莽私乘，則二傳及君實輓詩儼然在焉。不獨二公鬚眉如在，亦如與龔聖予、吴立夫諸老執手接席，欷歔嘆噫於寒燈竹几之間也。萬曆庚申春日謙益記。

陶南村輯草莽私乘手稿，在王弇州家，余訪之同伯丈，則已化爲烏有矣。偶與江上李如一談及，如一云家有鈔本，忻然見借。篝燈疾讀，不啻獲一真珠船。復手録文丞相、陸君實二傳，爲桑海續録發端，而爲之敍以識之。如一好古嗜書，收買圖籍，盡減先人之産。嘗從事三禮，從余假宋賢禮記集説，焚香肅拜而後啓視，其鄭重如此。每得一遺書秘册，必貽書相聞，有所求假，則朝發而夕至。嘗曰：「天下好書當與天下讀書人共之，古人以匹夫懷璧爲罪，况書之爲寶，尤重於尺璧，敢懷之以賈罪乎？」又嘗語其子弟：「吾藏書經牧齋繙閲，覺卷帙上隱隱有光氣。」余甚媿其意，然未嘗不嘆此達言以爲美譚也。庚申中夏日，謙益再書於榮木樓之桐樹下。

通鑑總類二十卷 校宋本

宋刻本行欵悉同，惟版心每門在通鑑總類上下有字數，書中無圈句。咸豐己未歲六月，以宋刻本校過。菘耘居士。

吴越春秋十卷 校宋本

影宋本九行十八字。

嘉定甲申吴越春秋，影鈔本也。初閱第九卷，越女劍事，「女即捷末」下，多「袁公操其末甲按「本」字之誤。而刺處女，女應，即入之。三入，處女因舉杖擊之」，共廿三字，與御覽、類聚選注所引合，遂全勘一過。其他佳處似無過此者，然較諸此本固勝矣。乾隆甲寅九月十六日，顧廣圻記。

十六國春秋略十六卷 舊鈔本

天啓乙丑較於含碧樓。此書向疑盡出太平御覽，及較時，始知亦有異同，豈舊人所録本與今刻本御覽不同耶？抑實是原書所存也？是月爲未，日爲二十一，嘿道人記。

江南野史十卷 舊鈔本

江南野史，鄭樵藝文志載有二十卷，此本止録十卷，當再於别志察之。據南唐書音釋，野史凡二十卷，八十四傳，今祇十卷，三十四傳，其非全書明矣。

錦里耆舊傳四卷 舊鈔本

余年來思注歐陽子五代史記，求野史於蜀，若毛文錫前蜀記事二卷，董淳後蜀紀事三卷，李昊蜀書二十卷，張彰錦里耆舊傳一卷，俱佚不傳。僅存者，張唐英蜀檮杌十卷，今止二卷；若句延慶續錦里耆舊傳四卷，恐亦非完書也。延慶，字昌裔，成都人，官應靈縣令。書成於開寶二年，起咸通九年，迄乾德三年，一名成都理亂記。卷中載李昊降表，及從降三十二人，入除目者二十六人。李順、王均、劉盱作亂，亦略載之，可資采獲者，惜太常博士張約序已亡之矣。小長蘆朱彝尊竹垞書。

蜀檮杌十卷 舊鈔本

蜀檮杌十卷，宋張唐英著，雖偏部短記，事蹟微淺，而亦有可以廣見聞備鑒戒者。但録自吏人，譌舛十有四五。歸田多暇，輒爲審定。蓋以三本互證，乃稍諦當如此，子孫其存之。萬曆戊戌九月十八日，弱侯記。

南唐書三十卷 舊鈔本

正德辛巳，余聞江陰孫潛夫云：「靖江朱生藏有宋刻馬令南唐書，許借未往。」迄今二十餘年，余恒往來於懷，竟無有遇。客歲館於宫保秦公，偶鬻書者持元刻陸游南唐書來售，殘編斷簡，漫不可讀，姑手録之，以備一家言。今年春，得主洛川張君家塾，暇日乃出馬令南唐書觀之，云：「是從先公官閩時所録。」余曰：「此余二十年前求之未獲者也。」遂抱疾録一過，藏諸篋笥，庶爲陸游合璧。若夫評隲異同，具馬端臨經籍考，兹故略云。嘉靖辛丑夏四月晦日，句吴茶夢道人姚咨跋。

南唐書十八卷 校宋本

遵王鈔本校一過。甲寅九月七日覿庵記。

陸游南唐書，向藏顧澗薲臨陸敕先校本，其所據者，蓋錢罄室鈔本也。兹册爲陸敕先手校本，然其所據，又爲錢遵王鈔本矣。聞此書出張青芝山堂，多爲蠹蝕，其上方有補闕字，亦飽蠹腹。重爲陸校，命工重裝。初得此書，用番錢一枚，若以裝工計之，又多費幾番錢矣。余之愛書，并愛藏書者，後人其諒余苦心哉。嘉慶乙丑冬十月，蕘翁識。

顧澗薲云：在臨陸敕先校錢罄室本上。「汲古閣初刻陸氏南唐書，舛誤特甚，此再刻者，已多所改正。然如讀書敏求記所云『卷例俱遵史漢體，首行書某紀、某傳、卷第幾，而注南唐書於下。今流俗鈔本，竟稱南唐書本紀卷第一、卷二、卷三，列傳亦如之。開卷便見其謬』者，尚未改去，其他沿襲舊訛，可知其不少矣。」余按陸校錢罄室鈔本，以上所云謬訛者具在，是罄室所鈔又一本矣。今得陸校錢遵王鈔本，目録悉如記中語，可知其佳。裝成，略取罄室本一勘，此較勝之，唯是澗薲所云汲古閣有初刻再刻之别，今合兩本觀之，蓋同是一版，初刻者未修，再刻者已修也。特初刻中反有一二佳字，合於鈔本，再刻反改去，或以修致誤耳。同日燈下參一過并記。蕘翁。

越歲丁卯五月，獲錢遵王鈔本，取對是本，所校盡同，則是本誠佳矣。若錢本不書乙，安知不置於甲乎？復翁記。

東國史略六卷附百夷傳不分卷　舊鈔本

東國史略六卷，不著姓氏，於燕京馮滄洲仲纓齋頭見之，因借録一册。其書最簡略，而上下數千年間事，歷歷可指諸掌，至如幽奇理亂之跡，不少概見，可謂東國之良史也。滄洲别有東國通鑑三十册，爲東明石大司馬星取去，聞其書更精於此，惜不得覩之。馮嘗從事於東征，有全城之功，而不見賞。今鬱鬱長安，索五斗不能如侏儒之飽腹也，悲夫！時萬曆庚戌三十八年季秋朔後三日，海虞清常道人趙琦美書。

國史略後。

余欲集古今叢史，患遐陬之弗及周知矣。歲庚戌，補考在京師，閒步刑部街，因見此書，遂買之，録一册以隨奚囊，亦山經、水志之一斑云。時萬曆三十八年庚戌十一月十有三日，清常道人趙琦美識。百夷傳後。

歲時廣記四十二卷 鈔本

戊午仲春，元和徐紹乾重校一過。卷三後。

咸豐六年秋，假得朱述之司馬藏本録此，竭半月之功校畢。惜尚有訛誤，擬檢所引各書逐條對勘，惜亡佚已多，流傳於今者，十不得三四矣。余又苦無閒晷，不久又將入都，姑俟異日再校。胡珽記。

戊午春日，心芸博士以是書出示，見其誤繆甚多，因爲重校一過，並檢案頭所有之書，略爲對勘，正誤處數十條，並用墨筆記於上方，然其舛訛處尚不少也。子槼識。

陳元靚歲時廣記，向無傳本，錢遵王讀書敏求記著於録，稱：「前列圖説，分四時爲四卷。」曹倦圃輯學海類編，則并其圖説佚之。乾隆中，四庫館開，即據曹本採入，故提要謂其於稗官説部多所徵據，而爾雅、淮南諸書反多遺闕，蓋指四卷而説，未嘗見此完書也。歲甲寅，余在京師，一日袁漱六太守過訪，謂余曰：「山東劉燕庭先生前在浙藩任内，遣人至天一閣范氏鈔得歲時廣記四十二卷，當時奉爲枕中秘，今燕庭先生已歸道山，其藏書亦漸散佚，惟此索之不得，子其見之乎？」余曰：「未。」是秋旋里，越歲因事赴浙，得識朱述之司馬，詢及是書，始知燕庭先生鈔寫時，司馬亦録副藏之。司馬爲金陵故家，自癸丑二月城陷後，藏書十萬餘卷，盡成灰燼，此書獨留杭州行篋，幸而僅存。余急假録之，竭半月之功校畢。見其徵引各書，爾雅、淮南而外，多有不傳秘笈，即引荆楚歲時記等書，亦與今本大異，遺聞軼事，具見於是中，洵爲有用之書。惟第五卷全缺，第六卷亦稍有殘缺，第廿四卷内缺一葉，餘皆完善。遵王、倦圃所藏，即前四卷之有目録者，實則全書綱領也，非見是本，何由識其面目。獨惜四庫館開時，范氏進呈書籍有六百餘種之多，何以獨遺是書，豈故祕不宣歟？抑尚未收獲歟？時之顯晦，自有一定，余既有緣遇此，安敢韞匵而藏，異日當傳鈔數部，以答著書者之苦心，即劉、朱二公兢兢好古，亦略見一斑矣。咸豐六年，歲在丙辰九月識於琳琅秘室，時久旱得雨，新涼襲人。時又將入都，行李凄然，問形答影，徒增嘆息。仁和胡珽。

蘇城吴保熙録。

咸豐七年丁巳冬仲，恬裕齋瞿氏欲借鈔一部，閲三月而竣事。因新鈔者字迹稍劣，余校過後以此本歸瞿氏，載入藏書記中，以傳永久云。戊午仲春既望珽又誌。以上卷四十二後。

三輔黄圖一卷 校宋本

此毛斧季手校三輔黄圖，内一處構字作御名，是用南宋高宗時刻本也。首尾通爲一卷，與隋志合。

「社稷」條注元始云云，乃後人採後漢書祭祀志添入者，此本獨未有之，字句煩簡，亦往往合於玉海諸書所引者，足證其本之佳矣。推斧季所鉤行欵，係每半葉十行，惜臺榭條末、南北郊條前缺而未鉤，遂無從全識其面目矣。又陵墓條其本似不載，亦未詳其意。己未五月，顧廣圻借讀記。

元和郡縣圖志四十二卷 舊鈔本

戊辰春日，元和戈襄將刻本讀校一過，彼此互有得失，均朱書於旁，下雖未盡，然視原校覺稍勝矣。初夏七日記。

新刻不如此鈔本遠甚，惜乏暇日審正之。思適記。

輿地紀勝二百卷 影鈔宋本

王氏輿地紀勝二百卷，余求之四十年未得，近始於錢唐何夢華齋見影宋鈔本，假歸讀兩月而終篇。每府州軍監分子目十二，曰府州沿革，□有監司軍將駐節者，別敍沿革於下。曰縣沿革，曰風俗形勝，曰景物上，曰景物下，曰古迹，曰官吏，曰人物，曰仙釋，曰碑記，曰詩，曰四六。今世所傳輿地碑記目者，蓋其一門，不知何人鈔出，想是明時金石家爲之也。此書所載，皆南宋疆域，非汴京一統之舊，然史志於南渡事多闕略，此所載寶慶以前沿革，詳贍分明，裨益於史事者不少。前有嘉定辛巳孟夏自序，寶慶丁亥季秋李𡌴序及曾□鳳劄子。象之，字儀父，金華人，嘗知江寧縣事，不審終於何官。其自序：「少侍先君宦游四方，江淮荆閩，靡國不到。」又云：「仲兄行父，西至錦城。叔兄中父，北趨武興，南渡渝瀘。」而陳直齋亦稱其兄觀之爲夔路漕，則中父疑即觀之字。又記一書，稱王益之，字行甫，金華人，蓋即儀父仲兄。而其父之名，則無從考矣。此書體裁勝於祝氏方輿勝覽，而流傳絶少，雖闕三十二卷，究爲人間希有之本，余以垂老得寓目，豈非大快事耶？嘉慶壬戌中冬，竹汀居士錢大昕書。

乾道臨安志三卷 舊鈔殘本

長興周淙彦廣撰臨安志十五卷，直齋書録譏其首卷爲行在所，於宫闕殿閣全不記載，其他沿革，亦多疏略。此書世所罕傳。萬曆中，吾郡陳布政善修府志時，已不得見。孫君晴崖得宋槧本於京師故家，祇一卷至三卷，所載園亭坊巷及職官姓氏爲潛君高咸淳志藍本，其他惜無從更覓，然斷珪殘璧，爲此邦文獻計，已不啻寶如圖球。志稱乾道三年五月二十六日以右朝請大夫直龍圖閣兩浙轉運副使知臨安府。先是紹興五年嘗通判府事。宋史本傳但言宣和間以父任爲郎，歷官至通判。建康府志稱乾道四年十一月十四日磨勘轉右朝議大夫，五年七月初四日除右文殿修撰再任。本傳但言進右文殿修撰，提舉江州太平興國宫以歸，無再任臨安事，此可以補史之闕。咸淳志載淙濬湖撩草諸善政，孝宗手敕奬諭，本傳但言其開河一事，亦似過略。堇浦杭世駿跋。

乾道臨安志十五卷，宋臨安府尹吴興周淙彦廣所修也。此宋槧本僅一卷至三卷，無序目可稽。觀其稱孝宗爲今上，紀職官至淙而訖，其爲乾道志無疑。吾郡志乘之有名者，北宋圖經，久已無考，至南渡建爲行都，則此志居首，繼之以施諤淳祐志，潛説友咸淳志，皆爲宋人排纂。余所見者，祇有咸淳志百卷，向在花山馬氏，吴君尺鳧鈔藏，尚缺七卷，趙君谷林復購得宋槧本之半，固已珍如球璧。今孫君晴崖從都下獲此志，雖僅什之一二，而當時宫闕、官署、城中橋梁、坊巷俱存，職官始末，更爲詳晰，諸家儲藏著録，未有及此者。淙尹京時，撩湖濬渠，綽有政績，載在宋史，其書更可寶也，亟録副本而歸之。樊榭厲鶚跋。

淳熙三山志四十二卷 舊鈔本

梁丞相三山志四十卷，宋史藝文志謂之長樂志，其實一書也。今本作四十二卷，其第卌一、第卌二兩卷進士題名，乃淳祐中朱貔孫續入。考目録本附於第卌之後，但云第卌中、第卌下，未嘗輒更舊志卷第，後人析而異之，又非貔孫之舊矣。宋史梁克家傳，於乾道罷相知建康府之後，即云淳熙八年起知福州。據志，克家於淳熙六年三月以資政殿大學士宣奉大夫知福州，則傳稱八年者誤。志又云八年五月復觀文殿學士，此即史所載趙雄奏欲令再任，降旨仍知福州事。是時克家蒞任已滿二年，故有再任之命，因復其職名。史誤以再任之年爲初任之年，而所謂再任之文，又不可通矣。且克家於罷相時，已除觀文殿大學士，越數年，起知福州，止帶資政殿大學士，又二年，始復觀文殿學士，仍無大字，則其知建康以後，必有落職奉祠之事，而傳皆闕之。予嘗論宋史，述南渡後事多疏漏，即此傳推之，可見一斑矣。乾隆己酉七月，假吴門張文學沖之藏本讀訖，因識其後云。嘉定錢大昕。

嚴州圖經三卷 影鈔宋本

嚴州圖經，余所見者淳熙重刻本，僅存前三卷，前有紹興己未正月知軍州事董弅序，及淳熙丙午正月州學教授劉文富序。文富蓋仍郡守陳公亮之命，訂正是書者也。卷首載建隆元年太宗皇帝初領防禦使治，宣和三年太上皇帝初授節度使，制及敕事榜文二道，蓋淳熙丙午之歲，高宗尚在德壽宫，故有太上之稱。考董弅初創此志，本題嚴州圖經，陳公亮重修亦仍其名，而王氏輿地紀勝、陳氏直齋書録、馬氏文獻通考皆作新定志。蓋宋人州志，多用郡名標題，續志載書籍，亦但有新定志，初無圖經之目。名目雖異，實非有兩本也。錢大昕。

重修琴川志十五卷 影鈔元本

常熟志乘之最先者，宋慶元中縣令孫公應時所修，至元代升縣爲州，知州盧公鎮即孫琴川志而補緝之。至明季鋟版以失，盧志已不可得，是以明末龔公立本得見此原版刻本，寶同拱璧。國初毛子晉刻汲古閣版，文清朗而無圖。余家所藏龔跋本，各圖皆全，後余因書中有缺葉缺字，借汲古本補全之，忽爲當事者借觀，索還日而圖少幾葉，歎惋者久之。嘉慶十年五月初一日言朝楫記。

右影元鈔琴川志十五卷，蔭棠學博從言氏收藏本傳録，屬余校正。此書元本損闕頗多，其漶漫處兼經俗手墨潤，悉爲標識，至一二字墨潤者，以紅點誌之，他日得有完本，藉可訂正。至其中缺葉，言氏俱從毛本鈔補，是以第四卷第二葉子晉校語鈔入六行，以按朱長文云云改作雙行夾注，以整行欵，今芟去之，未知合於元刻否也。道光三年邵恩多校竟并識。以上卷首。

此書邵兵部麟武初得於興福寺，而失去一卷。余從借觀，兵部别以鈔本相示，邑中好事，間爲傳寫。兵部歿後，原本歸許文學弢美，余又從借觀，則失者已全，駭而叩之，乃南都書肆，偶留殘帙，爲文學所購也。嗟乎，延平之劍，越三百年離而復合，真非偶然。吾邑典故，兹爲魯靈光，兵部珍藏於昔，文學裒輯於今，俱可嘉尚，余之搜討，不可謂不勤矣，感而記之。崇禎己巳初秋龔立本書。卷十五後。

嘉禾志三十二卷 舊鈔本

夏初，湖估以至元嘉禾志來，核以此本，行欵悉同，刓缺亦無異，惟句中用墨筆補字甚多。又别有一本作某，籤於上方，頗爲賅備，因悉録之。書中紅筆皆是，但不知所據何本，何人所爲耳。今其書爲李升蘭所得，匆匆或有脱遺，他日再假校一過，斯稱善本矣。咸豐己未中秋上澣，文村王振聲識於恬裕齋。

至順鎮江志二十一卷 鈔本

嘉定鎮江志二十二卷、至順鎮江志二十一卷，俱不著撰人姓名。宋史藝文志：熊克鎮江志十卷。陳振孫書録解題：鎮江志三十卷，教授天台盧憲子章撰。案克於乾道中任鎮江教授，所撰十卷之本，即所稱乾道志也。此志稱「憲謹釋」者二條，稱「盧憲論曰」者一條，其爲盧志無疑。若至順志，不知出於誰手，則不可考矣。嘉定志中，多有注「續補」「增添」字者。考至順志書版類，分削舊志、續志、重修志三書，其引「續補」各條皆稱嘉定續志。又志中所載事蹟，史彌堅最詳，趙善湘次之。考彌堅以嘉定六年九月守鎮江，八年九月請祠。善湘以嘉定十四年十二月守鎮江，十七年召還，寶慶二年再任。元史學校門載教官盧憲嘉定癸酉謁廟事。癸酉爲嘉定六年，正彌堅守郡之日，憲志當成於是時。而善湘續出，其增添各條，記及恩祐中謝太后手詔，且核與元志所引咸淳志體例不同，則爲元人所補矣。又按閣本京口耆舊傳，陳升之、許賜、譚知柔等傳按語，引嘉定、至順二志。又王萬全傳末云，子遇見科舉類。考耆舊傳無此類，詳其義例，係至順志之文混入者，意當時四庫館中，實見是書也。竊疑二志在明代俱有脱誤，後人掇拾殘賸，意爲分合，不能復原帙之舊，故有宋志斷爛而以元志補之者，有元志淆譌而以宋志羼入者，有宋志闕而元志仍之者，有宋、元志俱佚而以明事附益上者，有子注而誤爲正文者，有子目而混爲總類者，有一門而强分二卷者，有一事而前後兩見者，有注明同上而上條不注所出者，有注明以上嘉定志而下條仍係宋志原文者，今詳加校勘，得其條理。大約宋志主於徵文，元志重於考獻；宋志旁稽典籍，務核異同，元志備録故事，多詳興廢；宋志融貫舊聞而間參按語，元志提絜綱要而别爲子注；宋志邊防之地，故岐守形勢，網羅古今，元志爲財賦之區，故物産土貢，臚陳名狀。至於郡守參佐，宋志則近徵唐代，元志則遠溯六朝；羣賢寓公，宋志則隋唐以上蒐輯爲詳，元志則宋元以來記載必備。互爲補苴，實相輔而行也。鎮江自東晉以來，屹爲重鎮，流民僑郡，分併改隸，都督開府，參佐從事，寄治版授，建置紛繁，以及宋之差遣，元之掾屬，讀史者憚於鉤稽，往往沿襲舛繆。此獨釐訂考核，别爲裒譜，文質事詳，一覽瞭如，洵有裨於史學。其所引唐孫處元圖經、詳符圖經、潤州集類、京口集、乾道、咸淳二志，元一統志諸書，世無傳本，藉以抒其崖略，採録宋元人遺文，不下數百篇，夫取材宏富，足資考證。至於體例精嚴，言關利病，事寓勸懲，非不知而作者。在宋元諸地志中，可與建康、新安抗衡，會稽、四明遠不能及，洵爲罕覯之秘笈也。

崑山郡志六卷 鈔本

崑山，本縣也，元成宗元貞二年升縣爲州，故履祥此書有「郡志」之名。延祐中，移州治於太倉，故志中有新治、舊治之别。新治今太倉州城，舊治則今縣也。至正中仍徙州舊治，則履祥已不及見矣。鐵崖序稱二十二卷，今按之，止六卷，首尾完具，豈鐵崖所見乃别本耶？此書世罕傳本，嘉慶丁巳十月假妙士孝廉所藏舊鈔本讀之，歎其簡而有要，因綴數言於末。竹汀叟錢大昕。

長安志二十卷附圖說三卷 舊鈔本

畢本同缺。唐宮城坊市總圖題下。

畢本同缺。唐皇城圖題下。

畢本同缺。唐京城坊市圖題下。

成化摹刻本缺此第四葉，嘉靖重刻本有之，畢刻亦缺。蕘翁家藏嘉靖本甚佳，當借鈔補也。涇渠圖說題下。

戊戌五月二日陶生結文録畢。圖說末。

丙午夏日從畢氏新刻本校過，畢本訛錯尚多，非善本也。翌鳳誌。

杜常華清宮詩：行盡江南數十程，曉風殘月入華清。朝元閣上西風急，都入長楊作雨聲。「曉風」字重下句「西風」一字，或改作「曉乘」字，亦未佳。楊升菴云：「見宋敏求長安志，乃是星字。」敏求又云：「長楊非宮名，朝元閣去長楊五百里，此乃風入長楊，樹葉似雨聲也。」前說今本乃無之，後說則李好文志圖中語，而升菴以爲敏求，蓋誤。升菴好博，而不詳審，往往如是，此所以來後人「正楊」之譏也。

是本舊爲陶爾成所藏，今歸於朝爽閣中。爾成嗜書，而所藏多叢雜。此書雖有刻本，而流傳甚少，且次道爲此書號稱博洽。爾成諸書，當以此爲第一，殊可寶也。庚寅菊月之廿三日温陵黄虞稷記。

此書人間久已絶少。丁亥歲奉命纂修方輿路程，因於織造曹銀臺處借鈔得之，真可寶愛，閲者無忽視之也。壬寅九月十三日秋泉居士記。

長安志二十卷，宋常山宋次道所撰，舊有圖，亡已久矣。此本前列圖二十有三，闕三。分爲三卷，則元至正初東明李好文官陝西行臺侍御史時所補也。是書傳本甚少，乾隆戊戌春日，假得朱文游所藏汪退谷本，曾經朱竹垞鈔讀者，而誤闕尚多，信乎善本之難也。好文，字惟中，官至翰林學士承旨。次道又有河南志二十卷，今不傳。是歲冬至後四日，督率門徒寫完，漫書於卷尾。枚菴漫士吴翌鳳。

壬寅三月，借海寧吴君葵季所藏竹垞鈔本校對一過，改正數百字，尚未盡善也。送春日漫士記。書賈朱繡城云海鹽張氏有宋刻本，當託吾友文魚借校也。癸卯十二月二十日。

道光癸未秋七月下澣，海昌陳簡莊令嗣元籌攜向山閣舊藏諸書，與余商措三十餅金。余媿囊空，無以應之，元籌亦怏怏，云即解纜歸矣。其去之日，余得詩二律，中有句云「不知我力薄，翻覺友情疎」，蓋表余懷之歉然也。越日，余門人沈澹生至，因談及攜去之書，多在伊族人陳行可處。行可者，沈生之戚，與同居者，故稔知之。適余亦以舊刻術數書從他處易得三十餅，遂稍分潤與之，轉從行可作介，歸此及校宋義山詩。别有元遺山集，余介歸獨學老人，亦可藉慰余懷矣。是書出吴枚叟家鈔本，又經手校，是又觸余懷舊之情，與簡莊同其感慨者也。八月朔日，秋清逸士識。以上卷十後。

桂林風土記一卷 鈔本

洪武壬戌三月，傳錢塘宜齋沈昜義産忠父藏本。此記爲長溪沈氏藏本，項庭堅舅假出示余，因得録之。奈譌字太多，當細校正，重寫一過。時萬曆丁酉秋日拙修子志。

桂林風土記，唐光化二年融州刺史莫休符撰。新唐書藝文志作三卷，今祇存一卷。閩謝在杭小草齋所録，舊藏徐惟起家。卷尾稱獲諸錢唐沈氏，是洪武十五年鈔傳，雖非足本，中載張固、盧順之、張叢、元晦、路單、韋瓘、歐陽臏、李渤諸人詩，采唐音者，均未著於録。洽聞之君子，亟當發其幽光者也。康熙戊子閏月，竹垞八十翁彝尊識。

右從顧秀野草堂藏本校一過，并録竹垞跋。

新正無事，日坐書齋，以校讐爲事，甚至心煩頭脹，猶不輟手，蓋枯坐不能如無心之老禪也。人日吴春生因錢辛楣先生降生之辰，效蘇齋修東坡生日瓣香之祝，余亦往焉。晤李子仙，云有竹垞翁跋桂林風土記在。越日借歸，竭半日力手校。此原書索三餅金，擬購之，苦值太昂，聊存此異本，如可歸，此作副本可耳。余此本係郡先輩張青芝先生手鈔，卷端鈐張位小印，即其姓名也。書法工秀，讀書者之藏書，此爲美矣。乙亥元夕前一日，復翁校畢記。

校顧本畢。案頭又有吴枚菴丈手鈔殘本，自靈渠一條後俱缺。其所據本，未知云何，無目録，序即在本書前，此其異也。枚菴亦見過張本，而校於文句下者，亦間載江本，江本亦未知誰何。張青芝子充之與枚菴相友善，時互爲通假，故張本亦及之。江本，揚州人江藩，號鄭堂，僑居吴縣之渌水橋，家多秘本，枚菴亦相識，或即其人。特所鈔不全，不識何故，俟詢諸枚菴，并可問所鈔之本自出也。復翁又識。

上元後三日，雨中訪枚翁於歸雲舫，詢及桂林風土記前鈔不全原委，枚翁曰：「余尚有重録本。」即請觀，并擕歸一校。蓋此書先有鈔未全者，或鈔未畢而置之，他人掇拾藏之。此本乃癸亥在淮川寓齋重寫本也。跋云：「乾隆丙申傳江藩本，閲三年戊戌，復得鮃溪張氏本，校勘誤闕。」據枚翁所言，合諸余所藏張本稍異，洪武、萬曆時二跋悉有，亦有竹垞跋語，或江藩本所固有也。枚翁本多自注校語，其辨析龍開江、龍採木事，各闕其半，可謂善讀古書者矣。復翁。

六朝事跡類編二卷 舊鈔本

先府君彦淵公手校，長子武藏。

太歲戊子端午後，長子武重校畢，是時讀書必種軒。

是書摭拾遺事，分别條理，洵是作手，然引據失實，如以「王謝」作「王榭」之類，不免爲識者所嗤。且語氣頗似不文。今人耳食相尚，至以此爲奇書，家録一册，沾沾自喜，不暇校讐，至有脱數行，增入助語，以夾注作正文，傭書之弊也。癸巳之暇，借得宋刊，亟爲勘對，復見是編面目，然後册已是印鈔本子，不能復見完璧矣。虞山馮武志。

會稽三賦一卷 明刊本

崇禎丁丑閏四月收自吴閶，舟過婁東，止旅舍閲此。盛暑稽舟五日，以備兵使者對簿也。子牧識。

中吴紀聞六卷 明刊本

庚寅歲，假義門師校本鈔録於汲古閣刊本，迄今二十年矣，得是本對勘，間以己意是正。師云：「毛斧季從崑山葉九來借得舊鈔本，乃其先文莊公菉竹堂所藏故物，開卷有文莊名字官銜三印。卷末一行云：『洪武八年從盧公武假本録傳。』此書始自公武訪求校定，復出於世，同邑傳録之本，宜其可從是正。」今是帙乃弘治間刻本，自不如洪武初鈔録原本，然視汲古槧行者勝遠矣。雍正庚戌杲記。

吴中舊事一卷 舊鈔本

余嘗見陸友仁書吴中舊事一卷於衡山先生几上。後數年，過蒼雪館，見已裝帙，且用松雪翁印印之，遂假歸亦録一册，仍繫徐顯克昭所著稗史雜録友仁小傳於後，以見非松雪翁筆也。隆慶改元丁卯四月，安雅生顧德育記，時年六十有五。

平江記事一卷 元刊本

是書舊聞筆録之流，寥寥四十餘則，而疏證方志，頗見明通，隨舉軼聞，亦間有足裨元史之漏者。四庫書收附存目中。近時常熟張海鵬刻之墨海金壺中。此本則尚是元刻元印本，楮墨精雅可愛，生甫以賤值獲之廢書肆，裝以示余，喜而識之。道光十有七年，萬壽祝釐之辰在揚州都轉署。李兆洛。

遊志續編一卷 鈔本

辛酉九月望，偶過孔嘉兄雲光閣，見有此本在几上，云是借陸元洲者，遂爾袖歸，燈下録之，以爲齋中卧遊之玩。少俟閒暇，盡將載籍所傳遊覽諸作録之，以續二公之不足，未知遂此志願否？令徐問之裝完併記。十一月朔，錢穀。

遊志續編一册，錢罄室先生手鈔本，余假於長塘鮑君以文，命胥録之。古人於小碎文字，編之録之，不遺餘力若此。惜陳氏初編僅存其目，異日一一按目補之也。乾隆丙午秋七月晦日，吴翌鳳志。

明錢罄室手鈔遊志續編，吴郡陸白齋先生所貽，吴君枚菴借録未還，出游踰十稔不歸，家所藏書，散失殆盡。此書幸爲黄孝廉蕘圃所得，余輟元刻道園遺稿易之，不可，則以枚菴手鈔本歸於余，喜過望望，如獲瓌寶，舊本不復置念矣。枚菴書法秀逸，手書秘册幾及千卷，他所收儲，亦皆善本，今之錢罄室也。一旦化爲煙雲，其歸也蓋有大爲難者矣，展卷歎息久之。嘉慶甲子十一月望，通介叟鮑廷博識於知不足齋。

麟臺故事三卷 鈔殘本

隆慶元年八月十日蘇州府前杜氏書鋪收。下有錢穀印。

是書爲影宋舊鈔，惜止三卷，蓋未全本也，然實世間希有之書。與聚珍本不同，其中命篇敍次多異。初書賈攜來，手校一過，乃知其佳，旋因議價未諧，復攜去，後知歸於西昀草堂。遂倩余友胡葦洲轉假，影録一册，積想頓慰。還書之日，敬誌數語，以拜嘉惠。是書陳録云五卷，爲書十有二篇。今劄云三卷，就不全本影寫時改「五」爲「三」也，於每卷填上中下字，欲泯不全之迹爲之耳。隆慶云云一行，的係叔寶手蹟，尤可寶貴。書之可珍者在真本，此種是已，毋以不全忽之。嘉慶甲戌六月十有一日，復翁。

南宋館閣録十卷續録十卷 鈔本

是書書録解題原作十卷，續録十卷，而世所傳本，概缺兩卷，由來已久，永樂大典已然矣。是本猶屬舊鈔，惜其中謬訛頗多，且有錯簡數處。今年秋，琳琅主人以所藏宋槧見示，因爲細校一過，行數字數，大略相同。宋槧原本序次顛倒，經黄蕘圃用錢竹汀、黄椒叔兩家藏鈔本對勘更正。後有跋語云：「此書外間傳播，多屬鈔本，近從顧抱沖家借得影宋鈔本，與宋刻不差毫髮。惟續録卷七提舉編修國朝會要云云，宋刻此葉版心明係館閣續第七，誤訂入前録中卷七，而影鈔者逕改去續録字樣，混厠前録中，殊爲謬妄。且續録中有『提舉編修國朝會要』八字刻入版心者兩葉，正當接於提舉編修國朝會要一葉，後因宋刻誤訂，故失次爾。殊不思慶元以後三人，京鏜、余端禮、謝深甫文本聯屬，而顧改館閣續録第七爲中興館閣録第七，何耶？且有提舉秘書省提綱史事兩葉，係續録卷七之文，因版心無字，混將補前録中缺葉，而亦填入中興館閣録云云，竟似前録本文云云。」語長不及備録。此本卷七悉踵是弊，今胥從宋本訂正。其所缺范鍾一葉，亦從宋本補鈔，以完是書之真云。戊午秋日，徐紹乾識。

五代會要三十卷 舊鈔本

五代會要三十卷，亦建隆初王溥所進。余鈔自古林曹氏。康熙甲戌春復從商邱宋氏借觀江西舊鈔本，勘對無異，編中闕紙數翻，兩本亦同也。五代之亂，干戈俶擾，其君臣易置若傳舍然，未暇修其禮樂政刑。然當日累朝咸有實録可采，而歐陽子作史，僅成司天、職方二考，其餘概置之。微是書，典章制度無足徵矣。竹垞老人跋。

梁末帝、後唐莊宗使相内，俱有朱文課一人，文課乃友謙之譌。莊宗使相内又有韓林，「林」乃

「洙」之譌。錢大昕校。

明宗使相三十八人，今缺一人，蓋脱王晏球一人。

此處有脱簡，錯入第十一葉内，今考正如左：

第十一葉「其年十二月敕」云云，至第十二葉第一行「如非嫡」止，當在此葉第一行「及正室」句之上。第十一葉第一行「即是父殁母存即」此下「即」接第十二葉第一行「敍封進封」云云。

借人書籍，不但不損污，并能爲人訂正譌舛，弟近日頗能行之，此亦足以代一瓻乎？大昕戲題。

漢本紀彰德軍節度使王總宏，通鑑晉天福六年北京留守李德琉。此行係西沚筆。

五代會要，向來止有鈔本行世，余於乾隆己酉仲冬儲之，蓋坊間傳鈔也。曾借嘉定錢少詹本手校之，多所是正，惜寫手草率，校改紛紜，久欲重録而未暇。頃坊友攜張青芝手鈔本售余，缺二十二卷以下。擬借一别本補録，適坊友爲余言，某骨董鋪有舊鈔本，因蹤跡得之，出番餅十四枚。舊藏王西沚光禄家，少詹亦經借校，中有夾籤，遂裝褫於後。末一條似西沚筆，並裝之。先爲紅豆齋書，有松崖印，竹垞跋語，亦松崖所傳也。嘉慶戊辰九月，復翁。

太常因革禮一百卷　鈔本

北宋三修禮書，開寶久佚，政和僅存。嘉祐太常因革禮，雁湖李氏所題，載鄱陽經籍考。余求其書，歷年不可得。意謂康熙間徐健菴司寇撰讀禮通考時，引用具在，未應亡也。久之，見郡城蓮涇王氏家藏書目，云：「太常因革禮一百卷，五册，失五十一至六十七，共缺十七卷，鈔白五百七十六翻。」益信其尚存，惟蓮涇之書久散，亦無從蹤跡也。今年乃見此本於琛人孝廉舟次，借得轉寫一部，爲之稱快。所缺十七卷，與蓮涇目同，特傳是樓目未列，不知彼時足否耳。孝廉頗有意流傳之，此固讀宋史禮志所必當考索者也。還書之日，屬題其後，於是乎書。嘉慶廿有五年歲在庚辰，元和顧千里。

大元海運記二卷 舊鈔本

大元海運記二卷，胡書農學士輯自永樂大典本，蓋即經世大典之海運一門也。按天曆二年九月，敕翰林國史院官同奎章閣學士采輯本朝典故，準唐宋會要，著爲經世大典八百八十卷，今已佚，僅散見永樂大典中。元史食貨志依據經世大典，爲目十有九。是編上卷分年紀事，多録案牘之文，自至元十九年迄皇慶二年止，不解延祐、至治、泰定、天曆間事何以不載。下卷分類紀事，曰歲運糧數，曰收江南糧鼠耗則例，曰南北倉鼠耗則例，曰再定南北糧鼠耗則例，曰排年海運水脚價鈔，曰漕運水程日記標指淺，曰測候潮汛應驗，曰艘數裝泊。海運爲有元一朝規制，初則江浙以外，兼之江西、湖廣，大德以後，專運江浙。春夏兩運，自四萬六千餘石，增至三百餘萬石。考元時江浙省財賦府歲入四百四十九萬四千七百八十三石，則江浙全漕亦不盡充海運耳。按元史百官志，海運千户凡五所，平江又有糯米所。是編載千户初設十有一，後併爲七，尚有松江、嘉定所，志文遺漏。世祖本紀至元二十七年四月書罷海道運糧萬户府。是編載二十八年八月罷行泉府司，所隸運糧二萬户府，併設二處。先是二十四年立行泉府司，增置萬户府二，至是罷之。紀不書明，竟似全罷矣，且相差一年。又本紀至元二十年十二月，以海道運糧招討使朱清爲中萬户，賜虎符；張瑄子文虎爲千户，賜金符。是編先載朱清爲中萬户，張瑄爲千户，復言張招討之子，見帶銀牌換金牌爲千户，而不載其名。後屢言張瑄之男爲張文彪，而無張文虎。又本紀至大三年十二月，以朱清子虎、張瑄子文龍往治海漕，以所籍宅一區、田一頃給之。是編未載。及當至元二十四年時有張文龍、朱虎勾當之名。朱清、張瑄，元史無傳。按朱清，崇明人；張瑄，嘉定人，少曾爲盜，既入元，致位通顯，宗戚皆累大官，廝養佩虎符、金銀符者百數，田園館舍徧東南，一時貴盛，人莫與比。大德七年，樞密斷事官曹拾得、江南僧石祖，先後搆之，皆逮獄論死。創行海運之功，自不可没，其事蹟詳見元史類編及兩縣舊志。文虎，瑄中子，從管軍總札，擢至江浙參政，被家難，亦誅於西市，其事蹟詳見王梧溪集。又本紀至元十九年賞朱雲龍漕運功，授七品總押。是編載至元三十年以朱虞龍授明威將軍、海道都漕運萬户，是否一人，俟考。歲運糧數，自至元二十年迄天曆二年，凡四十七年，全采入食貨志，但不載斗升以下數及事故糧數。其皇慶二年運到之數，是編六十五萬四千三十六石一升五合，食貨志則云二百一十五萬八千六百八十五石，以事故糧數核之，食貨志之數爲是。是編又有運到、事故兩數不符，及與食貨志小有不符之處，必爲是編傳寫之譌，參以元史類編，悉爲校正。至元二十年事故糧應增三千。至元二十三年該運糧數三十石，三爲二之誤。元史類編運到糧數五石作五十石，誤。大德元年事故糧數五斗，斗爲升之誤。大德十一年該運糧數八斗五升五合三勺，運到糧數一斗七升八勺，事故糧數六斗七升七合五勺，必有一誤。至大三年事故糧數三合四勺，應作四合。元史類編該運糧數三石，作二石，誤。至大四年運到糧數一百，一爲二之誤。延祐三年運到糧數五十，五爲四之誤。事故糧數一萬，一爲二之誤。延祐六年事故糧數九十一石，應作六十七石。食貨志運到糧數脱去七百。延祐七年事故糧數四升八勺，應作五合。至治二年該運糧數，食貨志不載帶起附餘香白糯米數。泰定二年事故糧數七斗五升，應作一斗六升六合，食貨志運到糧數脱去七百。每年該運糧數，浮於定額，乃事故糧内例應備償者入下年補解之。故唯天曆二年已運到糧有三百三十四萬餘石，事故糧祇有一十八萬餘石。本紀是年九月書海運糧至京師凡一百四十萬九千一百二十石，紀志歧異。虞道園學古録集中亦云是年不至者蓋七十萬，不解何以不相符合。是編下卷内作潮汛、風信、觀象口訣之徐泰亨，其人爲餘杭人，曾以漕事至京師，詣都堂陳漕運之弊，當更張者十事，有海運紀原七卷。惜其書不得見，幸學士輯存是編，俾傳鈔行世，尚可參考而得崖略云爾。咸豐壬子七月十有一日，羅以智鏡泉氏跋於恬養齋。

昭德先生郡齋讀書志四卷後志二卷考異一卷附志一卷 舊鈔本

此舊鈔袁本郡齋讀書志，較康熙壬寅海寧陳氏所刻，首多衢本二十卷目録，而字句間每勝。其卷二小説類雞跖集後，幕府燕閒録起至神仙類天隱子止，共廿翻，陳刻俱錯入後志第二卷中，今得以正之，洵爲善矣。唯是此志衢、袁二本，次序多寡，迥乎不同，要以衢本出昭德門人姚應績編，爲得其真。陳直齋書録解題所收及馬氏經籍考所引，皆其本可徵也。乃近世既未版行，傳鈔僅存，亦難數遘，良用爲惜耳。嘉慶乙丑七月陽城張敦仁書。

道光三年重觀於績學堂。顧千里記。以上卷首後。

康熙丁亥春日粗校一過。卷末後序後。

金石録三十卷　校宋本

金石録葉文莊手鈔首尾兩葉本，康熙己丑何義門收得，中後有二跋者最善，至錢罄室鈔本便稍有失真處。雅雨堂據何别本刊行，雖何校有「真從葉書鈔録，脱誤至少」語，實不能然也。又其所稱錢本，非何親見，乃從陸勅先傳得，故並多譌，今悉用錢葉真本細勘一過，以葉本爲主，而附錢本異同。葉本所有何校，亦頗與此出入，因并跋仍録焉。乾隆甲寅六月十日顧廣圻記。

余讀文莊公後跋，以不得見隸釋爲恨。康熙己丑中秋，虞山錢楚殷以盛仲友所傳吴文定家本見遺，因取此書第十四卷會稽東部都尉路君闕銘以下，至此卷范式碑，其説載在隸釋者互勘之，校正譌字十餘，如馮緄碑之以屯騎校尉爲將軍，尤其不容不正者也。何焯記。

金石録三十卷 舊鈔本

金石録，余求三十年不可得，壬辰冬，始遇此善本於京師，如獲寶玉然。鈔畢，略觀一度，其於集古録正誤最多，誠亦精審也已。雖然，自昔著書家几塵風葉之喻，前後彼此，蓋恒有之，不足怪也。吾安得歐陽公集古録目、洪丞相漢隸釋等書，悉集於此，而又有閒暇工夫，稍盡心焉，亦平生之一適也，漫筆之以竢。成化九年二月朔旦，吴郡葉仲盛甫志。

余少見此書於吴純甫家，至是始從友人周思仁借鈔，復借葉文莊公家藏本校之。觀李易安所稱其一生辛勤之力，頃刻雲散，可以爲後人藏書之戒。然余平生無他好，然好書以爲適吾性焉爾，不能爲後日計也。文莊公書，無慮萬卷，至今且百年獨無恙，繙閲之餘，手跡宛然，爲之敬歎。嘉靖三十八年十月既望，吴郡歸有光題。

余蓄此本，敗筆惡化，加以舛譌，不堪觸目，從毛黼季假得黄子羽所藏錢罄室手鈔本，校讐一過，大加是正，脱葉亦從補完，遂成善本。按第十卷後罄室識云：「借文休丞宋雕本鈔完。」不知後二十卷又屬何本，且未有葉仲盛一跋，或前宋本而後則時本歟。歲在癸卯五月二十日，虞山勅先陸貽典識。

崇禎己卯之歲，余就試歸，過金閶，得金石録鈔本於書賈周玉峯坊中，攜歸謁墓於洞庭，即爲友人借去，經歲索之，已失矣。至壬子歲，又得此本於都門報國寺，甲辰南歸，借宗人所藏趙寒山本校過一次。己未歲又得陸敕先鈔本重校，差訛已十去八九矣。虞山藏書，散落者多，惟陸敕先、錢遵王、毛黼季尚存三四。今聞敕先書籍亦盡散落，此書幸歸於我，亟校副本，他年或藏於子孫，或流轉人間，俾少讀差訛，亦有幸爾。石君識。

隸釋二十七卷 舊鈔本

此帙石芝用重價購得，又復珍重愛惜，奈其間誤字纍纍，不獨鈔書者字形醜惡潦草，即校者亦復不免。余倉猝觀覽，已摘其誤處數十，他可知矣。然古今動以字紙爲棄物，能讀金石文而更思覓善本，亦大難哉。石芝翁與余三世爲年家故舊，而暫遇廣陵，余雖不敏，亦決不敢不以直言相告，亦正見石芝老人與儔儕迥異耳。幔亭居士周棨志。目録後。

幔亭猝爾假觀，其誤已十數處。石芝翁留心金石，復能囑同志勘定，亦亭林、百詩諸公後一人也，弆此書者，當知前輩風流。

校此書，值羅聘畫馬一幢見投，張之上座，沽酒對之，向馬作慰曰：「爾之辛苦泥塗，將復何底？」馬應聲曰：「不如此，不足以見良也。」書博一噱。老幔。以上卷十五前。

蓄書家不供高明之友賞奇析疑，其與擁財帛不與人窺者埒耳。石芝世翁與棨有數世年譜之好，每與話舊移時，多榘所未聞者。蓋石芝長余年二十歲，其見聞固自較多，而娓娓不已，致令左右侍者有倦容，余則欣然喜矣。兩月以來，屢就借書，其零落散佚者，石芝則嘆息拾掇，喧責傔從，其整齊未損者，亦多未校。蓋石芝年高而又病足，且肆應求醫者，實未暇耳。余請與石翁約：君家有書，當盡出與我讀之，我當一一爲君校之。倘有當於世長翁之意，定復酌我以酒，又何用我借者以一瓻還之耶？可發一噱。幔亭周榘志。卷二十二前。

此書余以萬曆四年丙子春，從錢君叔寶借録，嘗一再校，其上題字，錢君筆也。尚多訛，未可臆定，又從常熟孫君假得宋本，惜不能留校，或俟他日也。

萬曆四年三月廿四日寫完。

余藏此書，從汲古閣毛氏得。戊子年歸鼎臣兄借鈔未還。今乾隆戊寅春三月復得，用價三金，子孫保之。孫石芝記。

乾隆廿六年五月雨窗借觀畢，惜其舛錯，零落不全也。老幔。以上卷二十七後。

隸續七卷 舊鈔本

乾隆廿三年立夏日吳郡陸氏裝。秀巖。

乙未夏日，海鹽張燕昌借觀於杭郡吳山道院。

石刻鋪敍二卷 舊鈔本

康熙辛卯得顧可求家舊鈔本，稍正數字。顧名德育，廉吏榮甫之子也。此書吾友姚薏田從祁門馬氏傳鈔義門何先生手批本，字畫精審。余苦目昏不能書，因命從子兆元録其正文，自加磨對，并寫何先生批點。痰嗽乏精力，疑不免於漏落也。乾隆丙寅六月四日，董熜記。

寶刻叢編二十卷 鈔本

求此書久不得，近於江秬香翁所借到鈔本，因轉寫一部。但其中顛倒錯亂，未及理正，又脱文譌字，種種不少，非細勘不可，則當俟他日矣。道光戊子春仲，千翁記。卷首。

至正庚寅冬得於武林河下之書鋪，歸寘於竹江舊隱之凝清齋。俞子中父誌。

至順改元夏五月五日收此書本。保居敬記。以上卷五後。

古刻叢鈔一卷 鈔本

南村所鈔篆隸刻皆無釋文。其西漢、東漢兩石刻有之者，乃乾道間東萊蔡迨所爲，南村并其考全載之也。他篆書皆平易可識，唯古刻第二「[illegible]」下二字，讀者每疑惑莫解。余以爲此「淮西道院」四字也。夏竦古文四聲韻卅三晧，「道」下載「[illegible]」等字，卅三線「院」下載「[illegible]」字，與此但筆畫繁簡不一耳。聊書之以俟能知古文者。澗蘋居士記。

史通二十卷　校宋本

此書舊刻舛誤，陸儼山、王損仲並經校正，損仲并爲訓故，黃崑圃少宰復爲補版行世。此乃無錫浦氏起龍注釋本，其中正字大書，並不言宋本，而一一符合，殆即盧抱經所見華亭朱氏影鈔宋本也，浦特攘掠以自示精覈耳。茲特依羣書拾補重校一過，體例一仿宋式，古雅可觀。何義門、馮己蒼、錢遵王三家所校，一一注明。立齋第二次校。

此書句解章評，時文家伎倆，詩語亦游譚無根，殊無可取。惟所引據，大致尚屬詳明，而曲筆篇中「秦人不死」，不知事出伽藍記；「蜀老猶存」，不知事出毛修之傳。甚矣，空疏者之不足以讀古書也！辛卯季冬立齋記。

道光乙未臘月下浣依盧抱經羣書拾補校。越二年，又假得馮、錢、何三家校本覆勘一過，乙未臘月廿三日燈下校至此。

丙申元旦後一日，立齋校畢於讀書静坐齋。

涉史隨筆一卷 明刊本

丙辰冬月細讀一過，知葛公此書，真有益於世，惜舊刻無存，流傳甚少，宜更梓之以行於天下。篁村沈峥誌。

其中錯字甚多，更得宋元本校正，則大幸也。峥又誌。

鐵琴銅劍樓藏書題跋集録卷三

子部

孔子家語十卷 校宋本

辛亥孟夏假斧季先生校本勘正。硃筆從北宋本，墨筆從南宋本。閱半月而校畢，時五月初二日。卷末。

纂圖互註荀子二十卷 元刊本

元刊纂圖互註荀子，從景定本刊刻，篇目雖經楊氏之亂，較諸世德堂本不啻霄壤矣。卷末。

荀子二十卷 校宋本

北宋版校正。補劉向別録。

景定本楊注校二卷。

惠松崖先生手校本在黄蕘圃家，己未九月取臨首三卷。癸亥三月重臨第四至第六卷。甲子六月攜客無爲州，續臨第七卷以下畢。盧抱經新刻，校語大段頗佳，然用此勘之，有數處錯誤，讀者詳之也。小門生顧廣圻臨并記。以上卷首。

乾隆癸酉十月，又取何氏校景定本較此二卷。松崖。卷二後。

癸巳之秋，從東門歸，偶於書舖得此書，價用二百文。此書昔爲林宗兄校勘，正屬家運全盛，不知有今日之寥落，而此書又不知何人取去，轉落於坊中也。聚書之興，從此不戀，憎慨取歸，窗下泛讀，因記於後。南陽石君。

昔曾見宋刻本，大字端楷，刻畫精緻，此本從而校正。以上卷三後。

荀子第三第四卷從孫氏北宋本勘過本文一次。甲申十七年五月一日林宗。卷四後。

荀子六册，先君手閲，内缺一册，此册爲棟補閲也。庚午十二月謹識。卷六後。

十三卷禮論，十四卷樂論，首二翻宋版缺。禮論中間更缺二翻，以故勘之未詳。

十七年六月十六日午刻勘完首二卷。原刻未到，故輟讀，共改正七百七十字。

庚午十一月十三日閲一過。

壬申二月初六日又閲一過。惠棟。以上卷二十後。

荀子二十卷 校宋本

乾隆丙子歲八月中旬以世德堂本、又鍾人傑本參校。

丙申十月廿一日又以仿宋寫本校。

庚子五月十六日又以元刻本校。以上卷首。

丙申十月廿三日校。宋本亦有未是處。卷三後。

此本内宋本頗有衍文誤字，今不悉著。丙申十月二十四日閱。江陰夏尹儒辭往太原。

辛丑又五月二十日校，刻本有一條極是。以上卷四後。

後一篇無注，豈脱去耶？十月二十五日校。卷五後。

丙申十月二十八日晨至鍾山書院校。

辛丑七月二十三日弓父再閲。有同安孝廉莊明呈來見余，丙戌房薦卷也，其意願爲學博士，今分發山西試用知縣，非其好也。以上卷十後。

上卷未畢，薄暮返寓舍，燈下遂先校此卷。丙申十月二十七日弓父記。卷十一後。

二十八日從書院回寓，邀同人作消寒小集，客散校此。

辛丑九月十五日閲。童生李德溥入書院，前此所未有也。以上卷十二後。

辛丑九月十八日弓父在太原校。費臬使筠浦今日來院試士。卷十三後。

辛丑十月六日閲。王臨汾之幼稚昨日連乳母起解進京。卷十五後。

同上日校。今日孫觀察右階來院課士。

辛丑十二月十七日在并州校。弓父。以上卷十七後。

辛丑臘月望後二日又校此。今日有家鄉人回南，而我獨處此，胡爲也哉！

十一月三日校畢。往秦秋田同年處作消寒會。

辛丑臘月立春日校。宜興陸致遠以寧攜詩求政。以上卷十九後。

曩余於乾隆四年以事羈餘姚，寓周巷景氏東白樓中，抽架上有楊倞注荀子一書，遂手鈔之爲巾箱本。諸子自老莊外，唯此爲得之最先也。世之譏荀子者，徒以其言性惡耳，然其本意則欲人之矯不善而之乎善。其教在禮，其功在學。性微而難知，唯孟子爲能即其端以溯其本原，此與性道教合一之義，無少異矣。然而亦言忍性，則固氣質之性也。又曰：「性也有命焉，君子不謂性也。」則在孟子時固有執氣質以爲性者。荀子不尊信子思、孟子之説，而但習聞夫世俗之言。其少異於衆人者，衆人以氣質爲性，而欲遂之；荀子則以氣質爲性，而欲矯之耳。且即以氣質言，亦不可專謂之惡。善人忠信，固質之美者，聖人亦謂其不可不學，學禮不徒爲矯僞之具明矣。荀子知夫青與藍、冰與水之相因也，而不悟夫性與學之相成也，抑何其明於此而暗於彼哉！然其中多格言至論，不可廢也。余後得版本不甚精，曾以他本校一過。

今年得影鈔大字宋本，後有劉向校録奏一篇，并其篇目，在未經楊氏改易之先。最後兩行，一題將仕郎、守祕書省著作佐郎、充御史臺主簿臣王子韶同校；一題朝奉郎、尚書兵部員外郎、知制誥上騎都尉賜紫金魚袋臣呂夏卿重校。此當在宋英宗時奉敕校定者。寫極工楷，而訛錯亦復不少，然以校俗間本，則此本字句尚未經改竄。余亟取以正余本之誤，蓋十有八九焉。向嘗疑王深寧詩考引荀子，與今本多不合，至是始釋然，知王氏所見之本，即此未經後人改竄之本也。議兵篇有「而順暴悍勇力之屬」句，注雖依文爲解，然相其文勢，似不當爾。江都汪容甫謂其上有脱文，下有「爲之化而愿」、「爲之化而公」等語，則此亦當是「爲之化而順」，其上文則無由知之矣。宋本分章處俱提行，於大略篇獨否，此則當仿前例爲之離絶者也。歲月如流，迴憶三十八年前事，若在夢境，而白髮明鐙，手此一編，摩挲探討，不自意得見善本，疑若有鬼神爲之賜，抑何幸與！乾隆四十一年十一月既望四日，東里盧文弨弓父書。以上卷二十後。

新語二卷 明刊本

此書亦余十五時所收，用紫筆點過。辨惑篇云：「衆口之毁譽，浮石沈木。」後爲文，喜用此語。癸卯九月七日東澗遺老書。

鹽鐵論十卷 舊鈔本

漢書傳贊謂始元鹽鐵論，當時頗有其議文。至宣帝時次公推衍，增廣條目，著數萬言，成一家之法。今讀其書，所以相詰難者，大抵本羣經諸子而爲語。歷世差久，派别漸微，觀者茫昧，不得其解，即如□□□□□（編者按：此篇收入顧千里思適齋集卷九，題「鹽鐵論考證後序」，「如」字下當此空缺處有六百十三字，茲録如下：毁學篇：「昔李斯與包邱子俱事荀卿。」包邱子者浮邱伯也。漢書楚元王交傳：「俱受詩於浮邱伯。伯者，孫卿門人也。」注：「服虔曰：浮邱伯，秦時儒生。」是其證。散不足篇：「庶人即草蓐索經。」索經者，以索爲經。鄭注公食大夫「皆卷自末」云：「末，經所終。」韓詩外傳、説苑雜言皆云「孔子困於陳蔡之閒，席三經之席」，是其證。備胡篇：「春秋貶諸侯之後。」謂公羊春秋刺諸侯戍人而後至者。襄五年：「冬，戍陳。」十年：「戍鄭虎牢。」傳皆云：「孰戍之？諸侯戍之。曷爲不言諸侯戍之？離至不可得而序，故言我也。」何休五年注云：「離至，離别前後至也。」又云：「乃解怠前後至，故不序，以刺中國之無信。」是其證。取下篇：「是以有履畝之税，碩鼠之詩作也。」履畝、碩鼠爲一事，當出三家詩之序。公羊宣十五年傳云：「税畝者何？履畝而税也。」又云：「什一行而頌聲作矣。」正爲碩鼠詩而言。三家詩、公羊皆今文，宜其説之相近。潛夫論班禄云：「履畝税而碩鼠作。」是其證。又潛夫論下云：「賦斂重而譚告通，班禄頗而頎父刺，行人乏而緜蠻諷。」皆上見序，下見詩。今本譌舛，致不可讀。結和篇：「閭里常民，尚有梟散。」梟散者，貴賤也。韓非子外儲説左下：「博貴梟，勝者必殺梟。殺梟者，是殺所貴也，儒者以爲害義。」戰國楚策唐且見春申君章：「夫梟棊之所以能爲者，以散棊佐之也。夫一梟之不勝五散，亦明矣。今君何不爲天下梟，而令臣等爲散乎？」是其證。鄭注考工記有「博立梟棊」也。詔聖篇：「春秋原罪，甫刑制獄。」制獄者，哀矜折獄也，乃今文尚書説。大傳曰：「聽訟雖得其指，必哀矜之。死者不可復生，絶者不可復續也。」書曰：「哀矜折獄。」故次公與春秋原罪並言。論語：「片言可以折獄者。」釋文云：「魯讀折爲制。」漢書刑法志曰：「書云『伯夷降典，折民惟刑』，言制禮以止刑。」其説亦本諸大傳，是其證。伏生、次公及班孟堅皆讀「折」爲「制」者，今本大傳作「哲」，漢書作「悊」，非也。此類皆）如□□□□□，證驗甚明，然知之者或寡矣。古餘先生雅好是書，用功甚深，既刻涂禎本而附之考證，所以正其踳、理其紛者，皆如完説之解蔽結也。間與廣圻往復講論，多得要領。因非涉字句訛錯者，例不並著。故敢撮取一二，附書於末，俾後人合而觀之，尚能循緒探索，曉其詞以譏其意，則西京儒家之言，將昭然復顯，尤先生所亟亟想望者也。卷首。

活本失排涂本第二葉，此在後而彼在前之驗也。丁卯五月記。卷九後。

讀此書貴能得其用，如余者，徒索解於字句間，何足道哉！癸亥八月重閲一過記。千里。

嘉慶丁卯五月，爲居停主人張古餘先生校刻弘治十四年涂禎本再讀此。千里又記。

太元書室刊本校，甲寅除夕前一日澗蘋記。

黄蕘圃曾借鈔此本，復用其所藏攖寧齋舊鈔校出見示，因録之。澗蘋又記。以上卷十後。

新序十卷　校宋本

舊本新序、説苑卷首，開列「陽朔鴻嘉某年某月具官臣劉向上」一行，此古人修書經進之體式。今本先將此行削去，古今人識見相越，及鑱刻之佳惡，一開而可辨者也。辛丑夏五謙益題。

康熙庚寅借義門師校正本對勘。師本乃從甜橋巷李氏借得陽山顧大有舊藏宋槧本校定也。七月八日杲記。

康熙丁酉六月，得傳是樓宋本録牧翁題識，復改定十餘字。杲又記。

説苑二十卷　校宋本

丁巳十一月初二燈下校。儀。卷十二後。

戊辰夏五廿三日借朱卧菴宋槧本校畢。錢遵王。

丙辰二月盡日閲於寶晉齋，時有肩之疾，殊草草也。玉齋。

九月九日又取敕先校本添改訖。

凡陳本與此異者出於下方。辛巳夏四月，小山取陳本添改訖。

五臣音注揚子法言十卷 校宋本

此本每條之首，有朱筆一點及乙處，皆安溪先生取以入榕村講授本中，後又命其子世得與焯，稍删其可緩者六，增其未備者凡二條焉。後人得之者，當珍視諸。己卯除夜清苑行臺西箱記。焯。卷三後。

絳雲樓舊藏李注揚子法言，序篇在末卷，未淆本書次序，後轉入泰興季氏，又歸傳是樓。康熙己亥心友弟偶獲見之，略校訛字，寄至京師，冬日呵凍自校。此本他日餘兒苟能讀之，乃不負二父殷勤訪求善本以貽後人之意也。老潛記。卷十後。

五臣音注揚子法言十卷 校宋本

己亥殘冬用南渡後國子監翻雕官本粗校一過。宋本係李軌本，别有音義一卷附後，惜未録出。

潛夫論十卷 明刊本

潛夫論以此本爲最古，明人藏弆率用此。余舊藏本爲沈與文、吴岫所藏。馮己蒼所藏即從此出。中有闕葉，出馮鈔之後所補，故取馮鈔校之，已多歧異。頃從坊間購此，首尾完好，適五柳主人應他人之求，遂留此轂彼。丙寅夏蕘翁識。

道光甲申四月命長孫美鎏手校一過，不僅如在軒大令所摘録之佳字也。余家向藏一本，已易出，今又去刻留校，鄙人心事可知。幸我好友如月霄二兄，視明刻如宋本，物得其所，於心稍安焉。蕘夫。

余讀潛夫論數周，所讀係程榮刻本，中間譌謬不少，輒以意簽於上方，惜無善本可證。今假蕘翁所藏此本校之，得十之二三，「稷契」作「稷禼」，「禼」即「卨」字也，程刻誤作「稷禹」。「砥矢」者「砥矢」也，「矢」古「矢」字，即詩「周道如砥，其直如矢」，程刻改作「砥勵」。又按此本並無缺葉，版心八十九者，即八十七也，係誤刻。其九十葉雖缺，仍不缺，文理皆貫，特誤空一葉葉數耳。道光二年十二月十二日震澤費士璣記。

「稷禼」見三式篇。「砥矢」見德化篇。

潛夫論一册，託非石大兄代交，謝謝。後有跋語呈正，此請午安不一。蕘圃二兄大人。愚弟費士璣頓首。

龜山先生語録四卷後録二卷　宋刊本

正統戊辰仲夏在金谿義塾重裝。

童蒙訓三卷　舊鈔本

宋版吕氏童蒙訓三卷，□□堂沈氏所收藏。乾隆乙亥夏從而借觀，是有益於人心身者，因亟録存之，復識數語於此，欲後之人誦而習之，毋輕而棄之云爾。端午前三日，閩忠懿二十二世孫嗣賢。

孔子集語二卷　影鈔宋本

淳祐丙午稽山書院山長薛據裒聚孔子集語成二十篇。其所引尚書大傳、金樓子等書，今皆不可得見。方山吴岫藏書多舊人鈔本，此其一也。也是園曾遵王氏跋。

壬子秋應試金陵，遍覽書攤，無一當意之本。偶於骨董肆中，流矚銅磁研山等物，忽見架上有破書數束，細閲之，得杜牧注考工記一本，楊升菴藝林伐山二本，并此書以歸，餘俱無足觀者。因思金陵爲東南都會，且明時焦氏藏書甲於天下，何風流歇絶，坊間所儲之書，略無一善本流播耶？抑亦吾輩之嗜好與人異趣耶？遂不覺循覽此本，付之一笑。抱沖記。

程氏家塾讀書分年日程三卷　元刊本

元刊初印本讀書分年日程善本，卷三旁證明印本模糊，缺三十二字。

道光庚寅三月二日古歙程恩澤觀於芙川先生齋頭，因識。以上卷首。

北平梁鉞觀。以上卷末。

辨惑編四卷　舊鈔本

是編爲元朝謝先生，字子蘭諱應芳者所纂輯。讀其書，可以破愚而袪蔽，題曰「辨惑」，洵不誣也。某於數百年下，對是編而恍然見先生操心之正，積學之博，衛道之功，推於聖門閑邪之思，詔兹來世，其有係於世道人心者匪細矣。用手筆録，以豁蒙昧。

神機制敵太白陰經十卷　舊鈔本

神機制敵太白陰經，共十卷，唐荆南節度使李筌所撰，進入内府秘藏，不傳於世。瑞南宋公先世有傳而得之，以輔明廓清海宇，是書之功也。以後子孫，慎勿妄傳。史氏珍藏尾跋。

何博士備論一卷　舊鈔本

己丑春日，假得何博士備論一册，係從也是園藏本傳録者，與舊鈔本對校一過，卷首多蘇文忠公奏劄一首。論二十六篇，缺鄧禹論一篇，而羨出漢武帝論、唐論，兩題目大半不同，篇中字句亦多歧異之處，爰録於别紙，以俟他日勘定云。

庚辰夏五，從也是園鈔本校一過，此本缺漢武論、唐論二篇，而多鄧禹論一篇，因兩補之。又兩本題目互異，未知孰是，并録之以備考。琴六居士記。

管子二十四卷 宋刊本

管子世鮮善本，往時曾見陸敕先校宋本在小讀書堆。後於任蔣橋顧氏借得小字宋本，其卷一後有長方印記，其文云「瞿源蔡潛道宅墨寶堂新雕印」。驗其欵式，當在南宋末年，中缺十三至十九卷。即其存者，取與陸校本對，亦多不同，蓋非最善之本也。甲子歲，余友陶蕴輝鬻書於都門，得大宋甲申秋楊忱序本，版寬而行密，亦小字者，因以寄余，索直一百二十金，豪釐不可減。余亦重其代購之意，如數許之，遂得有其全本。案大宋甲申，不言何朝，核其板刻，當在南宋初，以卷末附張巨山讀管子一篇也。内有鈔補并僞刻之葉，在第六卷中，遍訪諸藏書家，無可借鈔。時錢唐友人謂余曰：「嘉興某家有影宋鈔本，與此正同。」余聞之欣然，久而無以應我之求。適陶君往嘉興，於小肆中獲其半，檢所闕葉，一一完好，字跡與刻本纖毫不爽，方信影鈔者即從余所得本出，而下半部偶失之耳。命工用宋紙從影鈔本重摹，輟鈔補僞刻之葉而重裝之。管子至今日，宋刻始完好無闕，豈非快事。取對顧氏小字本，高出一籌，當是敕先所據以校劉績之本者也。後錢唐友人來詢之，知嘉興所見者，即此鈔本，其不肯明言在書肆者，恐余捷足先得，孰知已有代購之人爲之始之終之，俾作兩美之合哉。嘉慶丙寅立冬後一日，士禮居重裝并記。蕘翁黄丕烈。

戊辰正月，從瞿氏假得此本，與海寧唐耑甫、常熟張純卿同校一過於趙刻本之上，并記此。戴望志於冶城山書局。

管子二十四卷 校宋本

殘宋槧本管子，缺十三至十九，凡七卷。嘉慶丁巳十二月校，廣圻記。

管子二十四卷 明刊本

毛斧季以善價購得錫山華氏家藏宋刻管子，錢遵王貽余此本，竭十日之力，校勘一過，頗多是正。時賦役倥偬，愁悶填胸，當研朱點筆，大似承秋誨弈，一心以爲鴻鵠之將至，撫已爲之一笑也。康熙五年四月二十有六日，常熟陸貽典識。

古今書籍，宋版不必盡是，時版不必盡非。然較是非以爲常，宋刻之非者居二三，時刻之是者無六七，則寧從其舊也。余校此書，一遵宋本，再勘一過，復多改正，後之覽者，其毋以刻舟目之。

康熙五年歲次丙午五月七日，敕先典再識。

嘉慶五年庚申元和顧廣圻臨校。

韓非子二十卷 校宋本

韓子譌舛殊甚，宋本弗得一見，孱守老人曾用以校第三一卷，是當時已無其全矣。又用葉林宗道藏本、秦季公校本及趙此刻本校張鼎文本，而松崖惠先生復用此刻校臨焉。今兩本皆爲周薌嚴收得。丁巳六月借録一過，據惠先生本爲主，評閲語悉著之，惟張本雖缺和氏、姦刧、説林、六微等處，而字句每多長於此刻者，惠先生略而未及，仍一一補入藏本。宜佳所校，頗未詳盡。秦本最劣，不足用，覽者詳焉。澗薲顧廣圻校畢記於士禮居。

庚申九月聞孫淵如觀察云：「曾見宋本於京師，屬畢君以恬校出一部。」擬從借觀也。十一日澗薲記。以上卷首。

非之言諒矣，然而察見淵魚，不詳孰甚焉。羣小鬼蜮情狀，既爲所燭照無遺，則遂無以善其後，斯最其傷心之故也，能無以一矢相加遺乎？費長房之死於羣鬼，職此故矣。若夫智而能愚，雖以此書發奸摘伏，而不耀臧否之評論，非獨善於自全。他日求治者出，將有待於此賢矣。自非僕與千里尊兄所當警策者乎。重九前三日夜渭記。

管子文往往有與韓子同者，一時未暇旁及，此須千里辨之。十七日燈下渭記。以上序後。

韓非子尚有數事，散見他書中，以無所附麗，且未確，故置之。余別有書韓非子後一篇，茲不録。涓記。

韓非，不祥人也。天下小人之情狀，何所不至，而非必剖悉不諱，訐以爲直，非獨聖賢所惡，抑羣小聞之而腐心，夫豈大雅卓爾之美與？其身填牢户，非實巧於自戕耳，何怨李斯爲哉。然其論議明切，足以助圖治者之意智；下此從政之士，因其言而究當世之虛實，必其用晦而明，俾不至感傷和氣，則斯人並受其福矣。不然，而以僕輩書生之迂執，復得此以長慘刻，竊恐得吾道以亡身者，不免焦氏之歎也。初六日夜涓又記。

凡小梧所言，皆因余辨李鋭之奸而爲其見讐，故發此隱諷耳。厥後鋭之讐小梧者不減於余，應悟此言之失矣。余遇古書輒校，非好韓子者安得如此言。且小人之與人爲讐，不計情理，如毒蛇野獸，豈用晦而明所能息其吞噬耶？但言既愛我而發，不欲駁難，姑記之。甲戌夏日書，時寓江寧之皇甫巷。以上目録後。

此別宋刻，今所見全異。卷三後。

近自讐校之外，略疏韓子之義，就正千里尊兄。他日擬注成此書，其機實發於千里。乙丑重陽前二日，涓燈下記。　談何容易。甲案：此係千里手筆。

壬戌春得述古堂影鈔宋本於杭郡，遂取校初見秦一過，其本今屬黄蕘圃矣，暇日借而竟之耳。澗薲記。

黃三八郎宋槧，在署蘇州府知府張古餘先生處。述古堂本缺一葉，今補全。癸亥正月又記。以上卷五後。

此一卷宋槧與影宋鈔大有異同。卷八後。

宋本各卷，皆無「右傳」二字，最是。此說也，韓子所謂其說在云云者。卷九後。

此宋槧韓非，即趙文毅公刻本之所自出，說林、六微、和氏、姦劫等等因是復傳者也。趙本字句之間，頗用他刻更定，遂多未安。即如外儲說右上「宋人有酤酒者」節，此本云：「問其所知問丈人。」第二「問」字是「閭」字之誤，有李善注應休璉與徐炳書所引可證，趙輒删去之，誤矣。又外儲說左上「虞慶爲屋」節，改「虞慶曰不然」入「此宜卑」之下，改「且張弓則不然」作「范且曰不然」，幾不復可通，皆其類也。以推宋槧爲天下之至寶，豈虛言哉。卷十六首。

「怯言時」乃宋槧本誤寫。下文三字未經改正，遂無可尋考。□其下一字必是「則」無疑，上二字藏本以意改，未必然也。讀黃三八郎本，須以此爲例，使當時時加以讐校，何至貽誤及今，雖剞心劚腎而思之，亦終於不可得。刻書付之非人，千古一轍，可慨可慨。十一日讀，燈下閱此卷，漫記。卷十七詭使篇中。

乙丑九月初六日，力疾爲千里兄校此書畢。此書在千載幽室之中，得吾千里然犀之照，而僕輩小夫之知，亦有以批其郤而有穿漏解駁之助。定本既成，將來知言之選，談治術者，於此可以考鏡情僞焉，斯疲庸之箴砭，救俗之一端也夫，豈區區求爲韓氏之功臣哉！小梧王渭記。

九月十五、十六、十七三日，借得葉林宗道藏本及秦季公又玄齋校本對過。孱守老人。

文毅此書，從宋本校刻，舊校缺者，此皆有之，可謂善本。故馮己蒼校韓子兼用趙本。癸酉四月校畢書此。松崖。不然也。甲案：此係千里評語。

乙巳九月用正統十年所刻道藏覆校，大略與鼎文本多同。不知孱守老人所據葉林宗本用何刻也。十八日燈下記。澗蘋。

影鈔宋本重校。壬戌七月，澗蘋。

初借袁綬階本，再借江寧朝天宫本。以上卷二十後。

昨細思韓非子第十三卷「使之衣歸」，「衣」當作「夜」，蓋不待明日而使之歸也。此校若何，希定示。十三日倘能强步，必到西頭，煩致意小蓮，今日少閒矣。小梧仁兄台覽。廣圻拾片，初九日。向聞人説校書何難，無以應之。今已得一語曰，所謂何難者，祇是未校；若真校，便難。一笑。又行。

刑統賦解二卷 舊鈔本

宋史藝文志刑統賦解四卷，不詳作者姓名。晁公武讀書後志著録者二卷，云皇朝傅霖撰，或人爲之注。則傅乃宋人，非元人也。趙文敏序云，東原郄君章析而韻釋之，而不稱其名。則郄必元人，竹垞概以爲宋人者亦訛。此本爲古林曹氏藏本，甲午五月余從西吴書估購得之。初白老人查慎行志。

按刑統賦本八韻，今此本缺後一韻。又按明洪武中江西泰和蕭岐字尚仁，嘗取刑統八韻賦引律令爲之解，合爲一集，謂「天下理本一，出乎道必入乎刑」。吾合二書，使觀者有所省也云云。横雲山人明史爲蕭立傳，今其書失傳。乾隆丁巳岐昌續志於得樹樓。

非毆非傷而有同毆傷。度關三等，自首而獲免者冒度；贜累六色，共犯而合併者盜贜。他捕或同於自捕，因亡有異於徒亡。文無失減者，必依減三等之法；罪有强加者，不准加二等之强。誤殺私馬牛者，法止無罪；故傷親畜産者，價亦不償。見役在官，脱户止同於漏口；持敕免死，殺人須至於移鄉。案此第七韻中脱文，當在「雖戲雖失而不從戲失」句下。

第八韻　大哉，罪有累加不累加，贜有併計不併計。公坐爲私者，官當同公坐之法；謀殺從故者，首罪依謀殺之制。小功大功，尊又加等；聽贖收贖，語無别異。傷重加凡鬬者，非止内損，出降依本服者，兼明外繼。士庶饋與，猶坐於去官。案此第八韻闕文，當補在「親故乞索，不論於挾勢」句前。

以上七、八韻脱文，從元人沈仲緯刑統賦疏内補傳賦正文。蕘夫記。

刑統賦疏一卷　舊鈔本

傳霖刑統賦一卷，楊淵續刑統賦，並載諸讀書敏求記，不聞刑統賦疏也。傳賦余亦有之，楊賦已不見。頃從郡故家散出零種中偶得之，詫爲奇絶，遂重付裝池而跋之。是書爲吴中沈仲緯氏著，取傅賦而爲之疏，疏文後每條有直解、通例二門，所云通例者，皆取元一代條例爲之證，是深有裨於元史刑法志者也。前有二序，其最著名者爲會稽楊維楨，則沈仲緯在元時必非泯没無聞者，乃考歷來元明諸家書目，無所謂沈氏刑統疏者，亦可危矣。書僅五十葉，審係元人鈔本，其故家標籤，但云律例，觀者不甚貴重，得余表之，始爲秘書，亦是書之幸也夫。道光紀元四月望日，小病初愈，坐百宋一廛，蕘夫書。

傅氏刑統賦，係曹倦圃藏鈔本，前有查初白及藥師跋語兩則。藥師跋云：「案刑統賦本八韻，今此本缺後一韻。」余以此疏所載賦文證之，自七韻中「雖戲雖失而不從戲失」下對句，至八韻中「親故乞索，不論於挾勢」上出句止，共脱賦文若干條，此本居然在也，雖郄之韻釋、王亮之增注皆不可考，而傅賦則居然全矣。又按藥師跋云：「明洪武中江西泰和蕭岐，字尚仁，嘗取刑統八韻賦引律令爲之解，合爲一集，今其書失傳。」則此沈氏之書，猶留於天壤間，不亦幸耶。四月二十日勘傅賦、郄韻釋、王亮增注本畢，蕘夫又識。

重將傅賦細勘，知原註此篇落了下「其私造兵器」一條。前傅賦尚多脱文，遑論沈疏耶？可見古書流傳甚難，即一刑統賦，彼此湊合，始得全韻。苟非余，郄所釋，沈所疏盡爲余見，則此賦終不全。暇日當録全文行世，勝於從未見此書者矣。同日蕘夫又識。

故屏服食論以闢殺。　貿易官婢同於和誘。　併贓累併法也而法兼於贓。　本部如本屬也而屬尊於部。詐傳制書情類詐僞。方接私造云云。

此疏所缺賦文，附記於此。

暇日取傳賦全文録出，知郄釋之注本第四韻中，亦脱其文，自「因走而殺」至「使之迷繆」共十句，前記脱文猶漏也。二十五日記。

廣成先生玉函經一卷 宋刊本

廣成先生玉函經一册，錢唐何氏夢華館藏書也。先是己巳春，余游武林，訪其主人，主人因出古書相質證，此其一也。極稱其本之秘，其刻之舊，而斷斷乎其不輕與人。余亦以醫家書，姑置之。越歲乙亥，夢華欲得余監本附釋音毛詩注疏，酬價不足，以古書相補，此書與焉，蓋主人視此直不貲也。余檢各家藏書目，罕載是書，惟敏求記載杜光庭了證歌一卷，云：「光庭謹傍難經，各推了證歌爲之，以決生死。宋高氏爲之注。東越伍捷又爲之補注。其於脈理，可謂研奥義於精微者矣。」今此書總名玉函經，有序，序後標生死歌訣，上、中、下統一卷，似非了證歌矣。且列名二行，後一行云「盱江水月黎民壽」，名下紙損，失編及注字樣，又非遵王所謂高氏與伍捷矣。然按序云「謹傍難經，略依訣證，乃成生死歌訣一門」，又與遵王「謹傍難經」云云，不甚大異，當即一書也。黎民壽亦係宋人，注中有引王德膚易簡方云者，蓋指宋人王碩也。是書之藏，在明嘉靖時，曾在吾郡，卷中有「沈辨之氏」印記也。沈名與文，字辨之，號姑餘山人，又號野竹居士，家有野竹齋，住郡之杉瀆橋。一書之傳，由蘇而杭，由杭而蘇，遷徙靡常，幸有人以儲之，斯可歷久不滅，余故樂得而重裝。時丙子三月上巳日，廿止醒人手記。

甲按：此書初已散失，旋經收回。當日曾留跋以誌幸，兹併録附於前賢之後。

此余家鐵琴銅劍樓舊藏物也，共二十八葉，裝成一册，黄跋定爲宋槧，洵足寶貴。於咸豐庚辛之際失散，已逾卌載，先君深爲惋惜，遺命如遇舊物，雖破産贖之可也，非過也。以故先兄斐卿、棣卿仰承先志，訪之十餘稔而卒無一得，蓋完璧之歸，如是之難也。今夏，吾師陸媚川夫子函告曰：「某肆中有宋刊玉函經一書，頗似君家舊物，盍往觀之。」余聞信之下，急棹扁舟抵城，索觀之而不爽，遂以重資易歸，異日者散軼之書，漸次得返，俾復舊觀，小子之幸，亦先父兄在天之靈所深慰也爾。光緒二十七年歲次辛丑五月十有二日。

史載之方二卷 影鈔宋本

向聞白堤錢聽默云：「北宋時有名醫，因治蔡京腸秘之症，祇用紫苑一味，其病遂愈，醫者由是知名。」其人蓋史載之也。後余友顧千里遊杭州，遇石家嚴久能於湖上，出各種古書相質，歸爲余言，中有史載之方二卷，真北宋精槧，余心向往之久矣。客歲錢唐何夢華從嚴氏買得，今夏轉歸於余。余檢其方，果有大府秘一門用紫苑者，始信錢丈之言爲不謬，特未知用而見效之説出何書耳。至於版刻之爲北宋，確然可信，字畫斬方，神氣肅穆，在宋槧中不多覯，其避諱若昇字，尤他刻所罕，千里艷稱於前，夢華作合於後，余於此書可云奇遇。余喜讀未見書，若此書各家書目所未收，惟宋史新編有云「史戰之方二卷」，「戰」者，以「載」字形近而譌，無可疑者。余重其書之秘，出白金三十兩易得，重加裝潢，遇上方切去原紙處，悉以宋紙補之，尾葉原填闕字，亦以宋紙易去，命工仍録其文，想前人必非無知妄作者也。上下卷通計一百單七翻，合裝潢費核之，幾幾乎白金三星一葉矣。余之惜書而不惜錢，其真佞宋耶，誠不失爲書魔云爾。嘉慶丙寅立冬後一日，蕘翁黄丕烈識於百宋一廛。

朱師古，眉州人，年三十，時得異疾不能食，聞葷腥氣輒嘔，惟用一鐺旋煮湯，沃淡飯數匕食之，每用鐺亦須滌十餘次，不然，更覺腥穢不可近也。食已，鼻中必滴血一點，憔憔瘦削，醫莫能愈。乃趨郡，謁史載之，史曰：「俗醫不讀醫經，而妄欲療人，可嘆也。君之疾在素問經中，其名曰食掛。凡人肺六葉，舒張如蓋，下覆於脾，則子母氣和，飲食甘美，一或有戾，則肺不能舒，脾爲之蔽，故不嗜食。」素問曰：「肺葉焦熱，名曰食掛。」蓋食不下脾，瘀而成疾耳。遂製藥服之，三日，覺肉香，啖之無所苦，自此嗜食，宿恙頓除。

右宋稗類鈔一則，此見諸卷七方伎門，書友胡立羣偶檢及告余，余遂借歸録之，以備參考，因其書爲近人所作，未儲也。

蔡元長苦大腸秘固，醫不能通，蓋元長不肯服大黄等藥故也。時史載之未知名，往謁之，閽者齟齬久之，乃約見。已診脈，史欲示奇，曰：「請求二十錢。」元長曰：「何爲？」曰：「欲市紫苑耳。」史遂市紫苑二十文，末之以進，須臾遂通。元長大驚，問其説，曰：「大腸，肺之傳送。今之秘無他，以肺氣濁耳。紫苑清肺氣，此所以通也。」此古今所未聞，不知用何湯下耳。

右施彦執編北窗炙輠録卷上一則，可爲錢丈之言左證矣。嘉慶歲在丁卯正月二十有九日書，時病後不出户庭，偶檢之，附録於此。復翁黄丕烈。

余喜蓄古籍，苟宋元舊刻，雖方伎必收焉。每得醫書古本，訪求藏書家目證之，辨析同異。頃因收得白沙許學士述傷寒百證歌、傷寒發微論二書，檢及直齋書録解題有云：「指南方二卷，蜀人史堪載之撰，凡三十一門，各有論。」未識即此方否？然茲方爲二卷，雖不名爲「指南」，卷數卻合。載之向不知其何郡人，今解題云「蜀人」，而證諸宋稗類鈔所云「朱師古，眉州人，乃趨郡謁史載之」，則其所居之郡可知。向不知其何名，今解題云「史堪」，則載之乃以字行者也。聊著之以見讀書有得，乃爾觸類旁通，其樂又何如耶？己巳四月小滿前二日復翁識。

此書自郡齋讀書志已下，皆未著録，郡中黄復翁得之石冢嚴氏，此即從之過録者也。載之名不甚著，其始末無考，惟據復翁跋稱，宋稗類鈔載，眉州朱師古得異疾，趨郡謁史載之，宋時眉州屬成都府路，是載之爲成都人也。書録解題載「指南方二卷，蜀人史堪載之撰」，卷數雖同，書名則異，不知即此書否。然稱爲蜀人，與宋稗類鈔合，其非二人可知，是載之名堪也。而阮文達提要謂字里未詳，蓋誤認載之爲名矣。北窗灸輠録載，載之療蔡元長疾，元長熙寧三年進士，靖康中貶死，是載之爲神宗後人也。其大略可見者如此。按載之療元長大腸秘固，市紫苑以進，須臾遂通。此書大府秘門正有用紫苑一方，而師古異疾，載之名爲食掛，謂出素問，製藥服之，三日頓愈。宋稗類鈔不言所用何藥，此書亦無食掛方論，蓋載之所著當不止此，或在解題所稱指南方中，而此書之非即指南方，又可想見也。書中炅、戍、驚、徵等皆爲字不成，而完、丸等不避欽宗嫌名，蓋刻於靖康已前，復翁定爲北宋精槧，不誣也。咸豐戊午季春既望，文村王振聲書於鐵琴銅劍樓。

洪氏集驗方五卷 宋刊本

賢人留意濟斯民，學仕之餘未捨勤。猶訪醫方治疾病，豈因富貴墮心身。乃知後世家風遠，想見當年德業新。愧我長貧仍懶墮，不能望見屬車塵。

洪公當盛宋時爲侍從官，兄爲宰相，其富貴爲何如也，而懇懇不忘救民之事，著成方書，百世行之。下缺。

余素不諳醫，而喜蓄醫書，非真好醫書也，好醫書之爲宋元舊刻者。今兹六月中，有揚州書友來告余云，有宋版太醫集業四册欲售，余屬其携來，久而未至，聞已售於他姓，亦不甚惜之，因向來各家書目未載，即舊藏書家亦俱不知，或是書未必真宋版。後閱陸其清佳趣堂書目，載是書云文淵閣藏本，有楊南峯、鄒臣虎二跋，方悔前此不之買，而已弗可追矣。適余友陶琅軒從都中寄此宋版洪氏集驗方一本至，乃欣然以爲聊屬我欲。蓋此宋版醫書，亦所罕有，見有季氏圖書，隨檢延令宋版書目，知即係是書。卷後八行墨跡，季氏云鮮于樞詩跋，諒必有本而云然，「百世行之」已下，定有脱文，想滄葦收藏時，必未遺失，故知之詳也。至於刻版年月，載之甚詳，宋刻固無疑義。而余舊藏傷寒要旨，與此同出一手，黄憲、毛用，刻工姓名可考，而證刊刻之地，同是姑孰，刊刻之時，同是乾道，惟辛卯差後庚寅一年爾。二書之分，不知幾時，二書之合，又在一地，豈非奇之又奇耶？餘言詳彼書跋語中，兹特誌得書之由，并誌余所以考證是書者如此。甲子十一月，蕘翁黄丕烈識。

頃在揚州郡齋，借到太醫集業，尋覽之餘，見板口有「三因」字，遂取三因極一病證方論互勘，知即割裂其殘本爲之耳。太醫集業者，第二卷之一條，並非别有此書也。佳趣堂書目所云誤。歸晤蕘翁，出示是跋，舉以語之，囑記於後，他年倘仍收得，必拊掌一笑。嘉慶乙丑八月，澗薲顧廣圻書。

衛生家寶産科備要八卷 宋刊本

此淳熙十一年長樂朱氏取諸家産科方合刻成，書中「寓」、「轅」、「懸」字俱闕筆，又「丸」皆作「圓」，避欽宗嫌名也。其所載産育寶慶集方，陳直齋謂李師聖有説無方，醫學教授郭稽中爲時良醫，以方附諸論，遂爲完書。今考師聖自序，知郭與李同時，是書實成於師聖也。當歸一味散注引王子亨指迷論，子亨，名旼，直齋書目載之，今已失傳。桃仁承氣湯謂龎安常用之驗，安常，名安時，今有傷寒總病論行世。産育方藥專書，唐志載昝殷産寶一卷，今惟寶慶集方尚存永樂大典中，然已佚去借地法矣，猶賴此書傳之。所采虞流備産濟用方諸論，尤爲切要，安得好事重爲刊布，俾得家置一編，則活人之報當不小矣。嘉慶辛酉夏黄君蕘圃自都門購歸，出以相賞，因識數語以爲奇書欣賀。中溶。

頃從陳仲魚處借得敏求記，檢醫家有産科備要八卷，所載長樂云云，與後跋同，特少「十二月初十日」六字，而「淳熙甲辰歲」五字在「刻版南康郡齋」六字上，殆少易原文入於記中爾。曾云楮墨精好可愛，與余所收正同，想亦是宋版也。爰重誌數語，以見述古堂中不乏奇秘如此。蕘圃。嘉定錢大昕觀。時年七十有四。

天文大象賦一卷 舊鈔本

嘉慶庚申歲，淵如先生在浙中得晴川孫之騄手鈔本大象賦并注一帙，題云：「張衡大象賦，苗爲注。」因考困學紀聞云：「大象賦，唐志謂黄冠子李播撰，李台集解。」播，淳風之父也。今本題楊炯撰，畢懷亮注。館閣書目題張衡撰，李淳風注。愚觀賦之末曰「有少微之養寂」云云，則爲李播撰無疑矣。播仕隋，高祖時棄官爲道士，張衡著靈憲，楊炯作渾天賦，後人因以此賦附之，非也。故改定題爲天文大象賦，李播撰，依唐志及崇文總目、通志藝文略也。注人厚齋未經論定。考宋史藝文志云：「張衡大象賦一卷，苗爲注。」獨與晴川本相合，苗爲不詳其人，亦不知今注與所謂李台集解等若何異同也，故仍其舊題焉。先生以此注世間罕傳，屬余校刊以行。今年五月，遂取隋唐間人言天文之書，若史記天官書正義、漢書天文志顔注、晉隋兩天文志、開元占經等，參互細勘，凡晴川本之脱譌衍錯，不能卒讀而的然可知者，幾數百處，悉補改删乙之矣。至稍涉疑似，如注云「羅堰三星」，而晉、隋志皆云九星。注云「礪石四星」，而隋志云五星。注云「天庾三星」，而晉隋志皆云四星。當是别有所出，未敢據彼改此。又如賦云：其外鄭越開國，燕趙鄰境，韓魏接連，齊秦悠永，周楚列曜，晉代分冏。注云：鄭一星在越南，越一星在鄭北，燕一星在鄭東北，趙二星在燕東南，韓一星在晉南，魏一星在韓北，秦二星在代西，代二星在晉東北，十二國合十六星，脱去齊、周、楚、晉。而開元占經引巫咸占則云：齊一星在九坎東，趙二星在齊西北，鄭一星在趙東北，越一星在鄭西北，周二星在越東北，秦二星在周東南，代二星在秦東南，晉一星在代西南，韓一星在晉北，魏一星在韓北近秦星，楚一星在魏西南近鄭星，燕一星在楚東南近晉星。隋志則云九坎東列星：北一星曰齊，齊北二星曰趙，趙北一星曰鄭，鄭北一星曰越，越東二星曰周，周東南北列二星曰秦，秦南二星曰代，代西一星曰晉，晉北一星曰韓，韓北一星曰魏，魏西一星曰楚，楚南一星曰燕。皆與此注差違不合，當亦是别有所出，非可相補。又如賦云「峙樓垣而表戾」，注脱去「樓垣」。晉志引京房風角書集星章所載，妖星有天樓、天垣，皆歲星所生也。隋志引作天樓星生亢宿中，天垣星生角宿中。開元占經妖星占「天垣在角宿中」云云，「天樓在亢宿中」云云，其語尤詳，而不知此注原文若何，亦非可相補。又如注天理一條，天柱一條，天庾一條，天廪一條，内五諸侯一條，常陳一條，其末皆脱去占。又如注凡五星一條，土未脱去與火合云云，更無以補之，斯類均標明爲缺，以存其真。校既畢，繕寫一通，質諸先生，而記其書之本末及校之大略於後。壬申五月廿八日元和顧廣圻書於江寧皇甫卷之思古人齋。

新儀象法要三卷 影鈔宋本

題影宋鈔新儀象法要。

梁代渾儀已制之，失傳蘇仲乃重爲。有經有緯述前驗，具説具圖期後垂。亦曰用心究鉤股，即看影槧悉毫釐。大成圖象精錙黍，皇祖鴻儀萬世規。乾隆乙未孟春上澣。

銅壺漏箭制度一卷準齋心製几漏圖式一卷 影鈔宋本

此銅壺漏箭制度、準齋心製几漏圖説，共二種，見諸文淵閣書目陰陽書宇字號，準齋宇五十四，銅壺宇五十五。此本敍次先後互易，其古本之流傳也。原書舊鈔，當是影宋。余恐流傳未廣，録副以便傳觀，或互相鈔録，俾晦者益彰，豈不快與！道光癸未仲冬月蕘夫書。

附録經籍考一則

刻漏圖一卷。

晁氏曰：「皇朝燕肅撰。肅有巧思，上蓮花漏法。嘗知潼州，有石刻存焉。洛陽宋君者增損肅之法爲此圖。」
仲冬二十有八日蕘夫記。

大宋寶祐四年丙辰歲會天萬年具注曆一卷 舊鈔本

右宋寶祐四年會天曆，保章正荆執禮、譚玉，靈臺郎楊旂、相師堯，判太史局提點曆書鄧宗文等，算造具注頒行。是歲在丙辰，元日立春，田家諺所云百年罕遇者也。按會天曆初名顯天，淳祐十二年太府寺丞張湜、秘書省檢閲林光世同師堯、玉等推算，略見於宋史律曆志。既而寶祐改元，定名曰會天，於是尤學士焴被命作序，原授時之典，歲頒曆於萬國，鏤版印行，莫可數計，然歲既更，無復存焉者。馬氏經籍志載金人大明曆，正以其不易得也。是本爲崑山徐閣老公肅甫所藏，余假之編修道積録其副。按南渡以後，自統元至會天曆，名凡七改，惟會天史稱闕其法，試繇丙辰一歲推之，曆家可忖測而得其故已。歲在屠維赤奮若夏四月朔，秀水朱彝尊跋。

乾隆丙午從江鄭堂處鈔録，復比校一過。秋厓衡記。

數書九章十八卷 舊鈔本

數書九章十八卷，宋淳祐間魯郡秦九韶撰。會稽王應遴堇父借閣鈔本而録也，予轉假録之。原無目録，余爲增入。時萬曆四十五年新正五日，清常道人趙琦美記。

太玄集注六卷太玄解四卷附太玄曆一卷 宋鈔本

弘治乙卯臘月葑溪刑參觀於臯橋唐伯虎家。

此本舊藏唐子畏家，後以贈錢君同愛，更無副本，唯賴此傳誦耳，錢君幸珍藏之。丁巳冬徐禎卿識。

吴爟錢澈周芝補遺。

長洲陸延芝、陸灼校訂。

崇禎丙子張丑敬觀。

温公集注太玄六卷，見於宋藝文志，而世罕傳本。至許菘老之玄解，則宋志無之，唯直齋所録與此本正同。菘老本續温公而作，而卷第相承，蓋用韓康伯注易之例。太玄曆不著撰人，許氏云出温公手録，則温公以前已有之，其以六十卦配節氣，不及坎、離、震、兑者，京氏六日七分法，四正爲方伯，不在直日之例也。此本字畫古朴，又多避宋諱缺筆，相傳爲南宋人所鈔。明中葉唐子畏及吾家孔周先後藏弆，一時名士多有題識，好事者誇爲枕中之秘。去冬雲濤舍人始購得之，招余審定，歎其絶佳。越明春，借讀畢因題。時癸丑二月廿七日錢大昕。

右太玄注并解，宋鈔凡十册，因藉一大紳家得之，以觸廟諱字特多，不進内府。考明時藏吾家六如家，余嘗弆之，然仕於州縣，不解藏書。蕘圃主政精考訂，且曾見此書，時時念之，因舉以相贈，亦以其舊藏吴中，今仍置之皋橋吴趨閒，抑亦吾家六如所心許也。買櫝還珠，吾無悔焉，主政其善寶之。嘉慶六年九月既望，陶山唐仲冕識。

新雕注疏珞琭子三命消息賦三卷附校正李燕陰陽三命二卷 影鈔宋本

道光紀元歲在辛巳四月，王廢基書攤高姓携一書來，爲新雕注疏珞琭子三命消息賦，書僅三十三葉，索直餅金亦如之，且不可留，但一展卷而已。估人既去，檢諸家藏書目，晁氏讀書志載珞琭子疏五卷，焦竑經籍志載東方明原誤朔。珞琭子疏十卷，徐氏含經堂書目載王廷光珞琭子三命消息賦三卷，錢氏讀書敏求記載註解珞琭子三命消息賦二卷，方知此書雖星命之學，歷來著録若是，况宋刻豈易得之乎？爰復往迹之，幸以價昂，未有收者，遂勉購之，其爲卷三，可正錢記二卷之誤。標題李仝註東方明疏，可補晁志脱注人姓名及東方明之失，并正焦志「朔」字之誤、「十」字之誤。至於後附李燕推陰陽二卷，此與晁志五卷之説合，而其書則從未有聞也。不意年來羣書散佚之後，而仍復見此秘册，雖欲罷不能矣。我生何幸，而於翰墨因縁猶若是之深也耶？破涕爲笑，不覺書魔之故智復萌已。四月中旬迄七月下旬，意興都無，無暇作跋記其顛末。入中秋月，神采稍旺，因書此數語誌之。至於儲藏家，勝朝登學圃堂，國朝入傳是樓，墨迹圖章，尤足引重，至今日之出自誰何，吾不得而知之。八月哉生明蕘夫記。

消息賦載諸三命通會中，就行世本勘之，賦文大同而小異，即有一二可補之字，不敢據以寫入，雖云珞琭子注，育吾子解，注解不分，無一語與此同者，恐皆明人爲之耳。蕘夫。

五行精紀三十三卷 舊鈔本

文獻通考載五行精紀三十四卷，清江鄉貢進士廖中撰。錢曾讀書敏求記載五行精紀三十二卷，鈔寫精妙，是錢曾所藏之鈔本，尚缺三十三、三十四兩卷也。此本共三十三卷，係舊人所鈔，蓋比敏求記所收之本多一卷云。聞筝樓主人識。

三曆撮要一卷 宋刊本

此書不題撰人姓名，亦無刊刻年月，所引萬通百忌、萬年具注、集聖、廣聖諸書，皆選擇家言，司天監據以鋪注頒朔者也。劉德成、方操仲、汪德昭、倪和甫，蓋當時術數之士，今無能舉其姓名者也。書中引沈存中筆談，當是南宋所刊。嘉慶己未十月十有四日竹汀居士假讀，時年七十有二。

己未十月望日瞿中溶觀。

癸亥三月上巳蕘生重假讀。

舊本陰陽書甚少，由術士秘其書而毁之。遁甲六壬古法，猶見於太白陰經及武經總要，而歸忌、反支、天倉諸説，載在經史者，轉無成書。今蕘圃得此本，存宋以前古法，亟屬影寫傳世。嘗考夏正以平旦爲朔，則日辰宜起寅時，以子丑時入前一日。術者不知，故一切遁甲、六壬多不驗，書此以質知者。陽湖孫星衍書。

圖畫見聞誌六卷 元鈔本三卷宋刊本三卷

此元人鈔本圖畫見聞誌三卷，余向從東城故家收得者也，因其殘本，未及列入甲等。頃承周香嚴以殘宋刻本後三卷見遺，與此適爲合璧，雖各自不全，而元鈔宋刻，不皆古香馣靄，令人珍惜無比乎。因宋刻本與此長短不齊，遂損此舊裝，以期畫一，上下方各以餘紙護之，俾兩書原紙不傷，而外觀整齊，於古書舊裝，名爲損而實則益也。己未五月蕘圃記。

圖畫見聞志，元鈔三卷，宋刊三卷。宋郭若虚撰。前三卷係元人手録，每半葉十四行，行廿四字，以明宋陳道人刊本校之，頗有不同，如卷一次行題郭若虚撰，又次爲敍論細目七行，而陳本無之。卷二「李昇」條注云：「蜀中多呼昇爲小李將軍。」小李將軍乃思訓之子，陳本脱下「小李將軍」四字。卷三「文同」條末有一字至十字詩云：「竹，竹。森寒，潔緑。湘江邊，渭水曲。帷幔翠錦，戈矛蒼玉。虚心異衆草，勁節逾凡木。化龍杖入仙陂，鳴鳳律鳴神谷。月娥巾帔净冉冉，風女笙竽清肅肅。林間飲酒碎影摇金，石山圍棊清陰覆局。屈大夫逐去徒悦椒蘭，陶先生歸來但尋松菊。若檀欒之操則無敵於君，圖瀟灑之姿亦莫賢於僕。」此詩陳本亦失載。又按卷一「論黄徐體異」條「刁處士名光」下云「下一字犯太祖廟諱」，則其所據别本，亦是宋刻也。後三卷爲宋臨安府陳道人書籍鋪刊行本，每半葉十一行，行廿一字，與明翻本行欵悉同。惟匡、貞、搆、購等字皆缺筆，明翻本則不盡然。其紙皆羅紋闊簾，信是宋刊宋印也。元鈔序目補闕，爲秦酉巖手筆，且有「楊夢羽氏」印，知爲吾鄉萬卷樓舊物，歷三百年復歸故地，雖失其半，而補以宋刊，既喜珠還，且成璧合矣。以上卷三後。

此殘宋刻本圖畫見聞志四、五、六共三卷，周香嚴所藏書也。四月二十二日余訪香嚴，香嚴詢余，近日得書幾何，余以澗薲於玉峯所收元刻丁鶴年集，明人葉德榮手鈔法帖刊誤，翻宋版圖畫見聞志三種對。香嚴即出圖畫見聞志一册示余曰：「君所得者與此本同否？」余曰：「行欵似同，然亦記憶不甚明晰矣。」香嚴曰：「此王蓮涇家藏書也，余初得時，亦認爲宋版，既而見其字畫方板，疑爲翻本，易擕去對之。」余曰：「此册僅半，尚有前三卷否？」香嚴曰：「此殘本也。」余即從香嚴乞之。蓋余舊藏此書元人鈔本，止前三卷，香嚴亦所素知，故敢丐此以爲尾之續也。及擕歸，與澗薲同觀，亦認爲翻宋本，遂取前所收者勘之，行欵雖同，而楮墨俱饒古氣，細辨字畫，遇宋諱皆缺筆，翻本不如是也。爰揭去舊時背紙，見原楮皆羅紋闊連而横印者，始信宋刻宋印，以翻本行欵證之，此即所謂臨安府陳道人書籍鋪刊行本也。且余所藏南宋書棚本，如許丁卯、羅昭諫唐人諸集，字畫方板皆如是，益信其爲宋本無疑，率作一律酬香嚴以誌謝。命工裝池，與元鈔爲合璧，所贈雖出自良友，而工費幾及緡錢四五千，爲古書計，所不惜矣。

補綴之處，有白紙者皆舊時填寫字跡，其蠹蝕之餘，悉以一色舊紙補綴，遇字畫欄格缺斷者，倩潤䕃以淡墨描寫，至原刻原印之模糊缺失，悉仍其舊，誠慎之至也。余思此書宋刻，向藏書家無有，是今所見雖殘本，幸得元鈔相合，差稱兩美，貯諸讀未見書齋，洵爲未見之書矣，因述其顛末如此。嘉慶歲在己未中夏九日棘人黄丕烈識。

附録贈周香嚴詩

元鈔藏自我，宋刻贈由君。兩美此時合，一書何地分。翻雕模舊印，缺畫認遺文。嗜古憐同志，相從廣見聞。

壬申立冬前一夕，坐雨百宋一廛中，燒燭檢此，與西賓陸拙生同觀。時拙生亦自玉峯科試歸，而書籍街竟無一獲，古書難得，數年之間，已判盛衰矣。余之重檢是書者，閶門收藏書畫家新得一圖畫見聞志，云是元人郭天錫手書，亦係殘本，友人陳拙安爲余言之。安知非即是元人鈔本之原失耶？聊設癡想，附記博聞。復翁。

閶門人家收藏郭天錫書者，亦係前三卷，但更缺失耳。字形稍大，非此所遺也，王震初爲余言之。癸酉歲初六日復翁又記。

命工錢瑞正重裝宋刻後三卷，共四十一葉。

郭天錫手録，係月軒王氏藏本，癸酉中秋後八日王震兄攜來，得以展讀。統計廿三葉半，其文不全，皆就所存裁割裝之成一册。其可考者，曰圖畫見聞志敍論卷第一，圖畫見聞志記藝卷上第二，然細按之，三卷至四卷、五卷間有一二存者，特無標題，未可考耳。最後一條云：「泰定三年丙寅十一月借俞用中本録。用中謂是書得之四明史氏云。十又五日天錫記。」録此以見梗槩。復翁。

甲戌端午夏至日，以番錢十六餅勉購郭天錫手書殘本，與此並藏。郭册爲明螢照堂車氏舊藏。車氏收藏甚夥，有法帖精刊，此郭書真迹，當不謬也。復翁記。以上卷六。

宣和畫譜二十卷 舊鈔本

崇禎癸酉　月　日校。卷六後。

耕石齋主人。卷七後。

廣川畫跋六卷 舊鈔本

文獻通考云：「廣川書畫跋五卷，陳直齋曰董逌撰。」今所録之本，乃宋末書生傳寫，誤「於」作「相」，「德」作「浙」，不可枚舉。自一陽節日午日輟卷，華亭孫道明明叔謹識，年六十，至正己巳十一月廿三日書於泗北村居。

乾隆三十五年歲次庚寅，雲間劉同安、祝獻宗合録，内多空白，乃原書剥落也。

畫跋六卷，嘉慶己卯秋，假愛日廬藏本命兒芝所鈔。元本出自元人孫道明鈔本傳録，書中多空格及六卷後四葉，歲久紙敝，每行末有脱去四五字者，并傳寫訛謬，間有不可句讀處，惜無别本可校，庋置篋中久矣。今秋月霄又得明嘉靖間升庵先生刊本，亟假對勘。前有劉大謨序，後有升庵自跋；第訛謬更多，中脱文有連失去一二篇，及此文錯入他文之尾者二處，惟卷六鈔本脱去尚全，而舊鈔中有脱去全行者四五處，皆據以補完，亦快事也。兩本異同處甚多，而得失亦互見，是者固可據改，其不盡可據而兩通或可存疑者，亦並録之，以俟善讀者之自擇焉。此書得此刻本勘過，雖未可云毫髮無恨，然較舊鈔差爲完善矣。時道光改元之八月中秋後五日，拙經老人黄廷鑑校訖識。

此書經琴六勘補，得其七八矣。李竹農有明時舊鈔本，屬爲校之，僅補脱一二條，未曾細勘也，誤字未能是正，故多有句度不得處。隸事該博，苦不能盡知其本事，容他日倩李本覆校，參以諸書，或爲善本耳。

書苑菁華二十卷　舊鈔本

書苑菁華，其原本乃先君文敏公所遺宋朝佳刻也，仲兄珍藏篋笥，宦游携行已經三十年餘。近兄物故，猶子不暇檢閲，逕失去第十六卷至終一册。余甚惜之，復恐他日并其所有而亡，遂取過摹寫，藏於齋閣。後聞五芝龔君亦有是書，且不吝假人，又得請歸續録完之。噫，凡物聚散得失，固有時也，亦由乎人也。余偶留心典籍以全古人之書，以存先子遺書之意，豈不快哉！萬曆七年七月既望，東海徐玄佐謹識。

是書於秋間得之湖估，初不知其所自來，中有欽遠猷印，則吴中故物也。末有神廟時人徐玄佐跋，謂其先文敏公所遺宋朝佳刻，從失去末册，後摹寫復賴别本續録完之，可謂勤矣。按徐文敏者諱縉，位至少宰，王文恪公之婿，西洞庭人，今子孫不知若何。而公之謚號猶藉後人珍重，遺書留於楮墨，不亦幸哉。己卯十月廿有六日雨窗長梧子識。

皇宋書録三卷 舊鈔本

至正丁未三月十四日録辦。卷末。

忘憂清樂集一卷 宋刊本

附録讀書敏求記一則

李逸民棊譜三卷。

辛丑暮春，牧翁過述古堂流覽宋刻書，謂可當絳雲之什三。余生平侈言藏弆，搜訪殆遍，獨未見宋槧本棋譜。丁卯秋至秦淮，偶從書肆檢得玄玄集，前有虞道園序文，已詫爲世鮮有蓄之者。今年薄遊武林，匏繫湖上，有人持宋刻棋譜示余，題爲前御書院棋待詔賜緋李逸民重編，得之意蕊舒放，欣喜竟日。逸民云：「我朝善弈顯名天下者，昔年待詔老劉宗，今日劉仲甫、楊中隱以至王琬、孫侁、郭範、李百祥輩。」余從春渚紀聞中記得劉仲甫名，其餘姓氏翳如，微此譜，皆湮没無傳矣。宋太宗作變棋三勢，使内侍裴愈持示館閣學士，並莫能曉。其一曰獨飛天鵝勢，其二曰對面千里勢，其三曰大海取明珠勢，今其圖不知尚存人間否？此譜中列孫策詔吕範、晉武帝詔王武子、唐明皇詔鄭觀音弈棋三局，千載而下，余得憑譜覆按之，何其幸歟？古棋圖之法，以平上去入分四隅爲記，交錯難辨。徐鉉改十九路爲字：一天，二地，三人，四時，五行，六官，七斗，八方，九州，十日，十一冬，十二月，十三閏，十四雉，十五望，十六相，十七笙，十八松，十九容。以易古圖之法，甚爲簡便，世之弈師有能言其故者乎？一行觀王積薪一局，遂與對敵，笑謂燕公，此但争先耳，若念貧道四句乘除語，人人自爲國手。余不解弈，而性好觀棋，日長剥啄，展閲此譜，誦老杜「清簟疏簾」句，頗笑羊玄保賭勝宣城太守，仍居第三品也。庚午上巳書於西湖之逆旅小樓。

余向收得鈔本讀書敏求記，較刻本增多數條，如藝術門李逸民棋譜二卷，宋柏仁梅花喜神譜二卷，不特世所罕見，即藏書家鮮有著録者。去春客都門，收得宋伯仁梅花喜神譜二卷，雖未必是述古舊物，然與遵王所云刻此譜於景定辛酉者適合，不啻獲一珍珠船也。居平結想古籍，往往得隴望蜀，嘗謂同人曰，二譜今見其一，未知棋譜一書尚在人間否？今秋七月四日，華陽橋顧氏約觀所藏書，顧氏即余向年所搜訪者也，自謂試飲堂中，余與亡友抱沖已拔其尤，即有殘鱗片甲，未必秘笈驚人。迨往觀之，而檢存者大半爲舊刻名鈔，真令人目眩心悸。内有棋經一册，始猶以爲宋槧本棋譜，不盡出於遵王所藏，豈知細按全書，所謂前御書院棋待詔賜緋李逸民重編者，即是此書。余何幸而翰墨因緣竟若是之見所欲見乎？奈主人未許交易，因借讀，告之故，主人知余爲書魔而卒許之。書雖藝術，而余所遇之奇與巧，無過於是者，遂命工重裝而爲之跋。余以爲遵王所題「李逸民棋譜二卷」，實有二誤。論其書名之誤，一證諸古；論其卷數之誤，一驗諸今。馬貴與通考云「忘憂清樂集一卷」，陳氏曰「棋待詔李逸民撰集」。今此書有徽宗御製詩，首句云「忘憂清樂在枰棋」，其下云「前御書院棋待詔賜緋李逸民重編」，則李逸民撰集之忘憂清樂集疑即此矣。至於卷數，今雖不全，然其間有云上者、中者、下者，則此書爲一卷分上中下，其非二卷可知矣。蓋遵王所藏，非即此本。記云：「宋太宗作變棋三勢，使内侍裴愈持示館閣學士，並莫能曉。其一曰獨飛天鵝勢，其二曰對面千里勢，其三曰大海取明珠勢，今其圖不知尚存人間否？」此三勢者錢本無之，而此本已有其二，是所獲勝於遵王矣。其餘孫策詔吕範、晉武帝詔王武子、唐明皇詔鄭觀音弈棋三局，悉與之合。古棋圖以平上去入分四隅爲記，遵王記於弈棋三局後，而此本反列於前，且此葉記數云下一，是在後矣。因以錢記序次排之，移置下卷之首，此誤之當正者也。每卷每葉細數，稍有闕失，庸妄人悉以墨蓋其小號，今皆一一考核，略得形似，未敢紛更，仍循其舊可爾。余不解弈，而性好觀棋，遵王所好與余不同。得之意蕊舒放，欣喜竟日，遵王所喜與余卻合。他日作三續得書圖，當取老杜詩句以名之曰「清簟疎簾」，比諸日長剥啄，展閲此譜者，其樂不更無窮耶？嘉慶壬戌中秋前一日，讀未見書齋主人黄丕烈識。

新纂香譜二卷 舊鈔本

「新纂香譜，河南陳敬子中編次，内府元人鈔本。凡古今香品、香異，諸家修製、印篆、凝和、佩薰、塗傳等香，及餅、煤、珠、藥、茶，以至事類、傳、序、銘、説、頌、賦、詩，莫不網羅蒐討，一一具載。」錢遵王讀書敏求記云云。原書四卷，此從淮揚馬氏借得，尚缺二卷，何時更求別本足之，庶幾珠聯璧合，不亦稱藝林中一快事耶？雍正庚戌冬至前一日識。下有「家在錢唐東復東」印。

雲林石譜三卷 舊鈔本

宋山陰杜綰季陽著，明楊慎升菴題跋。萬曆甲戌五嶺山人又號夢覺子手鈔。

有一品中連綴數品者，俟暇日提出，當適如升菴所記一百十七種之數耳。惟訛脱處惜無好本校正之。隱湖初刻山居小玩本，比此鈔本不如遠甚，并未刻序跋，不足存也。甲寅七月廿有七日，壽君手記。

右石譜三卷，從蔡君石岩借録成帙。此書故五川楊翁家物，翁故後，其書散失於市井間，爲月谿顧君所得。蔡又從月谿轉假惠我，蓋所從得之難若此。譜中所載石頗詳，而石墨、石鐘，其傳最久，乃固不載。又如閩之將樂，滇之大理，咸石中之英，亦所不録，豈聞見有所不逮耶？因知著書實難，非博古通今之不可。甲戌夏五下澣日，夢覺子識。

乾隆癸丑冬十一月佚盦手校，惜譌脱覆甚多，學識弇陋，不敢率意增改也。佚訪之藏書家，或有精本對核，乃大妙耳。手記。

酒經三卷 宋刊本

酒經一册，乃絳雲未焚之書，五車四部，盡爲六丁下取，獨留此經，天殆縱余終老醉鄉，故以此轉授遵王，令勿遠求羅浮鐵橋下耶。余已得修羅採花法，釀仙家燭夜酒，視此經又如餘杭老媪家油囊俗譜耳。辛丑初夏，蒙翁戲書。

蟹略四卷 舊鈔本

澤國風霜後，漁郎網罟前。波濤愁欲避，朝野急於賢。螃蟹無能事，鱸魚不值錢。須知畢吏部，不讓季鷹先。嘉靖十年歲次辛卯六月十一日，姑蘇金昌柳僉録畢蟹略，作此詩志後。

淮南鴻烈解二十一卷 校宋本

此淮南王書，武進刊本，校則嘉定錢坫獻之也。錢實未見道藏，所見校道藏本耳，故其稱説，全無一是。今悉用道藏改正，弃之篋中，倘後有好事重付剞劂，則道藏之真面目可從此而識矣。顧廣圻記。

王懷祖先生以所著讀書雜志内淮南一種見贈，於藏本、劉績本及此本，是非洞若觀火矣。己卯小除記。

松崖先生有手校本，向在朱奂文游家，今歸黄蕘圃。蕘圃有惜書癖，以故重借之。家兄抱沖曾得朱族子傳校本，略一展讀，則由傳校而字誤者殆不勝其多，因姑略著其一二於下方，異日當向蕘圃作懷餅請也。乾隆甲寅三月又記。

庚辰春杪再閲一過。思適居士記。

是歲七月，借得宋槧，細勘一過，較道藏爲勝，劉績本以下無論也。後世得此者，尚知而寶之。千里又記。

又宋本譌字，亦添記於此，以備參考。頗思得好事者重刊，未知緣法如何耳。九月又記。

劉子新論十卷 明刊本

余於劉子所見本子多矣，故手校亦屢。其詳在舊鈔道藏本上。此本係明覆宋本，因余曾見殘宋本，又見殘宋本之首配明覆本。余校刊時因舊鈔無目，影寫補之。此本適缺，復影寫向影寫者補之，餘所缺者又依校出行欵補寫之。一本之書，倩工影摹，倩工裝潢，不知又費多少錢矣。是書於臯轅西中有堂偶得之，時爲道光癸未八月十二日也。越九月大盡，裝成并記。今日月大，可於明日五更觀日月同升，因天未老晴，故未赴山僧之約。蕘夫記。

續顔氏家訓三卷 宋刊殘本

此殘宋槧本續家訓六至八卷，愛日精廬藏書也。余因修郡志事，訪友琴川，過精廬，從主人月霄二兄借歸，手爲繙閲，并録其副。書之源流，具詳主人所著藏書志中。此書自晁氏郡齋讀書志著於録，馬氏經籍考引晁氏亦作八卷。惟晁曰董正功撰，馬引作政公。焦氏經籍志八卷，與晁、馬同，政公與馬同。惟錢氏讀書敏求記則云七卷，又引經籍志云左朝請大夫李正公撰。取證余所藏經籍志鈔本，多結銜，易董爲李，姓異矣；「正」字同晁，「公」字同馬，名殊矣。惜殘宋槧本無卷首，究未知姓名之何者爲準也。錢氏云七卷，宋槧本、影鈔本各有其半，或尚缺其一，故就存者記之，兹目驗爲八，晁、馬、焦三家著録蓋可信。古人涉筆，類有舛誤，即如此本今存卷六之八三卷，而愛日精廬藏書志訛卷六爲卷五，想錢氏之訛八卷爲七卷，無乃亦如是耶？附誌之以博一粲。道光紀元十月十日，復見心翁書於百宋一廛。

顔氏家訓以廉臺田家印本爲最舊，謂出於嘉興沈揆本。余向有之，疑是元翻宋槧。今取此刻校之，書證篇十七，顔氏正文多「禮樂志云給太官桐馬酒」云云一條，計三行有奇。此沈本所無，而先列正文於前，向來著録家多不載此語，月霄特爲拈出，俾世之見此志如見此書矣。復見心翁又記。

長短經九卷 舊鈔本

咸豐己未五月下旬以周香嚴藏本校改一過。菘耘居士。

按馬端臨文獻經籍考據晁氏云，唐趙蕤撰長短經十卷。又據北夢瑣言云，蕤，梓州鹽亭人，博學韜鈐，長於經世，夫婦俱有隱操，不應辟召，論王霸機權正變之術。其第十卷載陰謀家，本缺，今存者六十四篇，然不害其爲全書也。洪武丁巳秋八月丁巳沈新民識。

香嚴本中有此跋，與四庫所收同，因補録之。

習學紀言五十卷 舊鈔本

余好嗜與人殊，所讀之書，意見不欲從風而靡，每有所思，必推古人立言之旨與其時世之汙隆相會，即孟子所云論世也。癸卯之冬，檢水心先生習學紀言序目，爲之一再，觀其得失參半，於宋人中頗爲不入頹波者矣。然自孟子以下，咸有疵責，不細推其所以然之故而發明之，而務以我爲是，而古人肯受裁焉，此宋人之大病也。余非故好爲異，特欲推崇古人以不負乎好學深思之旨，則有獲矣。後之學者，能以我爲然乎？因有所感，故誌於此。南陽道轂題識。

白虎通二卷 元刊本

此小字本白虎通，元刻之精妙者，太倉故家物也。夏初玉峯歲試時，書賈畢集郡中，錢雲起素識古書，往玉峯見是書，歸爲余言之。余屬其代購，因書賈已歸太倉，寄信往取，遲至月餘始來。先是雲起言是元本，余猶疑爲宋刻，蓋盧學士校勘此書，云有海寧吴槎客以小字舊本見示，不知何代所刻，惟「匡」字減一筆，以爲北宋本近是，然不敢定也云云，故余亦疑之。及見是書，每半版十二行，每行二十三字，其細目上作圓圍者凡十，以爵、號、謚爲首，以嫁娶終焉，俱與抱經先生之説合，小字舊本，殆謂是矣。惟字形紙色，俱是元刻式樣，其非北宋本明甚。余思白虎通宋本，流傳絶少，最古以大德刻本爲先，余得兩本湊合，尚有缺葉，然已矜爲罕覯，今又得此小字本，可稱雙璧。且是書有毛晉圖章，知爲汲古舊藏，古香襲人，裝潢亦頗不俗。吾聞太倉多故家，藏書甚富，余年來從書船友稍得之，書中有「平原陸氏家藏」一印，痕迹尚新，當是其家所自出。余友瞿安槎於玉峯小試，亦曾見此，謂書主人與渠相識，當託其搜訪來歷，以著古書之源流云。嘉慶己未歲中夏月下澣一日，梅雨連縣，間居寂寞，忽覩書來，頓爲釋悶，展卷一過，爰書此數語於尾。黄丕烈。

古今注三卷 舊鈔本

己亥三月盧弓父校正。卷首。

正德二年丁卯九月十日録。卷末。

近事會元五卷 舊鈔本

萬曆壬午夏午，玄素齋録副本。

太歲乙酉，避亂於洋蕩之村居，是年閏六月，憂悶無聊，遂手書此本，二十日而畢。是書是秦季公所藏，余從孫岷自借鈔之。七月初六日孱守老人記。

贊皇李上交撰近事會元五卷，所載唐事最爲簡要。乙卯春五，從語古齋得孱守居士手鈔校本，丐云祥録出，以備點閱。時正有事於新唐書，所採注正多也。是歲立夏後二日中吴薄啓源記。

東觀餘論二卷 舊鈔本

東觀餘論，世無善本，往歲有書賈持宋刻一帙見示，余以殘缺不收，至今以爲悔也。癸酉十月，從景陽秦君所假鈔本，天寒晷短，手自謄録，凡浹旬而畢。秦君於此書校讐數四，而其中猶不能無舛誤，惜於闕疑，短於持論，以故有當改正而未改正者。余亦稍爲緒正，其不能悉者，姑從舊本，以俟博雅君子。

是書爲黄伯思長睿父所作，長睿之學，深於墨蹟碑刻，字書偏傍，篆隸章草行真無不精工，而爲文亦古雅有意味，如跋破羌帖可概見矣。東觀集百卷不及見，讀此書，亦窺豹一斑也。以長睿父之該博，而尤爲樓攻媿所糾評，學之難何如哉，吾徒可自愧矣。第異苑一説，似有可疑，曹公破袁紹，諸子乘勝出塞北征，此時王粲方依劉表，未及從也，長睿之説，未必非是。

長睿以弘博之學，負精别之鑒，其所審定，皆鑿鑿可據。屬政和君荒臣諛，文恬武熙，世方如燕雀之處堂，而廣求異書名畫，奇石古器，佳花艷卉，悉羅而致之廷矣，故其時荒墳破塚，有不能保百年之藏者，是可嗤也。摸金發丘，何必孟德温韜哉！乃長睿之辨宋硜鐘，則曰「地不愛寶，爲時而出」，蓋以昭聖上盛德茂功，比隆五帝，夏商以還，弗足儷也。其貢諛如此，豈長於賞鑒而昧於先幾乎？萬曆改年孟冬五日，酉陽山人顧一龍飛卿識。

十一月初九日再閲一過，改正訛謬數字，閬風仙史顧飛卿氏題。

黄伯思同時，有廣川董彦遠名逌，亦該博，作廣川書畫跋，其言與此書或相矛盾，蓋亦一時好古之士云。惜二書傳寫既久，舛誤頗多，校讐屢矣，而終未盡善，此拂塵之歎所由興也。臘月五日，慰谿書於萬卷樓中。

余前嘗辨黄伯思異苑事，後閲姚寬西溪叢語云「本經礬石性寒，異苑云熱，蓋誤矣。又魏武六年平烏桓，王粲猶在荆州，其説非也。一云粲在荆州與劉表登彰山，嘗見此異」，乃知古今人之識有絶相似者。「礐石」，西溪作「礬石」，亦誤。萬曆甲戌新正六日飛卿甫識。

續談助五卷 影鈔宋本

乾隆丁未仲秋，琴川張燮得之錢氏寶恩堂。目録後。

續談助五卷，宋刻本，爲故友秀水令江陰徐君子寅家藏。子寅歿後，其家人售於秦汝立氏。汝立乃余門人汝操之弟，青年癖古，儲蓄甚富，亦友於余。暇假而手録，閲三踰月始訖事，惜乎斷簡缺文，未敢謬補，藏之茶夢閣，以俟善本云。嘉靖壬戌之秋八月二日皇山人姚咨識，時年六十有八。

此續談助二本，爲茶夢齋主人手鈔本，真奇書也。卷首有虞山錢曾遵王藏書印，而敏求記未載，想亦甚祕之耳。張君子和出此相示，可謂不敢自祕矣。皇山人手鈔書，近始得一貴耳録，續又得一手跋之稽神録，其筆跡皆與此同，可稱三絶矣。一歲之中，而所見獨夥，余與姚君翰墨因緣抑何深耶。卷首餘紙有一小印，其文云：「顔氏家訓曰：借人典籍，皆須愛護，先有缺壞，就爲補治，此亦士大夫百行之一也。皇山人述。」余所藏本皆無之，此又不可不著之者，故并誌之。庚申冬季蕘圃不烈。

續談助五卷，宋槧既軼，世間絶少傳本，此爲茶夢閣主人手鈔本，卷首有錢遵王藏書印，下有朱彝尊印。述古每得奇書，多爲竹垞借閲故也。向藏吾鄉汪東山殿撰家，後爲子和觀察所得，余過味經書屋，得以展玩，古香可挹，觸手如新，不獨奇文祕册，足資眼福，即皇山人手書，亦可寶貴也。第五卷鈔李少監營造法式，惜乎不全。猶憶淵如屢次札來，囑覓此書，苦無以應，今於此書中得之。而今春伯淵已歸道山，子和則宿草已久矣，展閱之餘，不勝人琴之感。嘉慶戊寅中冬，心青孫原湘識。

考古編十卷 舊鈔本

是書照千頃堂黄氏本傳寫。寫畢後，又借得竹垞先生藏本，因據以校正。乾隆壬戌三月仁和杭世駿識。

此書吾邑瞿氏恬裕齋從仁和杭氏校竹垞本録出也，昔藏張子真茂才，曾假杭本屬校其家藏屈雲峯鈔本，頗多是正。今春子榮明經復以所録杭氏本屬校，書中鈔胥脱誤處，皆一一校補，其與屈本有異同，兼有是處，今並著之，以備參考，用墨筆爲識，不以混入也。道光四年三月拙經叟校訖記，時年七十有八。

程氏續考古編十卷 舊鈔本

程氏考古編，追述當時職志緣起，足爲後據，歐公所謂勿浪書者是也。嘉慶乙亥五月借讀，惕甫識。

論衡三十卷 宋刊本

光緒甲申，長洲葉昌熾觀於五百經幢館。目録後。

余聚書四十餘年，所見論衡，無逾此本，蓋此真宋刻元修，明又增補殘損板片，故中間每葉行欵字形各異。至文字之勝於他本者特多，其最著者卷首至元七年仲春安湯韓性書兩紙，第一卷多七下一葉，餘之佳處，不可枚舉，近始手校程榮本知之。程本實本通津草堂本，通津草堂本乃出此本，故差勝於程榮本，其最佳者斷推此爲第一本矣。通體評閲圈點出東澗翁手迹，「言里世家」，其即此老印記乎？俟與月霄二兄質之。宋廛一翁。卷三十後。

論衡三十卷　校元本

右王充論衡三十卷。王充，是邦人也。帳中異書，漢儒之所争覩，轉寫既久，舛錯滋甚，殆有不可讀者，以數本俾寮屬参校，猶未能盡善。刻之木藏諸蓬萊閣，庸見避堂舍蓋之意。乾道丁亥五月十八日，會稽太守番陽洪适景伯書。

至元六年良月，重録於白雲方丈。

元小字本新刻論衡十五卷，每兩卷合爲一卷，每半葉十二行，每行廿四字，書末目録後俱有洪跋，又重鈔一條。洪跋仍作三十卷，未詳何故。小字本多塗改校正，而元文不可復辨。篇首有抱經堂印，疑爲盧氏校也，大抵以意定之耳。海虞陳揆識。

論衡三十卷　校本

庚戌季夏覆校於播琴山館，文村居士又記。

戊申十月十三日校畢此册，文村居士記於塔影園。以上卷十五後。

愛日精廬藏書志兩則并洪跋　張金吾撰

論衡三十卷，元刊明修本。漢王充撰，目録後有正德辛巳四月吉日南京國子監補刊完木記。卷一累害「埅成丘山汚爲江河」下一葉，通津草堂以下諸本俱闕。韓性序，楊文昌序。兩序已鈔補書中，兹不復録，振聲記。

新刊王充論衡殘本十卷，元至元刊本。漢王充撰。是本合兩卷爲一卷，凡十五卷，闕六至十五卷，每半葉十二行，行二十四字，「埅成丘山汚爲江河」下一葉不闕。楊文昌序，韓性序。兩序志亦僅載其目，不複出，但先後與前異，振聲記。

右王充論衡三十卷。王君，是邦人也。帳中異書，漢儒之所争覩，轉寫既久，舛錯滋甚，殆有不可讀者，以數本俾寮屬參校，猶未能盡善也。刻之木藏諸蓬萊閣，庸見避堂舍蓋之意。乾道丁亥五月十八日會稽太守番陽洪适景伯書。

至元六年良月重鈔於白雲方丈。

吴臨陳校本跋兩則

元小字本新刻論衡十五卷，每兩卷合爲一卷，每半葉十二行，每行廿四字，書末目録後俱有洪跋，又重鈔一條，洪跋仍作三十卷，未詳何故。小字本多塗改校正，而元文不可復辨。篇首有抱經堂印，疑爲盧氏校也，大抵以意定之耳。

右跋不知何人所撰。按洪跋，三十卷自指乾道刻本而言，非跋小字本也。迨至元重刊，始合併卷數，鈔入洪跋，祇以存舊；卷數不符，要無足怪。至云書末目録後俱有洪跋，似不止重鈔一條矣。今考藏書志所載序跋最詳，而此條外別無洪跋，此言甚不可解，姑存以俟考。振聲記。

心葵明經知余假得元大字本論衡，以所傳録盧抱經校元小字本屬校，細勘一過，知書中亦從兩本校録者，其一亦出大字元本，第有遺漏耳。蓋大字、小字兩元本，皆愛日精廬中物，陳子準假之校録，而此本又從陳本傳録者也。補校復得百餘字，以墨筆別之，其篇目行欵並録卷首。時道光丁亥夏四月二十五日，拙經居士記，年六十有六。

黄校本跋兩則

論衡一書，明刻以通津草堂本爲最先，自後漢魏叢書諸刻，又皆從此本也。愛日精廬中，購有士禮居藏舊本，係元至元本經明弘正間修補者，即通津之祖本也。屢欲假勘，卒卒未遑。丙戌秋，愛日藏書一朝盡散，是書亦隨之去。今春聞其書尚在其小阮處，遂假歸，以此本與漢魏本合勘一過，知元刊本亦多訛謬難通處，第元本詞句，雖生澀晦拗，終有古拙意味，惟間以訛脱更多難解耳。通津以來本，轉覺明順，或恐意改而失其真，且審其增損處，皆出既刻後刓改，痕跡顯然，惟篇題行欵，尚存舊式耳。卷一中向脱一葉，元本有之，然已出自補刊，想亡來已久矣。宋楊文昌、元韓性兩序，俗本皆無，通津本亦缺，韓序今皆鈔補，以成完帙。至其字句異同得失，並著以存元本之舊，待讀者之自擇，若第以文從字順求之，則失之矣。

時道光丁亥春三月寒食前一日，拙經老人廷鑑校畢書，時年六十有六。

校畢後，吴心葵明經以傳録盧抱經校小字元本屬校，其書中先所校改者，亦出大字元本。因重勘一過，知所録大字本亦彼此互有遺漏。重補改百數十字，其與小字本小有異同者，以墨筆識之，并録洪跋一篇。其所臨盧校，意定者多，姑置之。夏四月二十五日拙經又記。

往月霄張君金吾得元刻論衡兩本，一大字本，一小字不全本。小字本先已有校，不知出自何本，亦不知出自何人，即皆著録於其所撰愛日精廬藏書志者也。其時子準陳君揆假兩元刻校録一本，陳君殁後，心葵吴丈景恩又假陳校，倩人以漢魏叢書本臨之，今歸李升蘭蔚宗家；而琴六黄丈廷鑑專以大字本别校於通津草堂本者，今爲張蟠菴樹本所藏。兩元刻久已散去，即陳校亦不可見，惟幸吴臨黄校尚存耳。蟠菴、升蘭皆余好友，所居又皆甚近，因得並假而合勘之。按吴臨本於兩元刻未經分注，今以黄校參證，而知直書行間而不言何本者，大字本也。簡端書元本某作某者，小字本也。云盧校者，即小字本原校，因篇首有抱經堂印，而屬之盧者也。黄丈嫌盧校多以意改，棄而不録。余以其文從字順，易通其讀，遂以盧校爲主，凡丹筆添改於書中者皆是，而不復注明盧校，從省也。其有與大、小字本相涉者，則仍注之，而大、小字本則分注於上方，尊舊刻也。但吴臨黄校，於大字本異字各有訛脱，或吴有而黄無，或黄有而吴無；今各據其所有備録之。其互異處雖無從是正，亦悉記之，並分補於吴臨黄校本。惟小字本及盧校無别本可證，是可惜也。又詳觀吴臨，而知陳校蓋亦用通津本，故凡通津本不異元刻而漢魏本異者，都不之及，今復悉依通津本改正，從通津本即從元刻也。彌此一隙，庶有合於陳黄兩家所校，而元刻亦可得其八九歟。統計除兩本相同及黄補外，以吴臨補黄校所脱者凡一百有七條，以黄校補吴臨所脱者凡一百三十三條，吴黄互異者凡十五條，以通津本校改者又二百八十一條。校始於戊申孟冬，中間人事牽率，作輟靡常。今兹仲夏禮闈被放歸，重理舊業，始得蕆事，蓋已首尾三載矣。道光庚戌立秋日，文村居士王振聲記。

校畢後數日，聞龐琨圃鍾琳有宋校本，亟假歸讀之，蓋孫潛夫用通津本臨靈均校本也。共百卅餘條，其同於元本者八十餘條，與元本異及所無者四十餘條，今悉録於下方。原臨有書於上方者，則稱孫云或有宋刻字或無，悉仍之，其書於字旁而不塗改正文者，則稱孫校某注某，塗改者則稱改，其云與元本同及通津揠添揠改等則皆聲所記，非孫原文也。潛夫，吾邑人，名潛，與二馮同時。靈均名均，寒山趙凡夫子也。葉林宗，名樹滋，一字石君，洞庭人。原跋録左。

己亥六月用趙靈均校定本對讀，補寫缺葉一板，改正若干字。爾時海上用兵，虞山日夕洶洶，對校是書，頗自鎮静也。七月十九日潛夫。

趙本今藏葉林宗處，兵燹洊經，石渠天禄之儲及諸名家所藏，不知又復何如，執筆研朱，亦復惋悵耳。潛夫又志。

風俗通義十卷 元刊本

余向知二書有元人大字合刻本，間訪藏書家，而鮮有著録者。嗣於道光初元，愛日精廬購得吴門士禮居所藏，祇白虎通單刻本，以爲得所未見，而應氏書惜已佚。今夏子雍明經出示近得二書元刊本，假歸亟讀一過，班書中十篇舊目，及書中同異處，足訂俗本之訛者，盧氏校勘已著其善。至應氏書，自宋以來無完帙，惟此十卷本僅存，而明代叢刻，訛繆滋甚。其元刻本今得合璧者，真絶無僅有。書中自來脱誤者，亦與明刻無甚大異，然如卷一「建共」訛「楚共」，六國條。卷二「收舉」訛「取舉」，袁伯服條。卷三「由訙」「誶」通訛「猶止」，夏甫條。卷五「起家」訛「起妻」，姜肱條。又「相」訛「統」，「州家」訛「皇家」，李統條。卷七「出晝」字三見，末作「畫」，孟某條。按「晝」字是，其從畫者，係明人補刊所改也。卷九「絳天」訛「絳繒」石賢士神條。之類，非得元刊，無由證後來竄易之失。如由猶、青菁、飾飭、京原、哲誓、齊資等字，古書多通假互用，後人不知，輒訾繆誤而臆改者，皆可據是本正定之，益信元刊猶存古書真面，彌足寶貴矣。道光辛丑八月寒露後三日，八十拙叟黄廷鑑識。

又據盧氏羣書拾補云，曾見此書元刊本，然所録李果序文誤作李晦。謝居仁序末「大德乙巳陽月中議大夫江南」十二字，中脱空十字，「乙巳陽月」誤作「三陽月」，想其書漫漶不全，遠遜此本矣。拙叟又識。

春明退朝録三卷 校宋本

咸豐二年十二月，借得宋本，校至下卷後，因歲事中止。至三年正月，方欲展卷，乃粤氛竄擾，閣事一年。迨四年正月復借宋本，始畢其事。校書之難，如是如是。胡珽識。

夢溪筆談二十六卷 明刊本

筆談於宋人説部中最爲賅備，故世尤珍之。然宋刻絶少，所見惟元刻小匡子本爲最古，此後則皆黑口本爲好本子矣。黑口本亦有二：一闊板子，世以贋宋刻；一狹板子，此其是也。矧經校勘，益爲美備。余所蓄喜兼收，而又恐善本之不可獨藏也，因留闊板子之影鈔者，而與書林易此狹板子者，俾同人共覩此善本焉。元板向亦爲余有，此已歸諸他人，爰并著之。嘉慶丙子蕘翁。

東坡志林十二卷 舊鈔本

此本與虞山趙氏刻於南中者頗多異同，蓋後人各取先生語爲之耳。然趙本在此本之後，分門紀事，終不若弇州公外紀之精備也。丙戌秋再較過書此，白泉老人。

此石川先生所藏書也，題籤猶其手筆，偶從肆中得之，書以識歲月。丙辰冬日菉竹堂。

昔人讀書，有謬誤處必乙之。陸魯望云：「得一書評點，然後寘於方册，值本即校，不以再三爲限，朱黄二毫，未嘗一日去手。」余心竊慕之，以嬾多廢業。志林二册，爲張石川先生舊藏，誤謬不少，再三較完，故識之。

珩璜新論一卷 舊鈔本

借周連陽本，嘉靖三十七年八月鈔始完，中秋後一日巳刻手校畢，五川子記。

此書最該博，所恨但詳於史而經典獨少耳，穀父讀史時筆也。

雲卿廷韓甫勘畢於古雅齋。

甲戌歲暮，往候新交於西畇草堂。西畇草堂者，陳子仲遵之居也。仲遵頗亦嗜古書，故所收間有可觀者，是編係書友携示而未之買，因出示余。余曰：「此海虞楊五川鈔本也。」後大除夕，書友果以是歸余。余檢汲古閣目云「中夾籤立齋筆」，益足爲是書增重矣。丁丑四月十有七日雨窗補記。復翁。

得此本後，復從海寧陳仲魚借一鈔本，似不如此，故未校其異同。而祕笈本曾一記其所羨七條夾入卷中紙腹，亦忘其爲何從借補矣。卷中有從祕笈校補一條，朱書寫於别紙，記是仲遵筆，事越五六年，模糊之至矣。昨雨中遍遊胥門諸肆，略有所遇，而此書無意中獲一刻本，首有弱侯題詞云：「萬曆己酉六月得此寫本，命侍史録成，校閲一過。」余取以勘此本，殊不相遠，此本可增補及校正者往往與刻同，即刻本有後有校正增補者，亦與此鈔合。或當日曾合於一處，故校補多同，惟俗所謂平善，亦有所出也。趙飛燕傳「成帝昏夜平善是也」一條，刻有而鈔無，爲歧異耳。已卯八月晦日復翁識。

余向藏七檜山房鈔本有支遁集，支硎吾與山居僧借本刊行。余本後亦傳歸他所。此本又後得，同係七檜山房所鈔。頃檢唐人集部，有李義山詩集，爲楊五川所鈔校者，五川手跡止此二本矣。庚辰中秋後一日記。

已卯秋，見含經堂書目，中多夾籤，并有校補處，與此筆迹同，知此果係立齋書，蓋含經堂集立齋著。去冬復收秀野草堂本，與此鈔同，無「平善」一條，而詞句亦間有可采，遂著其與此異者於上方。甲申上元後三日雨窗老蕘校訖記。

曲洧舊聞十卷 舊鈔本

曲洧舊聞及東軒筆録，嘉靖乙卯俱刻於義興沈氏，余嘗購得之。内闕數葉，苦無從借録。兹抵金陵，偶問曹能始近讀何書，云適假得鈔本曲洧舊聞等數種。余因索舊聞來補完之。闕葉乃渠本末卷亦闕一葉，以筆録同號者當之，亦爲補完，因讀一過，爲正十餘字返之。凡刻本誤字，鈔本亦誤，行款闊狹一同，似即從刻本録出者，不知緣何無筆録。筆録，魏泰撰。二書筆力不相上下，第宋人謂魏所記多不公，然晦翁輯五朝名臣録，採筆録甚多，少張係同宗，又爲作狀，乃此帙顧無取，豈未之見耶？内諸帝多乙起，蓋本宋刻，然今重刻似不必爾。萬曆乙巳八月丙午孫鑛記。

夫古者今之鑑，其善者可爲後人法，其不善者可爲後人戒，故古之人所述作以示後，非徒爲無益之言也，此宋之朱弁所以有曲洧舊聞之撰也耶。其書爲卷有十，其條二百九十有餘，中間起藝祖迄徽欽，其事之美惡，其言之是非，其人之邪正，一覽而昭然矣。與魏泰之東軒筆録，意義實相類而事語無雷同，余既校讐筆録，欲繡梓而力不逮，願未克就。於嘉靖戊戌歲得選畿下，獲覩此鈔本。思二子之所撰，分之雖兩家，合之若一書，可並立以資閒覽，手録以歸，考訂差訛，釐正成帙，置奚囊中，出入繙閲，鑒陳言以私評論，可爲世人深省者，繡梓廣傳，急欲勉圖厥成焉。兹值宦途制歸，家居頗暇，乃議寫，因書存序亡，遂贅此以識歲月云。嘉靖三十四年六月朔旦義興茨山子沈敕書。

曲洧舊聞十卷

明刊本

此書向爲遵王錢氏藏本，後歸東川魚氏，余得之四數年。適有書賈以鈔本此書來售，内有義興沈氏跋語，因鈔出補之。雖已刻知不足齋叢書内，然此本經名人校讐，珍藏數百年，流傳至今，亦善本也，勿以近有刻本而輕視之。嘉慶八年六月望日虞山□杏緣孫謀識。

僑居棣華殿撰之武林郡齋，偕錢斗查登吴山，購得此書，并秦汴三才通考一册。時丙子重九後五日朖仙識。

按仁和縣志，朱弁，字少章，則名與字方合。今標題稱少張，係字之譌字。檢錢遵王讀書記及各家書目，均仍其失，因筆識之，俟得古本訂正焉。

巖下放言三卷 舊鈔本

嘉靖戊申八月一日汝南袁表□□子拙謄寫於陶齋，時年六十一。

萬曆癸卯年春三月若渝校。

丁巳秋九月日仁和胡心畬茂才以葉調生所得漢陽葉氏藏本見示，遂據以校一過，正誤頗多，月之二十日校訖記。錫疇。

寓簡十卷 舊鈔本

康熙辛丑孟冬日，照家藏舊鈔本校閲一過。顧若霖。卷末。

丞相魏公譚訓十卷 舊鈔本

此條不知何人所書，謂宰相綽之子，大譌。魏公乃翰林學士名紳之子，卷中謂曾祖以侍讀出知河陽，此其證也。咸豐甲寅歲中秋前三日，讀於菰里松陽氏之恬裕齋，記此。東倉居士季錫疇。此書各家書目皆不載，惟見直齋書目，惜亥豕迷謬，至有不能句逗處，如欲付刊，當爲詳定。錫疇又記。以上目録前。

游宧紀聞十卷 校宋本

此册爲汲古諸孫以家藏宋版影鈔本籌校，行款字畫，纖悉無譌，亦藝林舊物也，輒以一星易之。秋雨閒齋，作半日消遣，殊妙殊妙。海虞末學毛琛伯尹識，時庚寅中秋後八日雨窗。卷一前。

甲辰十月十七日，余舊病復發，雨窗校對此卷，藉此以忘片刻之腹楚，怪魁識。卷一後。

復畢二三兩卷。服菊生。卷三後。

十月十八日雨窗較畢。中有三則，舛錯難讀，幸得校對，始得是正。文光。卷四後。

嘉平月朔校畢此卷。怪魁子。卷六後。

下午對畢。舛譌不能讀，幸得影宋本增定，殊快人意。文光。卷八後。

雍正甲辰臘月望日校完。是日更餘，雷電交作，大雨傾盆，未識有關人事耶抑世事耶？誌之以俟後驗。文光怪魁。卷十後。

老學菴筆記十卷 校宋本

辛亥八月二十有四日，借蕭瑶彩所藏鈔本勘校。是日陰，時洒微雨。夜風雨竟夕。農家占米薪價貴賤，以此日晴雨卜之，今未知主何驗也。奏叔記。卷一後。

四月十七日酉刻校畢，舊本有跋，録於上方，正庵識。

雍正癸丑四月十一日硯谿衛氏閲，時年五十有二。以上卷十後。

愧郯録十五卷 宋刊本

第一册　序三葉。　目八葉。鈔第八葉。　第一卷十八葉。空白第七、第八、第十五、第十六葉。　卷一後。

第二册　第二卷十五葉。鈔第十五葉。　第三卷十七葉。卷三後。

第三册　第四卷十六葉。　第五卷十七葉。空白第九、第十、第十一、第十二葉。　卷五後。

第四册　第六卷十六葉。鈔第一、第二、第五、第六葉。　第七卷十七葉。空白第五、第六葉，鈔第九、第十葉。

蔣本九葉、十葉刻，校正筆畫凡三字，據增板心字數，惟第九葉板心刻工姓名刻作曹冠英，與此作丁松異。卷七後。

第五册　第八卷十五葉。鈔。　第九卷十五卷。鈔。　卷九後。

第六册　第十卷十六葉。鈔。　第十一卷十　葉。鈔。　卷十一後。

第七册　第十二卷十六葉。鈔十一、十二葉。　第十三卷十七葉。鈔第一、第二、第十七葉。　卷十三後。

第八册　第十四卷十七葉。鈔第十七葉。　第十五卷十六葉。　後序二葉。卷十五後。

此宋刻愧郯録八册，計十五卷，雖其間鈔者七十五葉，空白者十葉，然以意揣之，鈔者必非無據，空白者亦是闕疑，仍不失爲古書之舊。頃從杭州書友處寄來，易白金一觔而去。余取知不足齋所刻本相勘，行款正同，空白亦合，當是此刻所翻，則此誠祖本矣。卷中有楊夢羽圖章，知爲吴郡故物，今復得弓玉之還，不亦快哉。嘉慶己未冬十月既望書於紅椒山館。蕘圃黄丕烈。

書齋夜話四卷 舊鈔本

澄江楊武屏先生，博聞强記，爲常郡淹雅之冠。今秋自山左歸，過訪山齋，見案有是書，謂俞林屋胸不甚富，其所考定，多羣瞽拍肩之論，筆亦滯弱不振，此兔園册子也，何庸余覆案之，良是。但中如闡晰音律數則，謂一管各具五音，按調如詩家不韻，鑿鑿不出，頗得儒先説經直指。且古音淪替，俗學滋興，馳聲獵譽之徒，求其留心編管之短長，節度之分寸，蓋至今而益僅矣。觀其精思所寄，可以知其人焉。惜寫本多訛，更不得別本爲之讐校，就其可知者正之，以歸虞巖閒止樓。乾隆壬申季冬十三日王大椿呵凍識。卷首。

余按吴縣志，俞琰，字玉吾，號石磵生，宋寶祐間雄邁博聞，經史過目成誦。元初以薦授温州路學録，不赴，乃縱遊山水間。歸而肆志力學，凡天文地理、仙經怪牒、神會玄解，不習而挈其要。善鼓琴，嘗謂近代琴操有譜無字，失古制作之原，研究作譜四十篇。晨興焚香讀易一過，手編易説會要百卷，註周易并十翼，經、傳考證，古占法，爻象分類，易圖合璧聯珠四十卷。又纂校百氏書，喜談玄，註參同契、陰符經解、補鄒訢易外别傳，并幽明辯惑、席上腐談、書齋夜話等書。一日，命童具湯沐，更巾衣危坐，以巵酒飲子仲温曰：「吾與汝訣矣。」遂逝，年七十云。武屏楊先生，名名守，字簡在，文定公從弟也，學博識廣，誠常郡之通儒，謂爲兔園册，似或稍過，八千庶執中耳。乾隆三十有一年丙戌長夏，東川魚元傅書於閑止樓。卷四後。

後附建炎以來朝野雜記

此書係蜀井研李心傳約微所撰，分甲乙二集，共四十卷，阮亭先生云南渡以來，朝章國故，宏綱細目，悉備兹編，真史家巨擘。是帙固非全豹，虞巖猶珍重什襲如此，可以爲好書成癖者增氣。八千漫識。

宋代官制，最爲淆亂，莫可稽考。徐度却掃編於興革損益，釐訂頗精。王明清揮麈四録，則於冗員濫爵，尤爲鑑别澄汰。得此書，可以相當明矣。椿又跋。

志雅堂雜鈔一卷　舊鈔本

此册先年友人石東居士唐以言詩偶得舊鈔本，命華氏館童鈔之以貽余者也。近又得吴方山翁家藏本，雨窗無事，試一勘校，復整數字，尚未脱然，如寘敝篋以俟。嘉靖甲子秋九月重陽前一日七十翁姚咨漫識。

困學齋雜録一卷 舊鈔本

此書於弘治十五年龍集壬戌五月望日在竹莊陸宗美先生第會飲，約齋俞寬甫帶於彼，假歸録得之，但不曉困學齋何人也，當伺識者再行請問而知，今略識得之之歲月焉，是日録完故識。東陽無垢道人純謹識。

嘉靖戊申五月既望，汝南袁表命工徐堂録於陶齋。

元鮮于樞，字伯機，號困學民，漁陽人，官至太常寺典簿。面帶河朔偉氣，每酒酣，驚板吟詩，作字奇態橫生，善行學，趙文敏公極推重之，其所居名困學齋。又有印文，見文氏停雲館米南宫書帖後，即公收藏印識也。

右鮮于伯機困學齋雜録，余從知不足齋主人借鈔，卷首曹潔躬先生私印重疊，蓋倦圃珍藏本也。陶氏説郛摘刊是書數則，已標伯機所著，特誤「困學」作「相學」耳。無垢道人原跋乃不知爲誰，何弗考之甚！乾隆丙午春盡日松陵楊復吉識。

庶齋老學叢談三卷 舊鈔本

渭父居士得於京邸。盛如梓庶齋老學叢談，繡谷插架。書衣。

右庶齋老學叢談三卷，乃宋從仕郎崇明州判官致仕盛公如梓著。其於經史、天文、地理、名物已及文章流派、儒先格言，引證辨駁，皆有梗據，足以覘其學之有本也。觀叢談中語氣，知公是揚州人，其談賈平章佚事數則，似曾受賈之知者，要其晚年悞國之罪，亦未嘗爲之諱也。大抵宋末諸公流入元者，率隱居以著述自適，如盛公輩者，何可勝道，然有傳有不傳，即如此集，其存者亦幾希矣，但卷帙無多，倘有好事君子爲重刊之，介夫先生宜爲留意也。康熙己亥十月大雪前三日鹿原林佶借觀，力疾跋。

或疑開卷即頌元受命之符，以公非仕宋者。余以爲書成於元之世，安得不出此。且崇明稱州，與判官皆宋制也。惜客寓藏書少，不能博徵廣引以證，尚其俟諸他日乎？佶又跋。以上卷三後。

閒居録一卷 元鈔本

右閒居録，一名閒中編，魯郡吾衍子行所草本，其間多子行手自書。子行，大宋人，工篆隸書，通聲音律吕之説，讀太玄經，號貞白處士。性放曠，高不事之節，自比郭忠恕。倨傲玩褻一世，遇人巧官善富，如蟲蛆臭腐將噬染己；其所厭棄者，詣門請謁，從樓上遥與語：「吾出有間矣。」一顧吹洞簫，撫弄如意不輟。好刺譏輕侮詩人文學士，獨盛推杭仇近父、婺胡穆仲、汲仲，至謂百年亡有。所著書凡數十卷，至大四年冬，子行以事逸去，不知所終，此策得之於其從父家，攬其遺跡，使人慨然。至正五年正月甲辰，養痾東閣，捉筆以記，吴郡陸友友仁書。

至正十八年戊戌之秋七月旦日，鈔於泗北村居之映雪齋。

雲烟過眼録一卷 舊鈔本

至正廿年秋八月夏，頤手鈔於立齋中。

隆慶三年秋八月，周曰東重書一過。

意林五卷 明刊本

此本爲明嘉靖丙戌黄鳳儀刊本，與殿本云嘉靖己丑廖自顯本出自一時，皆無原序，而脱誤殊甚。去冬子榮茂才假得萬曆間徐元太校刻道藏本，畀余勘校，余復取邑中張氏新刊本彙校，蓋張本即從殿本出也。三本以徐刊道藏本爲善，而黄本最下。是校一以藏本爲主，雖有得失處，並存其舊。中有顯然謬訛而張本得之者，録存一二，以備參考。自殘臘至今春，凡三旬而畢。衰年目暗，臨寫未工，兼恐不無遺漏也。道光戊戌正月立春後三日，拙經叟黄廷鑑識，時年七十有七。

皇朝事實類苑六十三卷 舊鈔本

宋江少虞皇朝類苑，宋史藝文志及文獻通考俱云二十六卷，惟絳雲樓、天一閣書目列六十三卷。是册亦假之金丈星軺者，有少虞前序後跋二則，皆云六十三卷，蓋足本也。其書爲師林山房王延老所藏，係俗手所書，又未校定，字畫潦草，文義乖舛，多於落葉。少虞援引説部幾五十種，余插架所有，殆逾其半，因取原帙排比籌勘，正訛訂譌，原帙誤者，并可參考。館閣餘暇，藉消永日，郵寄金丈，披閲一過，應覺爽目也。癸丑季春雨窗李北苑題於寓齋之鷗舫。

藝文類聚一百卷 明刊本

從故友陳子準家假得子準手校本勘一過。

歲丙子，閩人劉履丁以宋本藝文贈邑中錢氏，余借校此本。始於丁丑之四月，畢於六月之十七日。是年閏五月，蓋百日而終卷也。劉本正是此本之祖，中有模糊缺失處，無不因襲，始知陸采剿半之説謬也。卷末有「葫蘆碧沙」印，又「舊學圖書」方印，未知何家物也。孱守居士記。

陳子準以馮校及蘭雪堂本互校，但子準本誤者比此本爲多。子準所藏，或是補刻，其字畫亦潦草，不如此本也，此本蓋陸采所云二百本之一耳。

子準校勘極細，所藏之書，丹鉛燦然，有前輩陸敕先諸人之風，身後遺書盡散，雲煙過眼，曩哲所歎。讀其稽瑞樓書目，益不禁人琴之愴也，校畢記此。

稽瑞一卷 舊鈔本

稽瑞録，子準陳君之秘本，余親見其得之書船，狂喜累日，以爲唐人著作，自來藏書家所未見，殆將刊而公諸天下也。無何，陳君卒，書散去十之七。余時訓其子，因檢點其書，幸稽瑞録等書尚存，遂爲照式影鈔，中有空闕脱落一二字或數字，無從增入，又有舛誤字甚多，俱未敢妄改，悉依原本寫之，以仍其舊，俟明者當校而正焉。道光丁亥仲冬下澣栗鄉山人張履祥識。

事物紀原集類二十卷 校宋本

甲申夏日，避暑育嬰堂之慈雲樓下，蔭棠以正統本事物紀原見示，爲假愛日廬校宋本傳録一過。校宋本於目録行款，未經校出，亦不著校閲跋語，故仍其略云。朗先校竟并識。

小字録一卷 明活字本

此葉係小字録中覆背，裝時檢出，附此書以存，蕘翁記。

余向藏古賢小字録，係昭文邵脿僊贈余者，云以青蚨三星得之書攤者。「陳思纂次」一行後，多「崑山後學吴大有較刊」一行，此册無之。始猶疑其板刻有異，細審之，皆活字板，而前所得者爲後印，兹所得者爲初印也。何以明之，蓋此板後歸吴氏，故增入一行，其改易原書一行，以「姓劉」二字移「宋高祖武帝」下而去「氏」字，又去小注「宋本紀」三字，以遷就之，其痕迹顯然。兹册古色古香，初入眼，疑爲舊刻，故書友欲以充宋元板，余亦因其古而出番餅二枚易之，重付裝潢，可謂好事矣。辛未十月二十有五日復翁記。

慧震：即以所得故爲小字。「故」校「卦」。師利：揔適出。「揔」校「忽」。鎮惡：車騎沖没陣。「没」校「陷」。豹奴：恒逾不悦。「恒」校「桓」。崖：遂不得佳者「遂」校圈去。曰德之休明。「曰」上校增「崖」。斑獸：常日早晚「日」上校增「視」。此入「此」校「比」。慮其不法。「法」校「去」。

已上係舊藏本紅筆校正之字，文理差順，附録備考。彼首尾皆以古賢小字録標題，此但曰小字録，必修本增加也。復翁又記。

重添校正蜀本書林事類韻會二十七卷 宋刊殘本

十二行本不全宋板書，統計八册，吴中顧南雅舊藏，余以北宋本韓非子交易。宋本宋印，紙連文有三指闊，襯紙亦是宋紙，古色古香，雖非完書，亦足珍寶。鐵橋記。

書中「殷」字缺筆，「桓」字缺筆。

新編事文類聚翰墨全書一百二十七卷 元刊本

此書月翁所藏，丙戌年以洋銀三十元得，珍藏。丙午十二月十九日，書友陳姓以不全本來售，取出再理，并書册首，芙川又記。

漢唐事箋對策機要前集十二卷後集八卷 元刊本

此書曾爲季滄葦所藏，事迹貫穿，議論精當，實史斸之源也，徒以其名，若爲科舉而設，故延令書目列之類書中。於以見著述家托體不可不尊，要其有裨於經世之學，初不以是貶賈。今扶川又從愛日精廬得之，洵足寶耳。道光壬辰九月十八日隅山邵淵耀識於一業居。目録後。

是書傳本絶少，延令書目外，他家未有著録，雖名策要，實爲讀史津梁，非他類書比也。舊藏吾邑愛日精廬，今歸其宗人瑯嬛福地，好書難得，其珍祕之。道光庚子六月六日拙經叟廷鑑記，時年七十有九。後集卷八後。

雲溪友議三卷 校宋本

康熙甲戌中秋馮本校一過。卷末。

儒林公議一卷 舊鈔本

田況儒林公議，向無刻本，李燾長編考異、王明清揮麈後録咸引其書。勝國時稗海刻本，分作二卷，嘗取以校籌，不逮此本遠甚。如「康定初元昊擾邊」條後，脱去「契丹耶律」一條。「張詠與太祖朝」條與「李漢超將勁兵五千」條，互有錯簡。又脱去「吕蒙正居宰弼」至「太宗嘗因久旱」，共五條。又「張詠在白士間」條與「張詠所臨之郡」條，互有錯簡。又「唐莊宗遣郭崇韜」條，「崇韜赤」下脱去「其族至蕃漢都總」共八十二字。其外脱字脱句，不可枚舉，又後跋兩篇，皆稗海所無。噫，校勘不工，不如不刻，藉非得此善本，何由正彼訛誤，足徵恬裕主人收藏之精矣。咸豐九年三月胡珽識。卷首。

儒林公議一帙，計五十餘葉，未知作者爲誰，臨其前後印章，以俟識者。嘉靖壬辰孟春良日，玉泉子允升録於萬竹山房。

右儒林公議一卷，宋太子少傅田況元均撰。元均當慶曆初以言兵遇，自陝西經略判官遷右正言管勾國子監，權修起居注，遂知制誥。四年甲申保州軍殺長吏叛，元均處置平之，以功遷官。既丁父憂，乞終制，以直學士知渭州，遷諫議大夫，知成都，終於樞密使。是書之作，當在守蜀之際，故卷末稍記蜀事。其少仕時，當元昊之叛，受經略夏竦辟爲判官，從事西陲，多所匡贊，故卷中多記元昊事，議多在竦。如韓、尹議攻，元均嘗上疏極論，諫不出師，元均蓋有以贊之。卷中不自言上疏，而但云諫不甚主元均，可謂善則稱人，功必歸上者矣，作私史如此，可以爲法。崑山俞階父力謂此書未知誰作，或未考耳。嘉靖庚戌季夏雁里子炳識。以上卷末。

重雕改正湘山野録三卷續録一卷 鈔本

宋刻元鈔本，舊爲虞山席玉照藏書，士禮居黄氏得之，售於藝芸書舍汪氏，繼歸小謨觴館于氏，今輾轉售出，得見廬山面目，亦幸事也。咸豐七年丁未十月。

湘山野録，曾刻入毛氏津逮祕書中，外此未見有善本也。近從華陽橋顧聽玉家得此宋刻元人補鈔本，藏金紙面，裝潢古雅，洵爲未見之書。略取津逮本相校，知毛刻尚多訛脱，想當日付梓，未及見此耳。繼於混堂巷顧五癡家見有毛斧季手校本，即在津逮本上，實見過此本。取對至卷中時，「晏元獻爲翰林學士」一行前，竟脱落「備者惟陳康肅公堯咨可焉陳方以詞識進行」十八字，初亦不解其故，反覆展玩，乃知此十八字鈔時脱落，後復添寫於旁，斧季校時，猶及見此，而後來裝潢，穿線過進，遂滅此一行，向非別見校本，何從指其脱落耶？爰重裝之，使倒折向内，覽之益爲醒目云。嘉慶丁巳冬十月初五書於士禮居。蕘圃黄丕烈。

戊午年，五癡子南雅復以斧季校本歸余，今後可稱雙璧之合矣。蕘圃又記。

咸豐丁巳冬月，書友沈錫堂携宋刻元補鈔本來，余强留二日，校得此本，復録一册，藏之恬裕齋。書中行款俱照宋刻，字之俗體，亦仍其舊云。胡珽誌。

己未重九後，又以家藏本即丁巳年所校者。覆勘一周，檢出誤字數箇。前二卷宋刻，惟仁宗以前御諱闕筆，知是北宋本。彼時惜無力購得，今其原本不知落何處矣。下卷第十葉都尉李文和公，注云犯御名。按文和名遵勗，勗蓋仁宗嫌名，則後二卷雖是元鈔，亦從北宋本出也。九月廿七日覆校畢，時苦雨竟日，藉此消遣。

咸豐己未十月後，檢宋人著作及學圃、萱蘇所引此書，逐條對勘，頗耗心力，凡半月畢功，用墨筆者，所以别前校也。珽又記。

鐵圍山叢談六卷　舊鈔本

此書善本爲錢遵王所藏嘉靖間雁里草堂本，向在長塘鮑氏，繼歸郡中黄氏、汪氏，今復在虞山龐氏。是本乃恬裕齋瞿氏得諸海寧楊氏者。咸豐丙辰冬日，龐君崑圃以雁里本見示，遂校勘一過，訂正譌謬不少，而亦有此本是而雁里非者，校讐之功未可執一也。時恬裕主人鏡之、濬之昆季，搜訪古本，補入藏書記中，屬余襄校，因記之。菘耘居士錫疇。

續墨客揮犀十卷 舊鈔本

正德己巳歲夏日，以舊刻本摹於志雅齋。卷末。

河南邵氏聞見録二十卷 舊鈔本

戊午六月十九日校閲畢。炎蒸旬日，如坐沸湯中，兼之農民望雨甚切，是晚忽得大雨三尺許，暑氣頓消，大快。

歸潛志十四卷 舊鈔本

歸潛志十四卷，中闕十一、十三兩卷，余從吳興賈人買得，錯誤脱繆，殆不可讀，雖用竹垞本參校改正，究不可句爲多。暇當用中州集、金史互勘其譌謬，定可證數十處也。朱本止九卷，比此又失十與十二、十四三卷也。仲子記。

靜齋至正直記四卷 鈔本

此友人毛叔美鈔藏本，中另紙校語爲吳江董夢蘭筆，亦余友也。叔美嘗語余曰：「藏書三萬卷，乃殁後散亡殆盡，悲夫！」是書瑣雜不倫，惟中寓勸懲之旨，尚爲可取。錫疇記。

穆天子傳六卷 舊鈔本

此册爲楊夢羽所藏。崇禎己卯借得錫山秦汝操繡石書堂鈔本，并取家所有范欽訂本校讀一過，兩日始終卷。老眼已昏，燈下更自草草。孱守老人識於空居閣。

卷首三行，諸本所無，獨見秦本。

拾遺記十卷 明刊本

是書有大父校本，此其副。下有孫江之印，卷末。

博異志一卷 舊鈔本

崇禎癸酉歲，用家叔所藏舊刻本映鈔，凡書四種，是書及卧游録、山家清事、楊太真外傳也。冬日寫完志此，明志記。

續幽怪録四卷 宋刊本

二册，統五十有八番，全。

嘉慶丙寅孟夏月，杭州書友介其族人陶藴輝售宋刻李注文選於余，以此續幽怪録二册爲副，藴輝曰：「此書向於東城書坊獲之，後歸知不足齋，今仍返故土，古書殆亦有靈耶？」余檢卷中藏書家圖記，有「鄭印敷教」一章，則其爲東城故物無疑。桐菴先生秋水軒，其去余縣橋新居不遠，同里旭亭韓丈曾言之。兹書歸吴，而余適遷居東城，因遂得此，以慰書之願云爾。蕘翁。

此臨安府太廟前尹家書籍鋪刊行本也。余所得茅亭客話，亦爲尹家刊本，行字多寡，與此正同，然茅亭曾經遵王記之，而此書絶未有著於録者，可云奇秘矣。此録續牛僧孺書，本名玄怪，見於陳、晁兩家之書，其云幽怪者，殆避宋諱歟。陳云五卷，晁云十卷，今多於陳，而少於晁，其分卷當出更定。晁又云分仙術、感應三門，此不分者，殆合并而去其門類也。尹氏所見，諒已不全，就其所載事核之，僅二十三則耳。述古堂目所收鈔本止三卷，較此更少矣。近彙刻書目云稽古堂日鈔，亦列其名，未知其卷若何。然以宋刻爲據，則此四卷者，固足以覘前此之梗概，而訂後來之疏略矣。余喜讀未見書，若此小種，依然舊刻，豈不可備百宋一廛書録之續乎？蕘翁又記。

憶題鄭桐菴秋水軒今比隣周氏所居，即其舊址。

縣橋東去路，一境足清幽。世事雲方夏，人心水是秋。典型嗟日莫，文字見風流。勿謂我生晚，遺書幸可求。余向收桐菴先生手書佛經數册，輟贈同年蔣賓嵎。後遷居縣橋，知桐菴即同里之先輩，而反無其手澤，心殊怏怏。頃適得此續幽怪録，上有先生印章，急購而藏焉，以當合浦之珠。同時又蒙先生族裔贈先生遺墨，爰進題秋水軒，以寄景仰前賢之意云。黄丕烈草。

劇談録二卷 明刊本

萬曆戊子仲冬漫閲。文從鼎。卷末。

闕史二卷 舊鈔本

凡史載必朝廟典故，職員政績，雖濫及閭閻，亦關風化。參寥子名曰「闕史」，而事涉瑣細，非筆載之急，史云乎哉。然敷敍條暢，詞句温雅，唐家小説，自别有一種風趣。參寥子，唐高彦休，乾符中人。明姑蘇吴岫評。

甘澤謡一卷 舊鈔本

余按蘇公集載圓澤傳，公自跋云：「此出袁郊所作甘澤謡。」其事則即圓觀，特入唐書李憕傳中數語耳。方疑公以「觀」爲「澤」，未考所本。後數日，偶見惠洪述觀道人三生爲比丘條下，亦以爲疑，欲問其説於叔黨，則當時人固疑之矣。贊寧在宋初最稱博學，去袁郊未遠，所録亦稱圓觀。其嶽麓三生石事，及源入蜀，明年兒始生，又與郊記不合，是未嘗見甘澤謡，各書所聞也。今併録於後。余家有劉松年三生圖，元人楷書圓澤傳，又與坡公稍異，上有趙松雪鑒定，籤題名僧二十人詩篇，最後吴匏菴跋語，皆作「圓澤」，無一人稱「觀」者，豈後人因坡公所定，不復爲異歟？惟神僧傳則稱圓觀，是從甘澤謡删定也。四月八日五川居士重書。

余友周連陽氏，亟稱其姻海虞楊兵憲五川公藏書之富，恒竊慕焉。今年夏，連陽以公所鈔袁郊甘澤謡貽余，凡九篇，公自序諸首簡，見其得之之艱若此。曩余門人秦汝操於太平廣記中摘出二十餘篇，怪非郊原書，棄去。兹九篇適符馬端臨考，乃録之。惜乎舊序亡逸，不免於疑耳，他日謁公，當有説云。嘉靖甲寅秋七月十二日，句吴茶夢散人姚咨識。

崇禎庚辰歲假葉石君藏本寫。凱。

括異志十卷 舊鈔本

正德十年歲次乙亥仲春癸丑日，虞山逸民俞洪重録畢。卷末。

燈下閑談二卷 舊鈔本

崇禎甲戌借葉林宗本録，仲昭所書。孱守居士。卷末。

卧遊録一卷 舊鈔本

崇禎癸酉冬日寫。卷末。

博物志十卷 明刊本

茂先博學多異聞，而所言平平，不足採乃爾，抑亦後人謬託，非舊本耶？不然，測理青鐵，全恐其稱冤。天啓壬戌六月二十一日訒道人識。

道德寶章一卷 明刊本

子之稱甚重。大聖，東魯當時止稱孔子，何後之妄稱「子」者之多也。世所謂六子，皆以老聃冠，莊周、列禦寇、荀況、揚雄、王通繼之，然其言不盡足法。老子著道德經八十一篇，此入於圓妙者也。然謂天地聖人不仁，背道之遠哉。莊周著南華經三十三篇，此極於宏放者也。然狎侮孔子，且謂聖人利天下也少，害天下也多，何離道甚哉！列禦寇之學，本於黄老，所著天瑞等篇，其目有八，宋氏謂其簡勁宏切，似矣。然論所生者死，而生生者未嘗終，則幾於荒唐，何益乎？荀況之學，雜於申韓，所著勸學諸篇，其目三十有四，楊倞謂其根極理要，似矣。然以性爲無，以禮爲僞，則昧於禮法，何取乎？揚雄法言十三篇，司馬公嘗有簡而奥之稱。然規規以擬論語，而不思論語出於羣弟子所記，孔子未嘗自爲之也，非義擬失倫而何？王通中説十篇，龔士卨謂其昭先王之道。然以公卿問答比孔門諸弟子，則欲與夫子齊驅也，非侈大潛妄而何？晏子同於墨子。而管子、鶡冠子近於老莊。孔叢子鄙陋之甚。凡子皆不免爲聖教之罪人，然歷千古而其書不磨，大抵以皆自闢其説，俱前人可未道，非如後世之襲陳言也。道德經皆宗王弼註本，白玉蟾註，罕見之也。乾隆甲辰六月，多雨得涼，聽松道人陸時化書。

關尹子闡元三卷 舊鈔本

己未三春鈔訖，中秋前得陳顯微本校一過，闕文俱得補足，然所補者經文，而注則仍闕也。

沖虚至德真經八卷 宋刊本

乾隆乙卯季冬，書船鄭輔義攜宋刻列子二册求售，適是日余在友人處，因留於大兒玉堂書塾中。至暮抵家，取書閲之，密行細字，尚是宋刻之上駟，急挑燈校一卷，覺世德堂本訛舛已復不少，真善本也。明晨訪顧抱沖於小讀書堆，鄭書友已在座，背抱沖問其直，索白鏹六十金。余方以爲價昂不之得，而抱沖已喧傳余之獨得是書矣。蓋是書先携至金閶袁綬階處，後到余家。綬階遂爲抱沖言之，而抱沖作書於輔義，指名相索，輔義含糊答應，忽見余與輔義耳語，知是書已留余家，故抱沖以余爲必得也。余亦以是書不歸江夏，即歸武陵，倘惜財物，致失異書，大是恨事，因固留之，并不敢重與物主一觀。輔義來議價者再三，仍執前所言，不得已，屬其取向所見之宋刻新序同買之，許以八十金，而始允。余雖知是書之貴，明爲余與抱沖争購之故，然此愛書之私，終不爲所奪，在余亦自笑其癡獃耳。歲晚事忙，不及叙得書顛末。新年以守制居家，不出門賀歲，午窗新霽，展函讀之，爰題數行於後，俾後之覽者，知異書忽來如景星卿雲，争先覩之爲快。若癡獃如余，尤有甚於人，有不竊相笑者乎？大清嘉慶元年元日日試筆書此於昭明巷舊居之養恬書屋。棘人黄丕烈。

列子行世本，以世德堂六子中本爲最。余舊藏影宋鈔本，抱沖曾取與世德堂本校之，多所歧異，幾自矜爲善本矣。近得此本，佳處更多，鈔本遂遜而居乙。抱沖從弟澗蘋爲余校是書，見其中所附音，始猶疑爲殷敬順釋文，後細審之，乃知非釋文，蓋作注者之舊音也。且爲余言，殷敬順乃宋人而託名唐人者，如此本字句，釋文所云一本作某某，皆與此合，則此本之在釋文未行以前可知。列子善本絶少，得此足正羣譌。書前跋畢，并記數語以傳信於後。

此北宋槧本列子，百宋一廛舊藏，顧澗蘋賦所謂「吴都注後，藐藐尠朋」者也。沖虛善本，當以此爲第一。光緒甲申，同郡蔣太守屬刻叢書，因從敬之尊丈假歸，影寫鋟木，工竣還瓻，書以誌感。時在仲冬下旬，大雪新霽，挑燈呵凍記此。長洲葉昌熾。

南華真經十卷 明刊本

莊子。乙卯讀本。每册首。

乙卯年七月二十日東圃書堂閱完。錢圓沙。卷末。

抱朴子内篇二十卷外篇五十卷 舊鈔本

此卷有錯簡三段，余讀而正之。道藏本、正統十年。潘藩本嘉靖乙丑。皆誤也。澗蘋。内編卷二後。

辛未歲除，以道藏校於江寧皇甫巷之思古人齋。内篇卷六後。

壬申元旦，借朝天宫道藏校定。内篇卷十後。

此卷多訛字，藏本亦然，安得宋槧善本正之。内篇卷十四後。

癸酉三月將刊入平津館叢書，爲淵如觀察再校。

九月刊成，校樣一過，又得如干條。几塵風葉，甚矣其難也，後人覽此書者，幸勿輕之。廿九日燈下記。

又得三條，有非按語不能明者，刊成末由添入，存此俟再讀。或得多條，當附爲續校語一通可耳。十月三日又閱記。內篇卷二十後。

庚辰春杪重讀於楓江僦舍，删併重出，改定篇第如右。又校定文句，幾及千條，詳於藩本，此仍未具也。千里又記。外篇卷首。

初讀此卷，獨積三篇不曉其故，近始悟四十四、五闌入重，遂致窮達、本四十八。重言本四十九。無所附麗，而連於知止。本四十七。又正郭、本四十四。彈禰、本四十五。詰鮑，本四十七。皆失其次敘，而相沿莫覺。甚矣，好讀書而不求解，誤人不淺也。思適居士書。外篇卷四十九後。

按四十四、百家。四十五，文行。皆即卅二尚博之重出。自宋以來，莫覺其誤，今始正之。庚辰四月又記。

嘉慶丙子，粗覽一過，中多錯誤，未及審正也。千里記。以上外篇卷五十後。

仙苑珠編二卷疑仙傳三卷 舊鈔本

仙苑珠編，簡而不雜，但楮墨有限，未免遺漏太多。暇日築一室於蒼松白石間，披閱道藏，再爲補葺，統名曰「蕊闕仙班」，則余之大願也，丙午十月十二立冬後一日書於畯奇堂之東厂。仙苑珠編卷二後。

戊午新秋，雨天焚香，莊誦一過。徵明。疑仙傳卷三後。

漢天師世家一卷 舊鈔本

此漢天師世家一卷，錢遵王家物也。余觀讀書敏求記，以此書列諸譜牒門，既得是書，見有「虞山錢曾遵王藏書」圖記，益信其爲述古堂物無疑。今春觀書於華陽橋顧氏，啓廚見有漢天師世家一册，雖屬刻本，然余本亦是影鈔者，不甚重之。後爲余友顧抱沖得去，爰重假歸繙閲，内重編漢天師世家引二葉，宜附於末；脱十三葉、二十四葉、四十一葉，宜補空白。鈔本即從刻本所出，已不能纖毫不爽矣。至刻本亦爲錢氏所藏，通體無圖記，而卷末一行上有「嘉靖四年」四大字，筆畫甚潦草，而殊有古意，下有「虞山錢曾遵王莪匪樓藏書」十一小字，字跡識是也是翁書，則其爲述古堂物，亦可無疑，蓋與鈔本並藏，而後轉入席、孫諸家者也。爰誌之以傳信於後。嘉慶丙辰九月，棘人黄丕烈書於王洗馬巷新居。

鐵琴銅劍樓藏書題跋集録卷四

集部

楚辭八卷附辨證二卷後語六卷 元刊本

萬曆癸丑初秋，書賈持此二帙至，云是宋版，余漫應之曰：「此元版翻刻耳。」因售之。即質諸家兄虎臣先生，兄細諦之曰：「此宋版而刷工手不佳，故少精采，然不失買王得羊之意。」祉退而識之。後人得此書者，幸勿忽。天啓元年純祉追記。

此爲七世堂叔祖藏本。公字受蕃，萬曆戊午舉人，順治己丑會試，頭場已定會元，二場以微疾不入。南還後，號曰爈叟，遂絶意功名。公藏書甚富，轉徙百餘年，零落殆盡，今得此編，不勝我生已晚之感。

離騷集傳一卷 宋刊本

嘉慶壬戌夏六月七日丙午，士禮居主人邀余題書匱簽，因出新得桐鄉金氏所藏宋刻錢杲之離騷集傳示余，卷端畫蘭一幀，云是方樗盦筆。余按經云：「滋蘭之九畹兮，復樹蕙之百晦。」樗盦蓋取此意。其所畫兩叢，以山谷所云「一幹一花而香有餘者蘭，一幹五七花而香不足者蕙」證之，則蘭蕙可分辨也。樗庵舍於金氏桐華館，主賓相契，脱略形迹，綴此數筆，其殆况同心之臭歟。蕘圃愛書兼及名繪，於樗庵筆獨闕如，今得此世間絶無之書，并得此畫，香草之遺，情復何似。蕘圃以余略識畫理，屬爲之跋，爰書數語於畫右。孫延。

宣統庚戌正月邵松年假景一通，元宵前三日記。

光緒辛丑正月武進費念慈借觀，景副校藏，八月十九日記。以上卷首。

舜城朱承爵校讐訖。

此錢杲之離騷集傳，宋版之精絶者。余檢汲古閣珍藏祕本書目集部，云：「錢杲之註離騷一本，宋版影鈔，此書世間絶無，一兩五錢。」今爲宋版，宜乎價增十倍矣。顧余竊有疑焉。此書有「戊戌毛晉」印，又有「毛褒字華伯號質菴」印，則是書已傳兩世，而斧季手寫書目，售於潘稼堂，不列宋版，豈留其真本耶？抑已經散失耶？不可得而知也。影寫本聞在小讀書堆，宋版今又在余處，所謂世間絶無者，同在一郡，幸何如之。是書來自桐鄉金氏，卷端畫蘭，云是方薰筆云。辛酉十月蕘圃記。卷末。

蔡中郎文集十卷 鈔校本

東漢人文集存於世者，僅此一種，尚是宋以前人所編，其餘無之矣。又此集頗與今文家之學有關涉，尤學者所不可廢，此余所以亟亟費日力爲之再三訂正者也。思適居士書。序文前。

校此書隸釋、續最切要，又須熟於後漢書，則思過半矣。目録後。

此本遠勝萬曆二年徐子器所刻，但不可通者尚多，未知宋槧如何也。卷五後。

丁卯正月校讀一過，凡訂正若干條，中有絶精處，索解人不得矣。思適居士。

五月再校於江寧，用後漢書參訂，又添若干條，廿一日燈下記。

此活字版似據一行書寫本作底子，故「數」誤爲「如」，「閑」誤爲「困」之類，往往而有，若得宋槧，必多是正也。九日燈下又記。

此活字本蔡中郎文集十卷，藏錢唐何夢華家。夢華過吴門，行篋攜之，因丐歸校明神廟時徐子器刻本，殊多是正。後爲余友顧千里、袁綬階轉假去，各影寫一部，而余所校者，適爲千里攜往江寧，案頭竟乏展閲本，遂命門僕用舊紙影鈔全帙，其卷首碑牌空二格，係俗子剜去年號，以至正僞之，故不之補。至於活版刊刻時代，以他書證之，當在成弘間，鈔畢并記。嘉慶丙寅秋七月五日，蕘翁黄丕烈。

戊辰夏於骨董鋪又見一活字本，擬購之，因時方盛行舊版書，初索十番，後積累至幾十金，未及收得，殊爲恨事。十一月十九記。復翁。

覆取周香嚴家藏舊鈔本校。舊鈔係樸學齋所藏，前無序有目，分卷多同，行字互有得失，終以舊鈔爲勝。惜舊鈔係行草筆畫，未能明了，故傳活字本，向以舊鈔校之，參取兩本之勝處可矣。白露前一日書於百宋一廛之北窗。蕘翁。

嘉慶丁卯正月望，前千里以前假余手校本檢還，其中有千里校語頗精當，因録於此，以備觀覽。復翁。

十一月五日千里自江寧歸，余往候之，因出手校蔡集共爲欣賞，其中精語，較前正月所校本益多而益精，遂袖歸録於余影寫活字本上。蓋蔡集自千里與余互爲商榷，而余始得十卷徐子器本，又借得何夢華所藏十卷活字本，周香嚴所藏十卷舊鈔本，悉校於徐刻上，千里因借余校本而讀之，析疑義如右。則蔡集之可以校證者，固由千里能讀之功，而余搜求之力，亦頗有焉，録校畢後，識其緣起。復翁。以上卷十後。

曹子建集十卷 明刊本

丁亥七月假子謙所藏明初活字本對勘一過。活字本無序，無音釋，行款與此本同，字句稍有歧異處，一一拈出，於古人死校之法，或有合也。

陸士衡文集十卷 校宋本

陸敕先校宋本。宋版十一行二十字，走行不越字數。

宋版士衡集，闕七卷首四葉。士龍集闕六卷第三葉至十卷第七葉。陸校晉二俊文集，士衡與士龍俱有。余向藏此本，止有士衡，且失徐民瞻序，想因其無士龍集，故去之也。兹余臨校陸校本，但臨校士衡，難爲兩美之合矣。校畢復翁記。

來柬并玉海三册領悉，其書已修至神廟時，似不及周氏本，暫留一閲，即日奉報命也。弟近得明正德時翻宋本晉二俊集，甚精，即敏求記所載者。今日又得成化活字銅版蔡中郎集，亦佳，喜不自勝，何日便道過我一觀。明日早入城往弔彭遠峯後，即至侍其巷。後日至拙政園，或來奉候，未知在府上否。此送尊大老爺。鱣草覆，廿五日。附札。

陸士龍文集十卷　校宋本

道光元年十月十二日借同里張氏愛日齋所藏影宋鈔本校勘。陳揆。卷末。

陶淵明集十卷附録二卷　校宋本

宋景濂題淵明小像卷後云：「有謂淵明耻事二姓，在晉所作，皆題年號；入宋之時，惟書甲子。則惑於傳紀之説，有不得不辨者。淵明集具在，其詩題『甲子』者，始於庚子，迄於丙辰，凡十七年，皆晉安帝時所作，不聞題隆安、元興、義熙之號。若九日閒居詩有『空視時運傾』，擬古第九章有『忽值山河改』

之語，雖未敢定於何年，必宋受晉禪後所作，不知何故反不書以『甲子』耶？其説蓋起於沈約宋書之誤，而李延壽著南史、五臣註文選皆因之，雖黄庭堅、秦觀、李燾、真德秀，亦踵其謬而弗之察。獨蕭統撰本傳，謂淵明以曾祖晉世宰輔，耻復屈身後代，見宋王業漸隆，不復肯仕。朱子綱目本其説，書曰晉徵士陶潛卒，可謂得其實矣。」雍正壬子三月廿九日讀宋集書此。

晁昭德讀書志云：「陶潛集十卷，晉陶淵明也，潯陽人，晉、宋史皆有傳。晉安帝時爲彭澤令，去職。潛少有高趣，好讀書，不求甚解，著五柳先生傳以自況，世號靖節先生。今集有數本，七卷者，梁蕭統編以序、傳、顔延之誄載卷首。十卷者，北齊楊休之編，以五孝傳、聖賢羣輔録、序、傳、誄分三卷益之。詩篇次差異。按隋經籍志，潛集九卷，又云梁有五卷，録一卷。唐藝文志，潛集五卷。今本皆不與二志同。獨吴氏西齋書目有潛集十卷，疑即休之本也，休之本出宋庠家云。江左舊書，其次第最有倫貫，獨四八目後八儒、三墨二條，似後人妄加。」

余愛嗜陶集，幾年之中，所得凡數本，而以孫竹鄉校宋本爲最，但有詩無文，每以爲恨。今歲更得竹鄉依毛氏子晉校宋本全集，始無遺憾，意欲以此本爲準，更擇前人註釋評語，彙而刊之，一洗庸俗傳訛，使陶集真本重見於世，豈不善哉。時庚申歲之立冬日，存谿識。

余愛陶集，先後所得凡數本，此本係孫竹鄉從汲古閣毛氏大小宋本對校，最爲完善。又有時本所無，附録於後，亦竹鄉手筆也。癸酉嘉平，存谿記。

鮑氏集十卷 影鈔宋本

此鮑集與讀未見書齋所藏毛氏影宋本同，第二卷闕去兩半葉，余從彼補入，主人將以歸綬階，綬階其寶之。庚申九月，澗薲記。序文前。

平江若村沈炳元鈔藏。

此影宋鈔本鮑氏集，與余所藏本同，内闕兩半葉，倩澗薲影寫補入。適五硯樓主人見之，謂余有一本在，可無需此，遂以五硯樓藏影宋鈔乾道臨安志三卷相易，蓋鮑集則余所羡者，周志則余所闕，而可以配宋刻潛志者，彼此各得，想綬階必不以余爲强奪也已。庚申秋九月晦日，蕘圃黄丕烈。

江文通文集八卷 校元本

戊子仲秋廿九日燈下取元鈔本校此一卷。道默。卷一後。

戊子仲秋之晦，初得元人鈔本，至季秋之十二日始校完。元本多樂府三章，此本不知何人删去。而元本所闕，此本又以意填增，文理荒悖可笑，今盡□之，凡□者，元本所無也，旁註者元本如甲案似奪「此」字。而又可兩通者也。孱守老人。卷八後。

庾開府詩集四卷 明刊本

朱子儋重刻庾開府詩四卷於存餘堂，引序末少陵語，謂其集刻在唐後。余近得子山詩舊鈔校之，首卷同存餘堂本，餘卷序次迥異，凡多詩百十五首，始知子儋刻未備也。庾信全集二十卷，藏之天府，未知百六飈迴，靈光猶無恙否。今考其詩集行世者，惟余本爲佳，而匵藏之，俟識者覽焉。述古堂識。

東臯子集三卷 舊鈔本

己酉三十七年十月十三日漏初下，清常校。

金陵焦太史先生本録出，校於清溪官舍。時萬曆三十七年十月十四日漏下初鼓。清常道人。

寒山詩一卷豐干拾得詩一卷附慈受擬寒山詩一卷 明刊本

寒山拾得詩一卷，載諸讀書敏求記，此從宋刻摹寫。余向收一精鈔本，似與遵王所藏本類，當亦宋刻摹寫者也，惜首尾略有殘闕耳。後五柳主人自都中寄一本示余，楮墨古雅，甚爲可愛，細視之，乃係外洋版刻，惜通體覆背俱用字紙，殊不耐觀。頃命工重裝，知有失去半葉者共四處，以洋紙補之，復取向所收者核其文理，始信二本互異。詩文序次有先後，分七言於五言之外，洋版所獨。此拾得詩「雲林最幽棲」

一首内「日斜掛影低」句，精鈔本「日」字下俱闕，此外皆不可考矣，故茲所失四半葉，無從補全。而二本版心，彼題「寒山子詩」，此題「三隱」，後又云「深詩」，本不相類也。惜遵王所記，但云傳世絶少，豈知宋刻摹寫之外，尚有他刻流傳於世耶。此刻似係洋版，然寒山詩後有一條云：「杭州錢塘門裏車橋南大街郭宅□鋪印行。」則又不知此刻之果爲何地本矣，俟與藏書家諗之。嘉慶丁卯春三月二十有五日，復翁黄丕烈識。

張説之文集十卷　影鈔宋殘本

此碧鳳坊顧氏所藏書也。相傳顧氏書雖殘鱗片甲，無一不精。宋刻固不待言，即影宋本亦無弗精絶者。世傳二十五卷不可得見，此本雖十卷，尚有闕失，然較舊鈔已無可比擬，矧明刻耶。愛日精廬主人聞此書是殘宋刻，欲購之，余曰非也，乃影宋本耳，亦視如宋刻珍之，可謂知所好惡取捨矣，余故爲是書倍珍重焉。甲申孟夏蕘圃。

王右丞文集十卷　影鈔宋本

王右丞集，宋刻僅見此本，考英華辨證，字句與此互異，彼所云集本者，此又不載，信知右丞集好本，良不易得也。牧齋跋。

王摩詰集十卷 校宋本

戊子借毛斧季宋□影□本倩道林叔校過，焯記。卷首。

摩詰集先借毛斧季十丈宋槧影寫本屬道林叔校過。康熙己亥又借退谷前輩從東海相國架上宋槧本手鈔者再校，此集庶可傳信矣。記示餘兒。卷六後。

岑嘉州集七卷 明刊本

咸豐甲寅閏七月以初唐十二家校一過，上方所稱一本者是也，文村居士記。

徐侍郎集二卷 舊鈔本

辛丑正月初四日，患痰火不能出户，擁爐閲此卷。是年元旦大風，可拔木發屋，凡三日乃殺，偶記。清常。

漫叟文集十卷拾遺續拾遺一卷 明刊本

此唐漫叟文集十卷，并拾遺、拾遺續，余向得諸書肆中，篋藏之久矣。頃書船攜一本來，初寓目，疑與此刻同，及取對勘，乃知是本在先，而後得者爲明正德湛若水校刊本，且脱拾遺續一種，非全本也。然有自序、自釋兩篇，文字較此又異，因並儲之。此外又有雍正時天都黄氏刻本，强分十二卷，更非其舊，可知書以重刻而愈失其真，勢所必然者爾，爲之三歎。嘉慶歲在己未冬十二月八日，黄丕烈識。

元次山集十卷拾遺一卷 明刊本

元次山集十卷，拾遺一卷，依宋版本讎勘無譌，是善本也。鮮知道人記。

晝上人集十卷 舊鈔本

晝上人集二册，乃無錫談學山綽板釘宋鈔本，磬室因得借録，余與錢子契合，遂借録焉。晝上人集，人有藏者，不能如此之備，余何幸躬逢其盛，因記以示後人云。括蒼山人恭焕志。

毘陵集二十卷 舊鈔本

唐獨孤及毘陵集二十卷，祕藏天府，世罕其傳，是本爲吴文定公在東閣時鈔出，以藏於家者也。其孫經府君與貞山給事爲内兄弟，給事乃得假歸，命傭書者録之，惜乎訛舛難讀，知余嗜古書，來請校一過。余且校且録，積四旬有二日訖事。噫，余之用心亦勤矣，安能吾子若孫同余之嗜，世而守之也與哉。

戊子七月借上黨馮氏本命僮子録出，略校一過，訛舛處苦無憑據，就可知者略爲改正，然中不可句讀者頗多，俟得善本當更訂之。

錢考功詩集十卷 舊鈔本

此册乃明景泰以上鈔本，雖書迹不工，猶有元人氣脈，其優於新刻處亦復不少，後人所當珍惜。丙戌秋日焯記。

權文公集十卷 明刊本

新都楊慎得此集於滇南士人家，止存目録與詩賦十卷。嘉靖辛丑劉大模刻之於川中。

五百家註音辨唐柳先生文集十一卷 宋刊殘本

余向聞柳文以吴門鄭氏本爲最善。東城五聖閣顧氏有殘本，數年前書賈曾以示余，索重直，且未審其爲鄭本與否，故未之得，時往來於心不能釋。自遷居縣橋，去顧所居不遠，跡之書主人已作古，無從問津矣。今兹五柳主人以此二册贈余，欣喜之至，蓋即前所見物也。書存十六至二十一，三十七至四十一，卷第之原不可知。因見近刻直齋書録解題，見有重校添注柳文四十五卷外集二卷，姑蘇鄭定刊於嘉興，以諸家所注輯爲一編，曰集注，曰補注，曰章、曰孫、曰韓、曰張、曰董氏，而皆不著其名，其曰重校、曰添注，則其所附益也云云，案諸是本，庶幾近之。然亦有不同者，每卷題五百家注音辨唐柳先生文集，或加「新刊」於其首。不云重校添注也。卷中曰集注、曰補注外，又有曰舊注者，曰章、曰孫、曰韓、曰張、曰董此本「董」作「童」。外，又有曰汪、曰黄、曰劉者，未知直齋所解題者，即此否也？世傳增廣注釋音辨柳集亦多矣，大抵元明刻本；惟此殘宋槧十一卷，楮墨精妙，實出宋刻宋印，急收之，以爲續百宋一廛賦之助，豈不與前賦昌黎宋槧諸殘本競美乎。戊辰冬至前一日，燒燭書此跋。時已二更餘，新月既墜，微霜乍飛，寒威從窗隙中來，一種清興，祇自領之，卻憶贈書良友正放舟過梁溪也。復翁。

有客衝寒急遠征，一身端爲利名輕。陔南戒養虚真樂，薊北馳聲戀俗情。漫説持家妻共子，空勞相事弟兼兄。束裝早辦歸裝計，莫負良朋勸勉情。嘉慶戊辰十一月四日，五柳主人以京師書肆急須料理，冒寒北行。余意謂家有老母，侍奉事大，早作歸計爲要，瀕行諄諄勸勉。去後適檢是書，因追賦一律以贈。復翁。

增廣註釋音辨唐柳先生集四十三卷別集二卷外集二卷附録一卷 元刊本

柳州天對，聱牙不可讀，尋繹再三，始得梗概，因復命筆點之。九月廿三日虞惇記。卷十四後。

壬戌仲秋十有四日己丑讀完此本，天久陰雨，不得一見月色，不勝怏然。嚴虞惇寶成記。是夜有微月，寶成又記。卷三十二後。

壬戌中秋日閱至此卷，久陰新霽，天高氣清，月色之佳可知也。虞惇記。是夜玉符齋中雅集，得見月華，五色陸離，光華浮動，真希世之奇觀也。惇再記。卷三十四後。

壬戌仲秋二十日校畢，連宵月色甚佳，久坐偶得寒疾，秋光可愛，强起讀此。嚴虞惇記。卷三十七後。

壬戌八月二十日薄暮校畢。晴未六日，忽又風雨，蕭颯之氣，殊覺逼人。虞惇記。卷四十後。

劉夢得文集三十卷外集十卷 舊鈔本

九、十兩卷，較前校時又越幾日矣，改用朱筆。卷十後。

朱筆校九、十至二十卷，後仍用黄筆。卷二十後。

丙子秋日借張訒菴所收席玉照藏舊鈔本，别以英華、樂府勘過者，丹鉛紛若，幾不知其原本如何。且於鈔本上以丹鉛或墨筆蓋之，欲尋其底子上字，邈不可得，可謂點金成鐵矣。是集余有殘宋刻一至四卷，取對舊鈔多合。而兹所校者，出他選本，如英華、樂府等，以彼改此，反致失真，可歎可歎。故余校此書，不能一一悉據校本，欲校一舊鈔本子之原者而亦不可據，聊紀其異文云爾。安能得一宋刻之全者，一正其誤耶？重陽日校畢因記。復翁。卷三十後。

張司業詩集八卷　舊鈔本

此本鈔得久矣，己丑十二月因用錢宗伯家原本讀一過，其引別書參入者，係宗伯手筆云。又用一鈔本勘定。其本分三卷，五言今體上，七言今體中，樂府爲下卷，蓋近人分體本子也。比此本少二十餘首，次序亦全然不同，字句之間，頗有可參者，聊爲寫之行間云。其本亦藏宗伯處。潛夫。

皇甫持正集六卷　校本

孫可之得文章真訣於來無擇，無擇得之於皇甫持正，持正得之於韓吏部退之，斯文自有真傳，非同俗學之冥行拍肩以剽耳劘目爲能事也。是集余得閣本重録，復勘對一過。庚子九月廿五燈下錢遵王識。

毛刻此書，太半已從錢校本改正，今得錢氏所校原鈔本逐一對勘，知漏略處頗不少也。白露既零，酷暑如故，揮汗閲此，聊以消暑。嘉慶己卯七月二十一日寒知老人吴卓信記。

錢校本係顧氏小讀書堆影寫本。

康熙己亥孟冬，將叢書堂鈔本對校匏翁手勘本。

庚子正月，對雨無聊，再校一過，二月下浣又校。

嘉慶庚辰三月半，對雨臨校，内與硃校合者，以點誌之。陳揆記。

歐陽行周文集十卷 校本

康熙己丑重陽前一日，從内弟吴紫臣借得所收葉文莊公家鈔本手校，改正數處。葉本與此亦互有得失，俟訪得宋雕及他藏書家善本，當再校之。行周文尚爲李元賓之亞，然其諸序，固未減梁補闕，特不宜於多爾。昆湖舟中義門焯記。

嘉慶庚辰三月二十四日爲陳子準臨。寒知老人吴卓信。

李元賓文集六卷補遺一卷 舊鈔本

李元賓集，凡五十題而闕其一。他如集中所載上李令公放歌行一篇，趙員外詩三十首，皆無可考，則其所不載而散逸者蓋未涯也。尤多舛錯，不敢妄爲改竄，姑襲鈔之，以須善本。

歌詩編四卷 金刊本

金刻李賀歌詩編四卷，余去年得何義門手校者，始知世有其書，諸家藏書目未之載也。何云碣石趙衍刊本，每葉二十行，行二十字。頃見是本正合，其爲金刻無疑。最後序文何校未録，但云龍山先生所藏舊本，乃司馬温公物。今觀全文，語亦符合，且可補何校所未備，因急收之。書之奇，遇之巧，無有過是者，雖重直弗惜矣。己巳中秋月復翁記。

金劉仲尹，字致君，蓋州人，有龍山集，李獻能欽叔其外孫也。義門語，并記。

壬申仲冬望日，陸拙生獲觀於讀未見書齋，并題簽以誌幸。

沈下賢文集十二卷　舊鈔本

崇禎四年假馮己蒼鈔本，舅氏楊伯仁爲余録就。冬十一月假馮偉節原本校對四卷輟筆，遷延八月，未及卒業。今何公虞見促，閲一晨夕校畢。五年六月十有二日葉奕記於虞山之毖室。

丁亥歲，家叔假此本於葉君，託姚君陛録之，録訖，余爲校一過。姚君陛又收得陳御史察所鈔舊本，余因借得校此本，雖差訛頗多，亦時有一二佳處，凡額間及行中墨筆注者，皆陳本也。十一月十七日校完識此。句曲孫明志。

崇禎戊寅從閶門坊中得沈亞之集舊人鈔本，才取歸，爲從兄林宗借去，經載相索，以此本見償，其原本則乾没矣。近來林宗物故，書籍星散，宋元刻本盡廢於狂童敗婦之手，所謂舊鈔者，已不可知矣。此書幸歸於我，庶延幾年之存，閑窗整理書籍，復爲裝治。老友馮定遠嘗謂余曰，唐至元和，文章大盛，韓、柳、元、白之外，劉夢得、沈亞之、皇甫持正、李習之、李元賓皆表表者，余亦以爲然。其中惟元賓集未暇鈔録，餘皆有善本，後人勿或輕棄，較林宗之没人，斯大望也。然余生平不欺其心，自信不若林宗，其書籍必不若林宗死後之慘，爲子孫者，當慎守之，以副余治之志焉。時康熙戊申歲，洞庭葉萬字石君識。

鹿鹿少候，遲答爲歉。承借沈下賢集，久稽奉納者，欲面繳也。茲先藉上，乞查收，餘晤不一。尊三太爺。丕烈。廿九。

沈下賢文集十二卷 鈔本

余傳此本於青芝張氏，閱八年矣。壬寅春復借毛褱藏本對校一過，毛本誤錯更多，不敢輕信也。存參數字，以硃别之。三月二十八日吴翌鳳書於松卧居。

又二年，復從文苑英華對讀一過。重陽後三日枚菴記。

余所藏唐人文集頗富，沈下賢集向亦有之，似係舊鈔竹紙本，因未甚佳，已轉歸他人，忘其本之所自出矣。此舊鈔棉紙本，爲故人周香嚴藏書，於其身後得之其家者，蓋後人各房分散，故去之而得之。因思借本讐校，惟吴丈枚菴曾有是書，惜枚菴云逝，請假爲難，幸其子晉齋允余請，仍啓篋出示，俾得對勘一過。茲悉校於上方，不改本文。云作者，枚菴録本，即青芝張氏本也；云校者，即枚菴借毛褱藏本對校存參數字者也；云英華者，即枚菴復校英華本也。己卯十一月望日校畢記。復翁黄丕烈。

此本爲吾友陳子準所藏，舊有紅筆校勘頗精審。今年秋，子準從錢唐何夢華假得黄復翁所校周氏本，屬余臨校，余爲對勘一過。云張本者，即枚菴所録青芝堂本；云毛本者，即枚菴所勘毛褱本；或但稱吴校者，亦是校菴所校毛扆本也；云周本者，即香嚴藏本、黄復翁所校者也；或不表出每本，但稱作某字、無某字，亦俱是香嚴本也。周本、張本異字，悉爲標明，其不標明張本者，周本、張本同者也。舊校與周本異字，亦悉爲標明，其不標明周本者，舊校與周本同者也。諸本參錯，校例不一，故詳具之。庚辰秋七月校完誌。葵生吴景恩。

元氏長慶集六十卷 校本

雍正丙午良月廿一日晨，草草閱畢此本。實君識，時在静觀齋中。卷二十五後。戊申六月三十日停午，在嚴氏井天閣用思翁閲本校讀一過。思翁本爲嘉靖壬子東吴董氏照宋本翻雕者，余舊有之，爲友人易去，校之此本，亦不甚有高下也。淇記。乾隆丁巳七月望後又讀。時方酷暑，且有桃源墓地被不肖者發掘，呈捕追究，借此遮眼而已。以上卷六十後。

元氏長慶集六十卷 校宋本

壬辰桂月在義門先生處，照宋本校正。目録前。

微之集舊得楊君謙鈔本，行間多空字，後得宋刻本，吴中張子昭所藏，始知楊氏鈔本空字，皆宋本歲久漫滅處，君謙仍其舊而不敢益也。嘉靖壬子東吴董氏用宋本翻雕，行款如一，獨於其空闕字樣，皆妄以己意揣摩填補，如首行「山中思歸樂」，原空二字，妄增云「我作思歸樂」，文義違背，似不可通。此本流傳日廣，後人雖患其譌而無從是正，良可慨也。亂後余在燕都，於南城廢殿得元集殘本，向所闕誤，一一完好，暇日援筆改正，豁然如瞖之去目，霍然如疥之失體。微之集殘闕四百餘年，而一旦復完，寶玉大弓，其猶有歸魯之徵乎？著雍困敦之歲，臯月廿七日，東吴蒙叟識於臨頓里之寓舍。

元詩誤字，始於無錫華氏之活版，謬稱得水村家宰所藏宋刻本，因用活字印行，華氏不學，因之沿誤耳。先生跋云：「余先從趙星瞻得陸敕先文校本改正訛字，康熙庚辰陽月復於白下得黄俞邰手校本，此跋在焉，乃補録之。」以上卷一後。

弘治元年從葑門陸進士士修借至，命筆生徐宗器模録原本，未畢，士修赴都來別，索之甚促，所餘十卷，幾於不成，幸竟留之，遂此深願。九月二十五日始克裝就，藏於雁蕩村舍之臥讀齋中，永爲珍翫。且近又借得白氏集，亦方在録，可謂聯珠並秀，合璧同輝。楊循吉君謙父。黄本録此跋，云係題於五卷後。卷六後。

壬辰八月起至十月始對完此集，其錯處真覺刻本之可笑，今俱改正，居然可爲讀本矣。特因要緊對完，改正之字，惡狀無比，俟異日重寫。十月廿三日記。卷三十後。

杜甫天材頗絶倫，每尋詩卷似情親。憐渠直道當時語，不着心源傍古人。卷六十後。

白氏長慶集七十一卷 校宋本

己丑六月十八日又得葉石君校過本一勘，凡字傍有墨點及墨筆改者，皆依宋本之最佳者云。以上卷一後。

書類所記鈔本，陳玉立宗之所藏也。己丑六月攜至虞山，故得借之校定五卷，未盡見其本也。庚戌又二月十七清明後第二日讀此五卷。藕園。卷五後。

據盧山本，此卷與七十二卷合爲一卷，作外集。卷三十八後。

據盧山本勘止此，共十卷，已後俱不得借校，今則俱屬煨燼矣，嗟夫！卷四十六後。

甲申秋假得錢尚書不全宋刻白集校過一次。又有盧山本，與今刻卷目大異，分前集、後集、別集，止見一本，自二十卷至二十九卷，用青筆改正，以類推之，其中有歲時月日及前後序文，則盧山本卷目亦可定也。九月十日偶讀因記。右石君記所藏本後語，并録之。

丁亥歲買得白集。戊子十一月假葉石君校正本對勘，其本蓋從南宋本及盧山本子是正者也。孫潛。卷末。

姚少監詩集五卷 宋刊殘本

此書舊藏陸西屏家，爲水月亭周丈香嚴所得，余曾借鈔其副。壬申五月十有一日爲余五十賤辰，諸親友之以禮物相遺者，余敬謝弗敢拜嘉，而相知中又有以筆墨文玩諸物爲贈，則弗敢固辭矣。是書贈自香嚴，有札云：「姚武功集雖未全，尚是宋版宋印，且有元官印，可寶，奉送聊以當祝，幸哂存之。」蓋香嚴喜藏書，家多祕本，先余數十年而收藏者，今年已七十外矣。知余有同嗜，故縱跡甚密，余每購一書，必攜以相質，有須參考者，必往借所藏祕本證之，二十年來，可謂同志之友矣。向時尚有抱沖、綬階，今兩君皆先後下世，惟周丈與余一老一艾，孳孳於古紙堆中尋活計，可喜亦可憂也。其所贈適及是書者，先是西屏家有劉長卿、劉禹錫集，皆宋刻殘宋本，皆有「翰林國史院官書」印，爲余所得，故以此歸余，俾散者復聚。且稔知余所藏孟浩然集、孟東野集皆與此本同一版式，今又得此，唐集宋刻，又多一種，可見好書之心在書得其所，不論獨有爲祕也。余之跋此，非第感朋友贈遺之厚，且以誌書籍彙聚之難，後之得是書者，幸勿以其不全而忽之。壬申六月十有八日百宋一廛主人黄丕烈識。

卷一至卷五全，目録存五葉，第六卷後目録割去。統計四十七葉。

年來生計日拙，力不足以副書，故所藏珍祕，大半散失。二孟集之一全一闕，同此翰林國史院官書，已歸他所，今所存惟此原出西屏家之三種矣。香嚴與余，雖皆日就老髦，而處境亦略似，故不無散失焉。聚久必散，理或然與？書此自慰。戊寅元旦復翁識。

己卯秋重展，其去香嚴歿已五月餘矣，并記。

水東日記云：「宋時所刻書，其匡廓中摺行上下不留黑牌，首則刻工私記，本版字數，次書名，次卷第數目，其末則刻工姓名，以及字總數，余所見當時印本如此。浦宗源家有司馬公傳家集，行款皆然，又潔白厚紙所印，乃知古於書籍不惟雕鐫不苟，雖摹印亦不苟也。」梅花草堂筆談云：「有傳視宋刻者，其文鉤畫如繡，手摸之若窪窿然。故出紹興守家，其先憲副藏書也。問故，將質以償路符之費，且誡售者勿洩，有是哉。」

此附録四行，即陸西屏筆也。西屏善識古，書籍而外，尤多古物，余家向收大理石畫桌，亦其家舊藏，伊姪親爲余言之。此桌出墨林山堂，石背鐫此四字，并鐫云：「其直四十金。」自余收得後，吳中豪家喜蓄大理石器具者，皆來議讓，卒以未諧而止。歲丁丑大除，晤一博聞往事之人，談及墨林當日，有數十萬金之書畫，皆於此桌上展閲，故項氏甚重之，而此時光澤可鑑，蓋有無數古人精神所寄也。余雖不講書畫，而古書堆積，實在此桌間，安知非此石有靈，戀戀於此冷淡生活耶？今而後當謹護持之，勿輕去焉，庶足以慰此古物之精靈乎。戊寅元旦，坐雪百宋一廛，復翁記。

朱慶餘詩集一卷 宋刊本

泰興季振宜滄葦氏珍藏。

此唐人朱慶餘詩集，目録五葉，詩三十四葉，宋刻之極精者，余以番錢十圓易諸五柳居。初，書主人有札來，云：「尊藏書棚本朱慶餘集有否，有人託售，價貴。」余即訂其往觀。是日肩輿出金閶，過而訪焉，見案頭有紅綢包，知必是書在其中，故鄭重若斯。攜歸與舊藏鈔本勘之，雖行款相同，總不及宋刻之真，席氏百家唐詩本更無論矣。嘉慶癸亥閏二月蕘翁記。

余所藏鈔本有二，一爲舊鈔本，而崇禎年間葉奕校者；一爲柳大中鈔本，而爲毛豹生藏者。葉所據校謂出於柳氏原本，悉用硃筆校正。然余以柳氏原本核之，實多不合，未知葉之紅筆又何據也。柳本有何義門手校字，如送陳標云：「滿酌歡僮僕，相隨即馬蹄。」何校「歡」爲「勸」、「即」爲「郎」，宋刻不如是也。舊鈔本有葉校字，如看濤云：「風雨驅□玉。」葉校「驅□玉」爲「翻前駐」，宋刻亦不如是也。惟兩鈔本多空字，而此宋刻本有填補之字。余以宋刻本羅昭諫甲乙集證之，知所空者皆墨釘，妄人不知，謬以意補去其墨釘耳。從前影寫所據本，猶是墨釘，故兩本空字皆合。今宋刻補字，讀者細辨之，便可得其作僞之跡。至於席刻何、葉所校，盡入行間，諺云「火棗兒糕」，非目覩諸家藏本，烏能一訂其是非耶？蕘翁。

張文通，似是吴江人，復社中名彦也，余家藏其手札數通，乃與金孝章者。癸亥三月晦日，蕘翁出宋刻朱慶餘詩集相賞，見卷首有文通圖記，因附識册尾，亦足爲是書珍重也。萇生瞿中溶觀。

温飛卿集七卷别集一卷 校宋本

乙酉小春十五日，從馮定遠攜錢子健較本對過一次，子健闕處取宋本較正者。是日記。

温庭筠詩，馮定遠云何慈公家有北宋本，爲何士龍取去，散爲輕煙矣。以上卷首。

庚寅春花朝，假錢遵王鈔宋本重勘。南浦記。別集後。

温庭筠詩集七卷別集一卷　明刊本

太歲戊子季冬之月望後一日校練一過。此本不甚精好，先君子曾獲宋刻半本，爲友人借去，不復得歸。今更存一鈔本，頗勝此也。天目民虞山馮長武竇伯氏識。

碧雲集三卷　影鈔宋本

余見毛刻碧雲集，知多闕文，及獲見此集宋刻，初不解毛氏何以有闕，想別有所本也。迨夏間坊友以毛藏舊鈔本來，始知毛刻據元本，故所闕如此，蓋宋元本各有面目在也。鈔本中多子晉手校字，可與宋本並儲，古香古色，益動人珍重前賢手跡之意。余舉此以與月霄賞析之，異地同心之友，眼下寥寥，可慕抑亦可概也。時月霄於坊間見舊鈔本甲乙集，亦爲子晉手校，索值昂，未之得。余欲借觀，物主吝不一示，豈不可笑！因附記之，以見余與古人因緣，何獨厚耶。獨樹逸翁。

梨岳詩一卷　舊鈔本

戊辰春仲得之曹生。孱守居士。卷末。

李羣玉詩集三卷後集五卷 影鈔宋本

余家向藏舊鈔本李羣玉集有三本，未知何本爲善，及得宋刻此集，知葉鈔最近，蓋行款同也。若毛刻李文山詩集，迥然不同，曾取宋刻校毛刻，其異不可勝記，且其謬不可勝言，信知宋刻之佳矣。毛刻非出宋刻本，故以體分，統前後集併爲三卷，或以意改之，抑別有本。七言律羨三首，七言絶羨一首，宋刻皆無之。五言古詩二十四韻一首，末有闕，宋刻及鈔俱有，而毛刻獨注云闕，則所據必別有本矣。宋廛一翁。

宋刻碧雲、羣玉兩集，余於去春送考玉峯時得者也。云是本邑故家物，託門客開骨董肆於郝李二公祠，真贋雜出，余憑眼力偶獲焉。適海虞友人張君欲丐余讓之，余因是役也爲三孫美鎬入學招覆，始得寓目，前此正考時，往觀無所見，今再來重觀方遇之。攜歸日，即命三兒壽鳳鐫小印曰「碧雲羣玉之居」，鈐於長牋短札，自謂得少佳趣，故未之允。既而允爲之録副，月霄欣然從余請，不惜重貲酬鈔胥。鈔畢裝成，正值月霄送其哲嗣赴府試，情事相同，今秋必獲雋游庠，碧雲羣玉之佳兆，不有與余之孫同焉者乎。道光甲申清和中澣九日，百宋一廛主人蕘夫識。

孫可之文集十卷 校宋本

龍多山録云：「樵起辛而遊，泊甲而休。」此用書「辛壬癸甲」也，刻武侯碑陰獨云謂武侯治於燕奭，此用左傳管夷吾治於高傒也。見宋刻而後知正德本之謬，校定書籍，可不慎哉。六月朔日再閲於邗上書。千翁。卷首。

道光丁亥因有文粹辨正之役，遍搜唐賢遺集，得此王濟之所刻孫可之内閣本，復從長洲汪氏借宋槧勘正，視汲古之唐人本遠過之矣。宋本舊在小讀書堆，重見恍若隔世，爲題數語於後。千翁書，時年六十有二。

正德序一首，從吴有堂本補於末。以上卷十後。

新彫注胡曾詠史詩三卷 影鈔宋本

此宋版詠史詩，卷數與文獻通考合，與四庫提要異。昔年從文瀾閣鈔得一本，不分卷。詩之次序及註皆與此不同，蓋别行之本，故卷首無序，亦不載註者名氏，知此本甚祕，可寶已。胡珽。

杜荀鶴文集三卷 校宋本

世傳分體唐風集俱出南宋本，余嘗假錢遵王本校過，藏諸家塾。毛斧季新得沙溪黄子羽所藏北宋本，既未分體，且多詩三首，與世本迥異。偶過汲古閣，出以示余，且以家刻本見貽，因校此本，攜歸識於燈下。壬寅仲冬二十八日，陸貽典。

李丞相詩集二卷 宋刊本

宋梓李丞相詩集全（王伯穀）籤題。

鹿門集二卷 舊鈔本

鹿門集從無刊本，即宋書經籍志亦云有目無詩。此豐南禺家所藏宋鈔本，恐亦是宋人俞姓將諸書中所有詩依詩目而爲之，非原有鹿門集本子也。按彦謙係咸通進士，乾符末避亂漢南，王重榮辟爲河中從事，歷晉、絳二州刺史，後爲閬、壁二州刺史，卒於官，號鹿門先生，有集三卷。此則止有上下二卷，豈别有文一卷耶？崇禎甲戌十二月識於榮木樓下。牧翁。

張蠙詩集一卷 舊鈔本

張蠙集以舊鈔本校。甲戌六月十有二日。

張　蠙

蠙字象文，清河人也，乾寧二年趙觀文榜進士及第，釋褐爲校書郎，調櫟陽尉，遷犀浦令。僞蜀王建開國，拜膳部員外郎，後爲金堂令。王衍與徐后遊大慈寺，見壁間題「牆頭細雨垂纖草，水面回風聚落花」，愛賞久之，問誰作，左右以蠙對，因給禮令以詩進。蠙上三篇，衍尤待重，將召掌制誥。朱光嗣以其輕傲駙馬，宣疏之，止賜白金千兩而已。蠙生而秀穎，幼能爲詩，登單于臺，有「白日地中出，黄河天上來」句，由是知名。初以家貧，累下第，留滯長安，賦詩：「月裏路從何處上，江邊身合幾時歸。十年九陌寒風夜，夢帰案何校「夢帰」與此合。蘆花絮客衣。」主司知爲非濫成名。餘詩皆佳，各有意度，過人遠矣。詩集二卷，今傳。　右録日本刻唐才子傳一則。見第十卷。

睡早曉不寐，涼新晨更宜。挑燈還獨坐，展卷且吟詩。細雨聞空滴，狂風任亂吹。旱荒雖可慮，我自作書癡。　甲戌六月，亢旱之至，近有江湖人謝姓當道，延之祈雨。自斯人登臺作法，風雲際會，而雨獨微。熱去涼生，頗宜讀書，因賦此。復翁。

甲戌六月聞顧竹君家遺書散出，有舊鈔唐人小集數十種，在友人處。因尋蹤獲見，遂借歸録其目，内余家所無者一二種而已。此集向無舊刻，覆校卷中墨校出於耿菴，硃校出於義門，並多以意改正。兹取顧本校之，大有佳處，識於上下方。用小圈記出者，顧本所獨，似較勝也。復翁。

顧本廿行十八字，當即書棚本，蓋余所見宋刻唐人小集皆如是也。

周賀詩集一卷　宋刊本

東海司寇所有宋槧唐人詩集五十餘家，悉爲揚州大賈項景原所得，此册經手人朱生乞以分潤，後歸憩閑堂主人，余之表舅也。知余嘗購之，因而輟贈，籤是王伯穀先生所題云。壬辰冬日何焯記於賚研齋。

周賀詩集一卷 舊鈔本

周賀集以宋刻手校。蕘翁新得毛子晉跋手編清塞詩集二卷本，重檢及此，補記，辛未暮秋。

周賀初爲僧，名清塞，其詩菏澤李龏和父編入唐僧弘秀集，余家藏有宋刻。以上書衣。

甲辰冬十月，耿菴借鈔重校。

康熙乙酉十二月，感寒在告，手校。焯。丙戌秋夕，得毛豹孫影鈔宋本又校。是冬，得王伯穀所藏書棚本又校，改正一字。

嘉慶戊辰秋借濂溪坊蔣氏宋梓周賀詩，即王伯穀所藏書棚本，末有義門跋，手校一過，用墨筆識於下方。復翁黄丕烈。

書棚本二十行，行十八字，通十七番。

甲戌六月又得見顧竹君家舊鈔本對一過，與宋刻多同，間有異者略識於上方。復翁。

周賀詩既得見宋刻本，又見弘秀集本，可無遺憾。然宋本非一校，時或有漏落，故遇舊鈔，又復覆校。每葉廿行，行十八字，與宋本同，而序次偶異。間有異字，又注云某一作某，其所云一作者，皆與宋本同，則此舊鈔本行款雖同，非即向所校宋本録出耶？校舊鈔畢并記。復翁。以上卷末。

甲乙集十卷 宋刊本

泰興季振宜滄葦氏珍藏。

去歲顧澗薲秋試歸，爲余言有宋版羅昭諫甲乙集，惜去遲，爲他人得去，心甚怏怏。既而坊間人自金陵歸者告余顛末，蓋是書在委巷骨董鋪，嘉定瞿木夫往觀之，需四兩銀，未能決其爲宋刻，且欲俟澗薲去一決之，故遲遲未得也。有顧某者，在席氏掃葉山房作夥，素不識古書，聞白堤錢聽默在彼，急取是書相質，聽默本老眼，性又直，曰：「此等宋版書，何待看耶？」顧某狂喜，即持銀易歸，并欲聽默定價，聽默估以數金，顧某頗不愜意，以爲宋版書天壤希有，我從未買過，今幸得之，非重直不肯售，遂居奇。雖欲索觀，必親自解包一展卷而已，什襲藏之，直視此書爲至寶矣。余所好惟舊刻，羅集亦有一本，惜止四卷，無目，故聞十卷本，欲蓄之以爲全璧也，議價至一斤金，牢不可破，時余方北行，未成交易。頃自都門旋里，問坊間人，知尚未銷，如願償之，而全書始獲，至寶之説，竟與少見者同病，夫亦可笑已。因思甲寅秋，同年蔣賓嵎曾在金陵得宋本孟東野集贈余，爲季滄葦、安麓村所藏，今觀是書，圖章正同，兩書同出一源，而散失不知何時，今復俱歸插架，翰墨因緣，何其深歟。卷首有文大清、漁洋山人兩家圖章，余所藏書未之見，更足以罕見珍，故特表出之。至於十卷本，毛刻亦然，然字句不盡合，諒未見宋刊廬山真面目，當以此爲最耳，嘉慶辛酉夏六月望前一日揮汗書。黄丕烈。

癸亥夏五月望日，重展讀於新居縣橋之百宋一廛中，并取四卷殘宋本展對一過，彼印本差後，紙背有至正十一年字跡，蓋元印也。舊藏毛氏汲古閣與席玉照家，未知渠兩家收藏時尚全否。卷中墨釘多同，間有舊人校補字，各書於上方，可謂慎重矣。就所補者録於此，以備參考，如卷二金陵夜泊「冷烟輕」下作「霧」字。湘南春日懷古「蒼」下作「茫野樹凝」字。別池陽所居「雨夜老農」下作「傷」字。送内史周大夫自杭州朝貢「三變」下作「殿」字。繡「一片緑羅」下作「反絳綃」字。卷三重過隨州故兵部李侍郎恩知因杼長句「周高論百牙琴」上作「莊」字。卷四姑蘇臺「高泰伯開基日」上作「臺」字。共七處，未知所據是何本。就字跡論之，當在毛、席兩家收藏前。殘刻已照此本影寫補全，他日或與友人易去，未必久留我前，聊記梗概於此。蕘翁識。

白蓮集十卷風騷旨格一卷 舊鈔本

隨園行篋書，是集爲錢塘汪午晴太史家藏舊本，乾隆丙申，余從事西江書局，與太史訂忘年交，以此持贈，珍若百朋。

廣成集十二卷 舊鈔本

杜光庭，字聖賓，號東瀛子，或云括蒼人。爲時巨儒，唐懿宗朝與鄭雲叟賦萬言不遂，入道，事天台山應夷節。嘗謂道法科教，自漢天師暨陸修静撰集以來，歲月綿邈，幾將廢墜，遂考真誥條例始末，故天下羽櫂永遠受其賜。鄭畋薦其文於朝，僖宗召見，賜以紫服象簡，充麟德殿文章應制，爲道門領袖，當時推服。中和初，從駕興元，道遊西縣，適遇術士陳七子名休復，灑然異之，披榛穴地，取瓢酒酌之曰，以此换子五臟爾。遊成都，喜青城山白雲溪氣象盤礴，遂結茅居之，溪蓋薛昌真人飛泉之地也。一日，忽謂門人曰：「吾昨夢朝上帝，以吾作岷峨主司，恐不久於世。」時後唐莊宗長興四年，年八十四歲，一旦披法衣，作禮辭天，陞堂趺坐而化，顔色温晬，宛若其生，異香滿室，久之乃散。蜀主王建初欲大用之，爲張裕所阻，賜號廣德先生，又欲優於名秩，以爲諫議大夫，封蔡國公，進號廣成先生。

徐公文集三十卷 校宋本

徐騎省集三十卷，世無善本，所傳者惟影宋鈔本，最爲近古，然亦不易得。郡城周明經錫瓚，曾有校影宋本，今歸愛日精廬。蔭棠學博囑余傳校，其中譌脱頗多，藉以校補，宋諱闕筆，亦均是正，陳彭年序一篇，亦爲鈔足，可稱完善。周明經跋有云：「名鈔之可寶，僅下宋本一等耳，其武烈帝廟碑闕葉，三清觀記尾葉，終難獲全也。」至此本鈔寫，係李學士浩手書，由始至終，無一懈筆。學正皓首窮經，得邀異數，因附識之，以存其人云。時道光五年歲次乙酉十二月十一日，朗仙校竟并識。

王黄州小畜集三十卷

宋刊補鈔本

甲案，此書後前人亦録有謝肇淛跋文一則，原文見下謝鈔本後，故從略，不重見。

去冬聞坊友傳言，云有宋刻王黄州小畜集流轉郡中。既而遇諸冷攤，果宋刻，其闕者皆吾研齋補鈔，不知誰何也。末有謝肇淛跋，亦未知果爲其手跡，抑係傳録存之。物主居奇，議直未能收得，目雖遇，心未忘。頃又念及，遂重索觀，見卷中遇「留」字皆闕最後一畫，以吕無黨手鈔他書證之，寫「留」字作「畱」，疑出吕氏鈔也。余家藏有鈔本，硬分三十卷爲六十二，以沈虞卿後敍居前，失去前之自序并無後之牒文官銜，則鈔本之不如宋刻遠甚。明代並無刊本，故傳録亦鮮。昔漁洋山人曾見估人攜來一本，卒以未得爲憾，余故勉力購此。全書四百餘葉，宋刻居三之一，古色古香，不礙爲斷珪殘璧也。交易已成，書友云：「遍示郡中諸收藏家，未識此書何以尊貴，都不欲收。今君得此，如獲頭目，請問其詳。」余應之曰：「書必宋刻方敢信，宋刻雖不全，據謝跋，知鈔補亦出宋本，前人斷不誑語。略取舊藏鈔本對勘，字句實有勝處，豈以鈔補爲瑕之掩瑜耶？」宋刻本有「野竹齋」、「吴郡沈與文」、「沈辨之」各印，鈔補本有「惠氏」、「小紅豆」兩方印。明與國朝，是書舊在吾郡，人弓人得，欣幸何如。其餘「恥齋」、「光輪」等印，皆不可考矣，俟與吾研齋名徐訪之。道光紀元之三月三日又爲寒食，蕘夫燒燭書。

書前跋畢，復檢汲古閣書目，知所藏係影宋鈔本，以有東澗及趙清常筆迹，故表之。則余今所得本，有沈辨之及惠定宇諸家印者，不亦當珍重耶。至於宋刻之有三分之一，又堪以傲汲古矣，附記一笑。蕘夫。

余信此書爲吕無黨手鈔，以他書證之始知之，其版心「吾研齋補鈔」而未知此齋爲何人齋名。後晤江鐵君，舉此問之，爲余言其詳，乃知即無黨之齋名也，因有吾研齋小品，故知之。復舉卷中「光輪」、「恥齋」等印詢之，云：「光輪乃晚村原名，恥齋似亦其號也。」已所不知，爲人知之，學之所以貴乎問也，後生輩宜三復斯言，四月十日復記。

余既得此宋刻補鈔本，因手校一過。余向所藏鈔本，注一本作某者，往往與宋刻合。而余友收得吴枚菴校鈔本在乾隆二年晉中刻本上，其行款與宋刻同，云亦出宋刻，惜更謬誤，當是刻時妄改耳。吴校所據鈔本，云出自盧召弓，亦未必盡可據也。余友者，張君訒菴也，讐校書甚精審，復借此本去校，還書札云：「補鈔卷中，亦有脱衍譌字，惜鈔之者未精詳也。人苦不知足，得見宋刻殘本，又惜其不完爲遺恨，不知天壤間尚有完本存留否耶。染削二字，簽出在第七册牋啓中，似作濡毫筆削之意，疑與本事不合，王元之引用書典，頗有誤處，枚翁校本已駁正兩條，恐不止於此也」云云。吾輩好書苦心，同此愛惜，近日故交零落，講究藏書者絶無其人，訒菴幾爲碩果之存，故載其言以寄慨云。端午日閒窗蕘夫識。

王黄州小畜集三十卷　舊鈔本

余少時得元之詩文數篇，讀而善之，鋭意欲見其全集，遍覓不可得。既知有版梓於黄州，託其州人覓之，又不得。去歲入長安，從相國葉進卿先生借得内府宋本，疾讀數過甚快，因鈔而藏之。今學爲詩者，未能窺此老藩籬，而動彈射宋人至不遺餘力，此與以耳食者何以異，悲夫。萬曆庚戌三月望日，晉安後學謝肇淛敬跋。

王黄州小畜外集七卷 舊鈔殘本

書録解題云：「小畜外集二十卷。」四庫館得其殘本七卷。存卷七至十三。今文瀾閣中止有小畜集三十卷，其外集久已遺失。歸安丁葆書家藏有外集七卷，往借未肯。余得此影宋舊鈔，而七卷首葉、十三卷末葉俱闕，未知丁氏本何如也。

蘇魏公文集有小畜外集序。

播芳文粹載王元之文有出此集外者，當在所闕十三卷内。

和靖先生詩集一卷 宋刊殘本

和靖詩，余向購之於武林徐門子鋪中，後歸靈均。靈均身後，藏書盡散，此册以殘闕獨存。戊子夏趙昭攜過涇上，因復留之，如異鄉見故人也。攝六黄翼。

此故人顧抱沖遺書也，抱沖在日，未及請觀。今夏間得一陳贄刻本，因從其弟東京借歸讐勘。余愛其楮墨精妙，刻鏤分明，雖非完書，亦是秘本，遂屬伊從弟澗蘋影摹一本，留諸士禮居中，以爲見書如見故人也。還書之日，聊附數語於尾，藉以明余之不欺死友云。嘉慶二年丁巳秋重陽後三日蕘圃黄丕烈識。

河南穆先生集三卷 舊鈔校本

甲午季夏月下浣，棫林承望雲閣主命校此。卷末。

鉅鹿東觀集十卷 校宋本

其中有筆畫異同處，不能盡照宋本，訛字則改以雙圈别之。卷一後。

余向於顧抱沖處見有宋刻魏野鉅鹿東觀集，擬假録而苦無鈔胥可以任其事者，遂未之假。今兹冬仲晦日，偶至郡廟前五柳書居，案頭有鈔本鉅鹿東觀集，云是收來者，因得之。鈔手不甚俗，惜紙皺難以展讀，命工重裝，而假抱沖宋刻本對勘一過，訛字賴正頗多。宋刻闕四、五、六卷係鈔補，未知與宋刻合否，亦一憾也。宋刻本爲曹潔躬物，後以貽我郡陸其清，此見諸陸其清收藏書目，今抱沖得於東城華陽橋顧聽玉家，蓋古書源流固不可没云。乾隆乙卯十二月中澣三日，棘人黄丕烈。

河南先生文集二十七卷附録一卷 舊鈔本

不全尹河南集十一卷，青芝山堂舊鈔，戊戌五月充子攜以贈余。别借青芝影宋本校正訛謬千有餘字，庶成淨本矣，餘十六卷俟命門徒鈔全之。十五日雨窗枚菴漫士記。

余既用青芝影宋本校此矣。戊戌秋日，武林盧抱經學士復以鈔本見寄，又校一過，精審無遺憾矣。十一月十三日漫士又記。以上卷十一後。

青芝山堂影宋本尹河南集止十八卷，前十一卷余既用以校舊鈔矣，後七卷亦命門徒影摹之，故行次與前後不符，即用盧學士本參校云，戊戌十一月十日漫士記。卷十八後。

以上九卷，并附録一卷，亦傳青芝山堂本，與舊鈔同出一手，故差誤特多，茲用盧學士本校定之，時戊戌冬至後二日。漫士。

甲子五月從師德堂收得此本，取對舊鈔本，正彼訛脱特多，可見校本自不可廢。儻有宋刻出，未知相勘又何如矣。蕘翁黄丕烈識。

甲戌夏初，友人從都中歸，路過滋陽，獲其縣令陳貞白所刊尹河南集，轉以贈余。貞白吴中名士也，由縣佐得知縣，頗著循聲。仕優則學，流布古書，勝於輦金以歸但爲求田問舍計者多矣。以上附録後。

温國文正司馬公文集八十卷 宋刊本

洪武丁巳秋八月收。

嘉慶己未冬十一月既望，裝此書成，夫然而快然，大慊於心也。蓋余自丁巳八月至今，即付裝潢，幾閲一載餘，費且倍於得價，然其書若有待於余之裝潢而始完善者，是書之幸，實余之幸也。初書裝十四册，破爛特甚，買得後驅蠹魚至數百計，且缺葉及無字處每册俱有。乃命工補綴，其缺葉皆誤重於他葉之腹，其無字者皆漿黏於前後葉之背。始悟當時俗工所爲，以致不可卒讀，苟非精加裝潢，則全者缺之，有者無之，不幾使此書多遺憾耶！用著原委，以見古書難得，即裝潢亦當煞費苦心也。至此本爲宋最初之刻。錢竹汀謂余曰：「宋王深寧撰困學紀聞，載温公集字句多與此刻合，知深寧所見，即是本也。」世行本以傳家集爲最古，今見此紹興初刻，題曰「温國文正司馬公文集」，則傳家之名，非其最初。及觀周香嚴所藏舊鈔本，亦爲卷八十，而標題則曰「司馬太師温國文正公傳家集」，卷末有「泉州公使庫印書局淳熙拾年正月内印造到」云云，又有嘉定甲申金華應謙之并有門生文林郎差充武岡軍軍學教授陳冠兩跋，皆云公裔孫出泉本重刊，是傳家又重刊本矣。

國初吴儒徐松雲先生收藏温公集八十卷，闕九卷，雍謹鈔補以爲完書云。弘治乙丑秋九月望日，石湖盧雍謹記。

嘉慶丁巳夏，有杭州書友以宋刻温國文正司馬公文集介郡城學餘堂書肆示余，余取與案頭所貯鈔本相對，其標題「司馬太師温國文正公傳家集」，已與此不合，而序文節去首尾，并誤劉嶠爲劉隨，不知其何本也，至於年號、官銜概從闕略，俾考古者茫無依據，是可慨已。是刻序文，一一完善，次列進司馬温公文集表一篇，分卷序次，離合先後，多有不同，偶取校勘，雖文義未甚齟齬，而一字一句，總覺舊刻之妙，愛不忍釋矣。問其直，索白金一百六十兩，余以價昂，一時又無其資，還之。既而思此書爲明初人收藏本，卷首表文第一葉末餘紙有硃書一行云「洪武丁巳秋八月收」八字，有小方印一，其文云「徐達左印」，有大方印一，其文云：「松雲道人徐良夫藏書。」卷第八十後空葉有墨書三行云：「國初吴儒徐松雲先生收藏温公集八十卷，闕九卷，雍謹鈔補以爲完書云。弘治乙丑秋九月望日石湖盧雍謹記。」則此書本爲吴中藏書，不知何時轉入武林，而今又重歸合浦，此一奇也。且松雲收藏在洪武丁巳，而此書之來，又在嘉慶丁巳，其間甲子屢更，顯晦亦復幾易，此奇之又奇也。今雖不能即得，或者遲之又久，必俟諸秋八月收，以符前賢之轍耶。閱月有五，學餘主人來云：「此書出君家，偏示郡中藏書者，雖皆識爲宋刻，然所還之價，有不及無過者，曷於前四十之數而益其半乎？」余重是書之刻，在宋爲最初本，兼重以徐、盧二公之手澤，使大弓寶玉，有歸魯之日，未始非前賢實呵護之，故不惜重資購得。得之日，適在秋八月，何巧乃爾。爰誌顛末，以示後之讀是書者，見奇書之出，造物若有以使之然，而聚散既有其地，顯晦又有其時，豈不異哉！讀未見書齋主人黄丕烈識。

嘉慶己未十月五日庚寅，竹汀居士錢大昕假觀，時年七十有二。

文潞公文集四十卷　校本

咸豐己未仲冬之月十四日，以錢塘胡心耘茂才攜來文瑞樓藏舊鈔本參校一過，是正甚多，舊本當出自宋刻也。菘畇居士。

伊川擊壤集二十卷 宋刊本

擊壤集宋刻罕見，昔年由士禮居得三至六四卷，即百宋一廛賦所載，爲季滄葦舊藏，所謂「證擊壤於泰興」是也。此全部首尾完整。汪氏藝芸書舍散逸，乙巳十一月得之鮑芳谷手。愛不能釋，展讀三復，以血書「佛」字於空葉，惟願此書流傳永久，得無量壽，仗慈光覆護，消水火蠹食之災。宋槧書籍日少，完善者更不易得。顔氏家訓曰：「借人典籍，皆須愛護，缺壞就爲補治。」後之讀是書者，其知所珍貴也夫。道光乙巳嘉平月十七日燈下，芙川張蓉鏡誌。

曩爲芙川跋宋本擊壤集，是滄葦舊藏而歸於蕘圃者。墨采精妙，足供珍玩，然止於三、四、五、六四卷，餘皆剿補。近又得此本於郡城汪氏，蓋蕘翁遺書多歸於汪，此則出於百宋一廛外者，雖刷印較後，而首尾完好，允爲全璧，離之固稱兩難，合之更成兩美矣。夫古籍僅傳，以視瓊玉珠犀，尤所罕遘，君乃獲屢奇緣，非好乎篤求之敏而能爾耶？披誦之餘，惟深健羨。道光丙午五月癸酉黎陽族裔淵耀謹跋。

擊壤集宋刻罕見，此部首尾完整，疊經收藏家所重。余於道光乙巳十一月中，心境極愁鬱時，書友鮑芳谷攜來郡城汪閬源藝芸書屋所散出者，愛不能釋，以精鈔營造法式同其易換，此作價洋錢二十元，合足錢二十八千文，取其宋刻之全帙可貴也。汪氏書貴而難得，乙巳春，鮑芳谷同龐崑圃到郡，所得精本，惜大半售之上海郁泰峯處，此則碩果之存也。丙午又五月廿八日芙川揮汗草記。

樂全先生文集四十卷 舊鈔本

樂全先生集四十卷，鈔本，舊藏海寧楊芸士家，今爲恬裕齋瞿氏所得。主人示余讀之，其文疏暢明達，令人意愜。中芻蕘論及論事奏狀，深識遠慮，切中利害，誠當時在朝石畫，亦今日濟時急務也。惜無人刊行之，播諸執政，爲謀猷取資耳。四庫總目謂其書傳本稀有，所收出影鈔宋本，蓋宋槧後無他刻矣。今年秋，郡中席初白以汪氏所藏宋本來。始十七，止三十四卷，版刻清朗，字勁紙堅，尚是初印佳本。每葉二十四行，行二十二字，「構」字注太上御名，「慎」字注今上御名，是爲淳熙初年刻本無疑。南宋初刻本猶多用古字，此本「鍾」不作「鐘」，「尉」不作「慰」，「敝」不作「弊」，「騷動」作「搔動」，與宋本淮南子合。當時校訂精善，不同宋末書帕本之多迷繆也。遂假以校勘，歷旬餘而竟，是正頗多。宋刻全本何可多得，後有欲刻此書者，獲睹此本，再得舊鈔之美者補校前後數卷，亦可無憾矣。要之古來名臣之文，足以經國家、利民人，自能常留天地間，不致泯滅無傳。余故不惜日力，悉心校之，逆知後之人必有同余心者，弗憚校讐以重刻之也，用書卷端以俟。咸豐七年太歲丁巳季秋之月太倉季錫疇校畢記。

嘉祐集十五卷 校宋本

臨蔣篁亭校宋本凡兩通，及宋本未是者注下方，餘則徑改其字。末卷黄復翁另以殘宋本補入，今以黄校别之。咸豐甲寅仲冬下旬文村居士識於鐵琴銅劍樓。

嘉祐新集十六卷 校宋本

乙酉夏，避兵莫城東之洋蕩村，借錢頤仲宋版校增，村中無事，十日而畢，六月二十七日。孱守老人。

宛丘先生文集七十六卷 舊鈔本

老學庵筆記：「張文潛三子，秬、秸、和，皆中進士第，秬、秸在陳死於兵，和爲陝府教授，歸葬二兄，復遇盜見殺。文潛遂無後，可哀也。」

淮海集四十卷後集六卷詞三卷 明刊本

咸豐九年歲在己未八月二十日，以瞿氏所得汪氏舊藏淮海先生文集宋刻殘本校勘一過，自月初展卷，至是而畢，惜宋刻零落，不獲全璧爲遺憾耳。松雲居士記。

參寥子集十二卷 影鈔宋本

參寥子詩集明刻本，余向亦有之。若宋刻本，於數年前曾聞池上書堂有之，然未之見也。比來家事攖心，置買書籍頗不易易，非特宋刻書日少一日，即有之，而余收書之力，亦日難一日也。遷居縣橋以來，葺小廬，屬南雅庶常題曰「百宋一廛」，日坐其中，檢點古刻，成一簿録，謂之百宋一廛書目，蓋余好書之心，不因力歉而稍衰焉。余友陶君藴輝，雅善識古，并稔知余之所好在古刻，昔余所收者大半出其手，兹復以宋刻參寥子詩集相示，索值白鏹三十金，余亦無如之何，勉購以增書目之光云爾。世行本向傳有二，以法嗣、法潁編者爲勝，此其是也。惜余明刻本尋訪未得，無從證其同異。至於卷端序文，雖係鈔補，而以貴與經籍考證之當不謬，若以爲此序是餞參寥禪師東歸序，而非高僧參寥集序，是并通考而昧之，奚足與論古哉。嘉慶歲在癸亥閏二月望後一日，蕘翁黄丕烈識。

戊午秋日紹乾手校一過。

溪堂集十卷 鈔本

乾隆己酉仲冬借沈比部叔埏本對録。

是月二十日校於青堆寓廬。

乾隆六十年八月初五日偕仁和趙魏恭詣文瀾閣，就四庫全書本是正一過。

謝幼槃文集十卷 舊鈔本

幼槃詩文不傳於世，此本從内府借出，時方沍寒，京師傭書甚貴，需銓旅邸，資用不贍，乃自爲鈔寫。每清霜呵凍，十指如椎，幾三十日始克竣帙，藏之於家，亦足詫一段奇事也。萬曆己酉十二月十四日辛酉，晉安謝肇淛題。

先大人書法步趨右軍，故平日行似聖教，草肖十七帖，獨真書最少，即不肖杲亦罕見。此二册乃先君己酉歲服闋，候補都門，手鈔謝幼槃先生集，字畫端楷，無一筆潦草。杲偶得於亡姪殘簏敗篋中，手捧跽誦，悲喜交集。嗚呼！物經七十六年，兹以無意中復歸於杲，豈非在天之靈有默相耶？因重加修整，謹識時日，以傳子孫，使後來知余得時情狀，能永永珍惜，未必非孝思之一端。上元甲子嘉平月朔，不肖男杲拜手敬書。

甲子臘月一日，青門翁晨過，手捧二大册，踵趾重蘭，若不得前，遥呼曰：「我昨自猶子宅拾其遺籍，得先方伯手録宋謝幼槃全集。」一言未已，欲聲欲嗌，蓋喜極而轉悲也。余因得受讀省觀，細楷精繕，無一畫錯互。自記云需銓旅邸，借内府祕本，深冬沍寒，窮二十日録成，合三萬餘字。時爲萬曆己酉起補冬官之日也。迄今七十有六年，手澤如新，後人撫栝棬而興感，能禁青門之捧而欲泣耶？頃讀福唐相公敍謝公北河紀，亦稱公入都，時時借内閣祕籍鈔塡校勘，可知公方鋭進之時，汲汲芸窗素葉，無一毫熱中膴仕之念，俯仰今古，是何等品誼耶。謝幼槃名在崇寧、大觀間，以皭然不淄見稱，吕舍人本中章章有述，公目中豈真以其詩文爲模楷，顧自有欽崇之道耳。惟青門擴其意，未必不當謝家之寶訓哉。東山後學黄晉良頓首敬跋。

佶生十餘歲，得讀先生五雜俎一書，其羅籠名物，錯綜天地，真曠若發矇。晚復盡窺先生諸刻，浩如淼如，未易究其涯涘也。曩與先生同時者，經濟推崇相董先生，淵博推能始曹先生，先生與之頡頏而會集其長。蓋三百年來，吾鄉先進中一振奇君子也。世運向往，典型凋謝，何幸得覩遺墨於烏衣舊巷中，王氏通天帖不得專美於前耳。甲子臘杪後學林佶敬識。

梁溪先生文集一百八十卷附録六卷 舊鈔本

咸豐戊午歲四月十九日，借得周香巖校宋本，僅有詩集二卷，依校一過。虞鄉寓客季錫疇記於鐵琴銅劍樓下。時迭聞警報，而虞城賽會，猶舉國若狂也。卷十四後。

石林居士建康集八卷 鈔本

庚子十月命兒子升時等鈔訖。

國史書目載石林公集一百卷，虞山桑思玄藏書目曾有之，思玄去今百有餘年，已不可得。此從毛子晉借鈔。子晉得於建康焦氏，焦氏乃漪園後人也。噫！余末孫，不克見先人之書，又知交寡少，無由訪求，有其志而無其力，悲夫！二十代孫萬又名樹蓮謹識。

簡齋外集一卷 舊鈔本

簡齋外集，罕見其本，錢唐王心田以余愛之，持以見贈。延祐七年二月雲禁書齋記。卷首。

北山小集四十卷 影鈔宋本

乾隆六十年六月二十日夜，余家因已遣之婢尋物失火，焰起老母房中，以致及余卧室，倉皇奔救，幸無大患，而器用財賄爲之一空。所貯書籍，巋然獨存，是必有神物護持者，余亦以是轉憂爲喜焉。閲兩日，書友胡益謙持北山小集示余，欲一決其宋本與否。余開卷指示紙背曰：「此書宋刻宋印，子不知宋本，獨不見其紙爲宋時册子乎？」胡公深以余爲不欺，遂議交易。余許其每册一金，卒以物主居奇，倍價易得，復以二金酬之。親朋見者，無不笑余癡獃，余曰：「天災忽來，身外之物俱盡，所不盡者惟此書籍耳。則書籍之待儲於余者益急矣，余曷敢不竭盡心力以爲收藏計。且是集流播絶少，寫本不多見，矧其爲宋本。」近時浙江採集遺書總録載有知不足齋藏影宋槧寫本，吴之振識云：「此册昔年爲季滄葦侍御所贈，侍御從絳雲樓宋刊本影寫者。」是宋本係東澗舊藏，今本首册有健菴圖章，而彭城無所記識，豈真絳雲餘燼耶？余不能辨其是一是二也。卷尾有「黄氏淮東書院圖籍」印，未知吾宗何人。轉相授受，仍歸江夏家藏，我子孫其世寶之，或可自詡爲「天下無雙」也與。吴郡棘人黄丕烈識。

嘉慶二年，歲在丁巳，閏六月八日，天晴曝書，展玩一過。時與西席顧澗薲、夏方米同觀，因見目録在葉、鄭兩序後，而反闕半葉，未解其故。余曰：「此當年裝潢匠誤以序文次於目録後、卷一前，故遺失半葉也。今每葉後有字影及硃筆痕隱隱可見，是爲確證。」爰復著數語，以傳信於後。時在王洗馬巷新宅之士禮居，蕘圃氏識。

是歲良月廿又□日瞿中溶藉觀於春風亭。

癸亥六月一日輯宋刻書目，檢及此集，其去得書之歲月已足八年矣。昔余繪續得書圖，名是曰「蝸廬松竹」。蓋致道寓居吴郡之城北，葺屋曰蝸廬，而松柱竹椽，饒有古樸之意。今余自壬戌冬，又遷於東城之縣橋，題藏書室曰「百宋一廛」，夫亦取其小焉耳，爰誌數語於册尾。蕘翁記。

黄孝廉蕘圃買得宋槧本北山小集四十卷，皆用故紙印刷，驗其紙背，皆乾道六年官司簿帳。其印記文可辨者，曰「湖州司理院新朱記」，曰「湖州户部贍軍酒庫記」，曰「湖州監在城酒務朱記」，曰「湖州司獄朱記」，曰「烏程縣印」，曰「歸安縣印」，曰「監湖州都商税務朱記」，意此集版刻於吴興官廨也。古人公移案牘，所用紙皆精好，事後尚可他用。蘇子美監進奏院，以鬻故紙公錢祀神宴客，可見宋世故紙未嘗輕棄。今官文書紙率輭薄不耐久，數年之後，黴爛蠹蝕，不復可用矣。北山詩文有風骨，在南宋可稱錚錚佼佼者。而此本紙墨古雅，的是淳熙以前物，讀之殊不忍釋手。嘉慶丁巳冬十一月廿日竹汀居士錢大昕題，時年七十。

北山小集爲宋人集中罕有之本，且其中多與吾郡典實有涉，故錢潛研老人取其集中文字入養新録中，謂他日修志，可資考證。噫！潛研往矣，而是集余不能守，早歸藝芸書舍，當日家藏時，無暇傳録副本，此又余生平缺憾事也。歲辛巳，郡中有修志之舉，始憶及此，遂向主人借歸，分手傳録，録畢細校，即以原本歸趙，而余亦作一小跋，記其原委，是又爲此書添一公案矣。海虞月霄張君愛素好古，收弆祕册甚多，著有愛日精廬藏書志，於一書之源流，纖悉畢具，余所歸之書，亦得附名簡末，此真讀書者之藏書也。聞余有此，欲傳其副，遂復從余分寫本仍分寫予之，并讐校之，古云：「書經三寫，魯魚亥豕。」自謂此寫本出余士禮居，雖未經老人過眼，然兒孫輩頗習聞校書緒端，一一手校，當不致爲鈔胥所誤。回憶初得時及復寫此，已歷三朝，世有三本，可爲此書幸，即爲余補過幸。安得世有好事者盡如月霄其人，悉舉世間未見之書傳録其副，是真大樂事。想藝芸當亦不吝余之屢假也，書此以俟，月霄聞之，不識以余言爲何如。道光二年，歲在壬午秋七月，蕘夫識。

道光五年春三月仿士禮居黄氏影宋本鈔録藏於五硯樓，貞節堂袁識。

沈忠敏公龜溪集十二卷 明刊本

此書前五卷以金亦陶侃鈔宋本對勘，别無異處，惟以朱筆填補一二漫漶處。金本鈔自傳是樓徐氏，舊爲脈望館藏，後入錢氏，復歸泰興，繼歸東海，流傳有自，惜闕後七卷。此本與之相同，雖出明刻，亦善本也。菘耘居士記。

南陵孫尚書大全文集七十卷 舊鈔本

孫尚書尺牘，另有刻本，兼注釋，與此頗多異同，余曾見元刻本於林宗處，較時行少闕落，今爲周之淑取去。周通古今學，書有歸矣。此書王文恪公藏本，中多譌脱，片段亦有錯雜，尺牘又若另鈔者，字畫頗整云。卷五十後。

右孫尚書大全集七十卷，係王文恪公鈔藏本。中有差謬脱落，時無善本全校，將鴻慶居士集參校一次，其所補入，皆其集中文也。因性拙懶於鈔謄，故所録皆草草云。順治九年五月初六日，葉石君識。

孫尚書，名覿，字仲益，别號鴻慶居士。有聲於宣和年間，至建炎南渡，文名不減。然其行事，同於莫儔，大爲可恥。此集雖存，人不足重，百年之後，必致湮没。余以爲吕惠卿、秦檜皆有時名，存之，不可以人廢言爾。

孫仲益每爲人作墓誌，得潤筆甚富，所以家益豐。有爲晉陵主簿者父死，欲仲益作誌銘，先遣人達意於孫云：「文成，縑帛良粟，各當以千濡毫也」。仲益忻然落筆，且溢美之，既刻就，遂寒前盟，以紙筆、龍涎、建茗代其數，且作啓以謝之。仲益極不堪，即以駢儷之詞報之，略云：「米五斗而作傳，絹千疋以成碑，古或有之，今未見也。立道旁碣，雖無愧辭；諛墓中人，遂成虚語。」揮麈後録十一卷。

靖康中蔡元長父子既敗，言者攻之，發其姦惡，不遺餘力，蓋其門下士如楊中立、孫仲益之類是也。李泰發光時爲侍御史，獨不露章，且勸勿爲太甚，坐是責監汀州酒税，謝表云：「當垂涕止彎弓之射，人以爲狂；然臨危多下石之徒，臣則不敢。」士大夫多稱之。揮麈餘録。

孫仲益直院，草黄懋和罷相制云：「移股肱者固非朕志，作耳目者言皆汝尤。」又謝吏部侍郎表云：「名節壞於謗讒，孰聽鼠牙之訟；精神銷於憂患，屢驚馬尾之書。」謝伋四六麈談。

此書向爲從兄林宗借去，久未得歸，幾十年矣。乙巳之春，林宗卒，爲之整理書籍，始得檢歸，從此可以相攜於老境云。康熙四年三月廿六日，南陽穀道人識。

昔歐蘇教興，文章大變，從兹而降，名人碩士之尸而祝者，廬陵、眉山其首庸也。靖康南渡，大家有四，翟公巽、汪浮溪、先石林公暨孫鴻慶是也。向讀鴻慶居士集，愛其流麗秀美，無洛中板腐氣。後得兹集，知古人文章湮没者，不可勝數。再訪翟集，藏書家皆不見存，有云已入雜孫集中。據兹集，則此言爲未可信也。汪正有文粹。先石林公集，虞山太史曾有之，已爲絳雲之刼灰。止購得建康集一種，而其文方嚴簡重，與孫殊致，然皆取法於歐蘇，而不敢越其榘矱者也。余嘗論古今文章，變化因革，自有定準，漢魏尚矣。六朝以後，風氣靡縟。韓昌黎變今而古之，其後佶屈聱牙，流濫甚矣。歐蘇則變古而今之，四公之出，適值其盛。流元及明，漸以衰止，安得有挽回氣化者與之振起頽風耶？再四繙閲，不無三嘆，因書所懷於末。他年全具四公之集而繼觀之，則知所變矣。時康熙四年九月日記，去虞山太史之殁，周有餘矣。南陽道轂。

孫仲益以文章名世，而宋史薄其人，不爲立傳，惟藝文志載其所撰鴻慶集四十二卷。此本題云南蘭陵孫尚書大全集，凡七十卷，係王文恪公家藏本，後歸葉石君氏，曾以鴻慶集參校增補，最爲精審，今爲周漪塘明經所得。仲益專主和議，又汙張楚僞命，讀其文，於吕惠卿、莫儔、万俟卨，譽之不容口，而詆陳東、李光尤力，幾於無是非之心者。然其駢偶之工，自汪彦章而外，殆罕其匹，譬之河豚、江瑶柱，雖知其有毒，不能不一快朵頤也。乾隆辛亥七夕，竹汀居士錢大昕題。以上卷七十後。

石屏詩集十卷 明刊本

壬戌夏五月自都門歸，世事皆淡，惟此幾本破書尚有不能釋然者。故每聞坊間新收故家書，彼以爲無宋元舊刻，不敢送觀，而余必欲觸熱到彼，恣意尋覓。此戴石屏詩爲璜川吴氏舊藏，余收諸酉山堂者也。避暑西齋，日讀一卷，卷中詩句多有與余趣向適合者，覽之頗爲快意。其七言律中訪趙升卿一首，第五六句云：「田園自樂陶元亮，鄉里多稱馬少游。」余拍案叫絶，此石屏先生爲我晨鐘之覺也。蓋余幼時，在我二人懷抱中，及有知識，即見卧房中壁廚上有一聯云：「我愛陶元亮，人稱馬少游。」今得此詩證之，不啻早示我以歸宿之地矣。晚間納涼，與兒子玉堂談及此事，可知人生境界，於數十年前已有定著，安能相强耶？

右跋二通，在八卷本後。丙子上元，家居無事，重録於此全本上。其「避暑西齋」云云前，係第一通跋，而摘録之者。「避暑西齋」云云後，係第二通跋，而全録之者。蕘圃主人書。

戴石屏詩集刻本，余於壬戌夏五月始得之，然止八卷，石屏之詩，固完具也。然檢藏書家書目，都云十卷，余所得刻本，目後確有剷補痕，初不解何故，往假香嚴周丈藏鈔本，方知前有東皋子詩，後有附録諸詩，果十卷始全也。因鈔與刻行欵不符，未經補録，所謂刻本八卷，第存諸篋衍耳。及丁卯冬十月，得同郡蔣辛齋舊藏明刻全本，遂得補八卷中欠葉，然後序第三葉「黄巖老」云云起至末皆失之，余又從周藏鈔本補其文，行欵未能如舊矣。頃玄妙觀東閔師德堂以故家散出書數種示余，余揀得二種，石屏詩集在焉，首尾完好，惟卷第三，十葉、廿葉仍屬鈔補。聞是書亦出蔣辛齋氏，或亦從前本鈔足。一明刻之書，至再至三而始得全本，豈不難哉！豈不幸哉！此書之直，擬四番，余以蔣本與閔賈，俾歸他姓，以取其直云。

甲戌四月復翁。

瓜廬詩一卷 影鈔宋本

瓜廬詩，顧步蟾家有印宋本，疑即從彼本照鈔出者，行欵尚從宋刻，勿易視之。

南海百詠一卷 舊鈔本

南海百詠，大德間鏤版行世，後未有重梓之者。余家向有鈔本，承譌踵謬，不無魯魚帝虎之失，恨不能一一訂正之。今春苕賈錢仲光攜一册至，點畫精楷，裝潢鄭重，卷端有印章曰「絳雲樓錢氏」，乃知爲虞山先生家藏善本也。借觀三日而校勘之，功畢，因命學徒重爲繕寫，珍諸篋笥，視向之承譌踵謬者，相去遠矣。鐙下對酒，展卷欣然，因連浮大白，而爲之跋。時康熙己亥歲長至前三日，艾亭金粟識於城東書塾之碧雲紅樹軒。

注鶴山先生渠陽詩一卷 宋刊本

海鹽黄椒升，余二十年前友也，頗藏書，最喜金石，尤好蓄古印，兼精篆刻。嘗往來吴門，從潛研老人游，故余得訂交焉。每一至郡，必攜古書相質證，余時或得之。後爲小官於閩中，不見者數載矣。二三年前，曾訪余，知辭官歸，欲謀遷秩而無貲，蓋家業亦中落，宦情亦差淡也。忽忽别去，别後寄示渠陽詩一册，書僅一帙，而古色古香，溢於楮墨間，彼蓋重其爲宋刻，故贈余也。余一見即定爲宋刊，適坊間借得松江程氏清綺堂書目，載有魏鶴山渠陽詩一卷，宋版一册，余言爲益信云。

此種書非老眼，竟不辨其爲宋版，余故照宋版魏鶴山集大小重裝，附於全集後，俾知此亦宋刻也。且刻書亦有一時風氣，觀全集刻手，方知此亦刻年相同，故余取以附之也。丙子季夏廿八日記。下有「宋廛一翁」印。

平齋文集三十二卷 影鈔宋本

洪平齋先生集若干卷，刊於紹定年間，歷元明未經翻刻，余僅獲覯此本，而已失其半，又前後漫漶不可整理，仍不惜捐貲購之，依式繕寫一過，存者珍如安石碎金，闕者庶或別冀一遇。今讀其進講經義六條，陳善責難，忠誨諄切，方之古大臣亦何媿焉。先生名咨夔，字舜俞，杭之於潛人，宋嘉定初登進士，歷官監察御史，進刑部尚書，翰林學士嘗論權貴人主，政出中書，天下未有不治，真救時之論也。下有「勱菴」印。

翠微先生北征録十二卷 元鈔本

翠微先生華岳，字子西，在宋史忠義十，其南征録、北征録皆不著於藝文志。南征録詩居十九，即其別集。此北征録，皆兵家言。近盧氏召弓志補，亦著於別集，從類列也，惟云十一卷者，依此是十二卷，蓋俗本誤併其一卷耳。世鮮傳者，得觀於讀未見書齋，楮墨間古香噴溢，三數百年物也，令人於肅然起敬中仍愛玩不忍釋手云。嘉慶庚申，顧廣圻記。

玉楮集八卷 舊鈔本

岳侍郎玉楮集八卷，辛卯從鹿苑友人錢君述祖借得鈔録，原書係明嘉隆間所刻本，頗多訛謬，隨手校讐一過，俟得善本精校可也。壬辰首春之七日，谷蘭居士書。

秋崖先生小藁八十三卷 校宋本

時康熙六十年歲次辛丑仲秋，同錢枚、方蔚、周誦芬、顧夏珍鈔閱。賓王記。

壬寅五月校吴趨王聲宏藏本一次。芚耕。

乾隆丁酉四月照宋賓王鈔本校。以上卷三十八後。

文山先生指南録一卷指南後録一卷 舊鈔本

右信國公指南録，自書其使北囚燕之作，所紀經歷患難甚悉，蓋文山集中之一編也。余少嘗誦之，而梓本模糊，暇日輒録一過。客有見之者，謂人生逆境，至信國而極。即縲樞圭竇與夫困頓淪落之人，飢寒迫其身，患難隨其後，雖所遭之窮，亦皆愈於信國。故凡失意者皆當置是編於架上，當其不可遣撥之際，取而讀之，蓋不待終卷而解矣。余深以爲然，因書於編後。嘉靖乙卯仲冬望日，遂初居士記。

國事知何及，綱常繫此身。從來生許義，遂爾死成仁。落日悲狐兔，英風泣鬼神。趙家三百載，山斗更何人。此余少時夢中詩。萬曆乙亥仲冬書於梅李舟中。

閑閑老人滏水文集二十卷 舊鈔本

興化李暎碧家蓄舊鈔本，自云得之吾吴市中，石門呂氏傳之，復鈔以出鬻。與此間有多一二句處，似李所得者趙公之本，然此本則後人病其凡冗而有所删削也。壬辰秋冬之交，積雨無事，費數日校之，何焯記。

借汲古閣鈔本影寫，借朱竹垞太史本對校。兩家本子俱錯誤，殆不可讀，然朱本實勝毛本也。安得元槧本盡改其譌字，可快也。康熙癸未仲夏小山記。

是歲中秋之前寄至京師，因讀公文九卷，改其灼然可知者數處，亦有毛本是者，并正之。以上卷末。

藏春詩集六卷 舊鈔本

倦圃鈔藏，胡書隱覆校，求古居重裝。

集中止有七言律詩、七言絶句及詩餘，而無古詩及五言律絶詩，其非全書明矣。至章奏碑版之文，劉公所作必富，而集中亦無一字，殆編次時失之耳。菊圃學人記於書隱閣。

集中凡失録詩詞二十四首，皆一一補録。尚有一首中偶闕一二字者，用朱筆增入。而目中闕字尤多，悉以朱筆補之，其亥豕之誤，研朱細改。但此本雖依明雕本繕寫，而雕本亦有訛處，不可信者則以意正之，庶便諷閲云。書隱重又記。

安定小書隱生手校。

劉公名侃，更名秉忠，字仲晦，自號曰藏春，以沙門佐元定天下，始拜光禄大夫、太保、參領中書省事，贈儀同三司、太傅，謚文貞。至元中學士閻復嘗序其遺集，明天順間處州守馬偉裒次公詩爲藏春集六卷，鋟版行世。今書肆中亦罕有之，僅於顧俠君元詩選中見數十首而已。余近得吾鄉曹侍郎倦圃家寫本三册，又爲王贊之氏所藏，而魯魚觸目，脱文時見，因慨曹氏書亦有未經點勘者，不得稱善本也。兹借武原張氏清綺齋藏雕本較對，一一改補，因識歲月。乾隆丙戌歲仲秋十日，安定小書隱生重手識。以上目録後。

丙戌七月十九日黄昏，自序目校起，更餘校畢第一卷。卷一後。

八月初九日晨起補録二葉。

八月初九日晚補録一葉半。以上卷三中。

廿日午間校四葉，廿一晨補校第三卷畢。

八月初十日晨起補録九首。

廿一日午膳後校第四卷，燈下補完。

廿二日黄昏校第六卷，二鼓校完，時乾隆丙戌歲孟秋月，菊圃學人胡重手記。

藏春詩集，余向收吕無黨手鈔本，亦出天順刻，每葉十八行，行十六字，疑爲照明刻鈔本。然中多闕字闕文，必刻本漫漶，故鈔亦如之。頃書友自禾中歸，爲我購此本，出檇李曹氏倦圃藏書，而爲胡菊圃手校者。據菊圃跋，以爲精審之至，所補脱文，悉由雕本，取較吕鈔，其善多矣。書三册，其直番餅三枚，重爲裝潢并記。辛未十月二十有六日復翁。

始得此書，不知胡重爲何人。適禾中友松門戴五來訪，余詢之，則其人尚在，蓋以錢唐人而寄居禾中者，觀其校此書時所記歲月，在乾隆丙戌。松門云「年已七旬」，則校此時尚在壯歲。用心讐勘，自是吾輩一流人物，惜未能晤對一堂，爲古書討厥源流耳。復翁又記。

壬申春，偶過一坊間，主人以嘉禾友人書札一通屬寄孫淵如觀察者，問余孫公見在何處否，以便郵遞。余詢之，即爲胡重其人，始信松門之言爲不虚也。他日當爲松門訪之。二月三日雨窗丕烈記。

壬申二月二日，有懷王蓮涇家鈔本藏春集示余者，但有閻、黎兩序，馬序則失之，無目，亦分六卷，每葉十八行，行二十一字。蓮涇跋云：「康熙歲壬寅三月立夏後五日，借婁東宋氏鈔本再校於孝慈堂之東窗。」蓋蓮涇王姓，聞遠其名，聲弘其字，蓮涇又其號也，有孝慈堂書目傳世。婁東宋氏，必宋定國賓王也。其人多宋元人集鈔本，亦有名者，附載於比，以見藏春集余所收兩本外，又别有一鈔本云。三本多有異處，想爲傳寫之故，不無訛謬，而或出於臆改。未見天順原刻，胸中蓄疑，不能釋然耳。二月三日復翁又識。以上卷六後。

桐江集四卷 鈔本

元本小序，係小字夾行。卷首。

時弘治十四年重光作噩歲閏七月二十六日□寅紫雲溪范文恭録鈔訖。

嘉慶乙丑閏六月借維揚秦氏石研齋所藏弘治十四年范文恭手録本重校，凡改正數百字，補落者數千字，始爲善本云。乾隆庚寅借振綺堂本鈔録時，忽忽三十六年矣，掩卷爲之憮然。廿八日誌。

巴西鄧先生文集一卷 舊鈔本

性父以此集與王止仲褚園稾同見示，鄧公何得比擬止仲，略讀一二，知其大略，因書。弘治二年二月廿四日楊循吉君謙父。

魯齋遺書六卷 元刊本

右許魯齋遺書，正德八年癸酉七月廿四日收，時寓雲林山居。

嘉靖己丑八月朔日至樂齋重整。

康熙戊寅六月頓丘觀妙齋收藏。

静修先生文集二十二卷 舊鈔本

此影鈔元版，多闕文，亦微有譌字，共二十二卷，二百十四葉。又有前明永樂間所刻詩文遺集附録，分三十卷者，實二十五卷。校之此本，詩文則有闕無多，譌字脱落則倍之，第多附録一卷耳。鈔較之下，點識其譌字，增補其脱落，以備後之翻刻劉先生集者。雍正三年六月，古東倉後學宋賓王記。卷首。

此影鈔前元至順間宗文堂刻本也，後從邵先生所，閲容城兩賢集，較對復增補遺二卷。容城集刻於前明萬曆間，其脱譌錯簡頗多，録補以稱其全云。雍正丁未春正月望後二日，宋賓王記。卷二十二後。

存悔齋詩一卷 舊鈔本

此詩元係永嘉朱先生鈔本，楨從先生游，故假以録，寔至正五祀歲乙酉也。時楨年十五，今倏過五載，恍如舊夢，歲月難留，寸陰其可不惜。深愧志不勝氣，不能勇力以學，撫卷輒成浩歎，謹書以深警，毋待他日徒悔焉。至正九年歲己丑正月廿七日，開封俞楨恐悚拜書。

余家藏元人集，未邁百家，意欲擇勝授梓，閩中徐興公許以祕本五十種見寄，奈魚雁杳然，愆如也。

適馬人伯出襲子敬存悔齋稿示余，得未曾有，真入年第一快事。中有殘闕二處，末有朱性夫補遺一十七首。問所以來，迺荻溪王凱度家藏本，卷帙如新，而凱度已爲玉樓作記人矣。掩卷相對，泫然久之。時崇禎十三年閏正月十三日，毛晉識。

存悔齋詩，世不多見，先君從馬師借鈔。讀先君手跋，在崇禎十三年閏正月十三。扆生於是年六月廿六，則跋書之日，扆尚未生，今犬馬之齒五十有六矣。白首無成，深負父師之訓，一展閱間，手澤如新，音容久杳，不禁淚下沾衣也。偶閱天平山志，載子敬詩二首，集中止有其一。又從六研齋筆記得絶句一首，皇元風雅得詩五首，并録於右。康熙乙亥花朝後二日毛扆識。

楚國文憲公雪樓程先生文集三十卷 明刊本

嘉慶□年三月十二日，借周香嚴所藏刻本影寫於士禮居。目録後。

周此山詩集四卷 舊鈔本

風雅頌不作，詩之變屢矣，大抵與世相爲低昂，其變易推也。近世爲詩者，言愈工而味愈薄，聲愈號而調愈下，日煅月煉，曾不若昔時閭巷刺草之言，世德之衰，一至於此哉。我國家以淳龐雅大之風，丕變海内，爲治日久。山川草木之間，五色成文，八風不姦，士生斯時，無事乎文章，而其言自美，況以文章而歌詠雍熙之和者乎。此山周先生自括蒼來京師，訪余靈椿寓舍，與語竟日，知能爲詩，因索其所作觀之，何其言之藹如也。夫志得意滿者其辭驕以淫，窮而無所寓者其辭鬱以憤，高蹈而去往者其辭放以傲。先生懷材抱藝，蚤有意於用世，既而託跡邱園，不見徵用，且老矣。今考其詩，簡澹和平，無鬱憤放傲之氣，非有德者能如是乎。傳曰「温柔敦厚」，詩教也，先生可謂有温柔敦厚之德矣。余官橋門七年，凡四方文字，當程投者，莫不與寓目焉，嘗疑山林間必猶有可觀者，未之見也。此詩蓋山林之魁壘，而余所未見者乎，故閲之不能去手，因爲選其佳者，得若干首，題爲此山先生集云。登仕郎江浙等處儒學副提舉陳旅書。

案顧本原脱此葉，審字跡亦屬鈔補，故此鈔闕也。以上卷首。

顧俠君藏鈔本校補闕　卷二後。

此山詩集二册，得諸余姻五硯樓，篋藏之久矣。頃書賈攜秀野草堂所藏鈔本求售，取對舊藏，知有脱落，擬取之，而議直未果。既晤貝硼香，出渠新收諸書相質，前欲得本在焉。丐歸手校一過，并補其闕。時梅雨初霽，几席都潤，竭一日力畢之，殊快人意。秀野本每葉二十行，行十八字，前有「海寧查聲山名昇」印，又有「顧印嗣立」、「俠君」二圖記，末有「閭丘小圃」、「秀野草堂顧氏藏書」印兩章，并記。復翁。

緑艾黄梅正及時，用卷中西村詩句字。一編細味此山詩。收羅未得從人借，合補亡篇卻是奇。

精選元詩秀雅堂，完書端賴俠君藏。顧本無缺。縣橋漫説閭邱近，偏使遷流屬簡香。

前詩夏間手校時所作，兹届仲冬廿又五日，偶檢及此，適爲壽階三七之期，因賦二絶句誌感。

漫説收藏五硯樓，人亡人得已堪憂。而今樓在人何在，手觸遺編涕泗流。

白隄蕭瑟起悲風，謂彭城中子錢聽默。又見楓漁老去同。謂五硯樓主人家住楓江，舊有漁隱小圃。從此城西蹤跡少，僅存水月一衰翁。周丈香嚴喜聚書，住水月亭，年已開七矣。

新編翰林珠玉六卷 舊鈔校本

歷考諸簿録，無翰林珠玉之名，疑出後人彙集。按此編所録，亦有學古録及遺稿所未載者，固知先生平生著作殷富，李本集録時，採摭未盡也。此禦兒呂氏本，雍正癸卯省試後從天蓋樓得之，歸繡谷亭插架。西泠吴焯跋。

咸豐乙卯冬，瞿君信之應郡試得此本於吴門，遂著録於恬裕齋藏書目，終以輾轉傳寫，亥豕滿目爲嫌。今年夏，於石墩顧氏假得元刊本，囑余校勘一過，改正數百字，補脱二處，遂臻完善。元本無序跋，不知何時所刻。丙辰夏六月望前一日校畢記此。時耕氓望雨甚迫，牆外戽水聲不絶也。松雲居士疇。

道園學古録五十卷 明刊本

道園先生文集，往時劉伯温所刻大字本，有歐陽圭齋此序，今版已亡矣。近見崑山新刻幹克莊建本，遂於先生四世從孫吴江虞湜家模得此序，并書一通冠諸首云。成化新正崑山葉盛識。

翰林楊仲宏詩八卷 舊鈔本

此集假婁東友宋蔚如善本影寫者，比時已校一過，用粉塗改。茲復得佳本再勘，用硃筆改卅二字，中有不抹去而兩存者，蓋慎之也，此或可稱善本矣。時乙巳伏日蓮涇力疾識。

揭曼碩詩集三卷 舊鈔本

曼碩詩，門人燮溥化録，蓋知此本乃元鈔也。明毛子晉曾刊之，未審與此同不，未暇一校，故不知精麄云何。道源。

錢遵王敏求記云「曼碩詩三卷，吾友顧伊人從至元庚辰刻本，爲余手録之」，則知前明三百年未嘗付梓也。乾隆辛酉夏，偕九苞程君避暑方塔東禪堂，時架上叢殘蠹積，適檢閲此册，午亭開士遂以見貽，爲石林老人題識舊藏，因覓汲古本末由得也。倩許襄哉老丈以元人詩選校對一過，并鈔小傳弁於簡端。伏日曝書，偶繙及此，屈指又隔一十七年矣，重爲裝訂，漫書於後。乾隆二十二年歲在丁丑大暑，破山樵人元傳。

按釋道源，字石林，江南太倉人，居吴門北禪寺，後復住持吾邑東塔崇教寺，與牧翁錢宗伯契厚，頗多倡詶，詩名寄巢集。宗伯云：「寄巢之詩，蔬筍也，鮨魚也，春餘之孤花，睡夢之清磐也。」又詩話：「石林好讀儒書，嘗類纂子史百家爲小碎集，又以餘力注李義山詩三卷，惜未刊行。」王新城精華録論詩截句：「獺祭曾經博奥殫，一篇錦瑟解人難。千年毛鄭功臣在，猶有彌天釋道安。」噫，可以知石公博綜儒釋諸書，其品概高出凡近遠矣。乾隆三十有三年戊子秋，東川病叟書於蟫窟北窗下。

揭文安集十卷 舊鈔校本

右揭文，起上李秦公書，止劉福墓志銘，共五十七首，今廣州所刻題曰揭文粹者是也。此文楊文貞公家本題曰「續録」，蓋公嘗録文安他集，此則續得之，多能補他集之闕，但不知其何從録得也。惟文安遺文在人間者尚不少，兹用虚紙四十番於此文之後，偶有一遇，當亦録附焉。成化丁亥歲八月十二日涇東道人識。

揭文安集十卷，歲己丑得於崑山葉氏，後有文莊先生名號圖記，意謂文莊時舊本，每焚香讀一過，即什襲而藏。歲壬辰初夏，搆書於甫里之高陽氏，丹臣許兄慨然出揭集眎余。乃以繭綿紙紅格書寫，紙墨俱古，校對文目與余藏本無異，共計九十一葉，獨不分卷帙，書頭多改字。後有文莊親筆跋語，因録增此集之後，復假歸細校，改注增損計二百一十有三字。蓋丹臣壻於葉，故揭集亦得之葉，乃知丹臣之書，爲葉氏初本，此本蓋校後復録，亦文莊時物也。初本又有白紙別録雜文四首，並鈔附後。康熙歲壬辰孟夏，蓮涇後學王聞遠識於孝慈堂之雨窗。

揭文安公文粹一卷 明刊本

揭文安全集，世不獲見，此文粹一卷，爲平湖沈石臆太守所刻，流傳亦尠。虞山張芙川參軍初得一本，爲黄蕘翁士禮居所藏，錢竹汀先生曾借觀録副。芙川珍重藏弆，爲小琅環仙館中祕册，李申耆太史見而跋之，謂文安文藉是以傳。後爲嘉興錢君天樹索去，鈔副以還，芙川以失此原本，深致惋惜，嘗以鈔本假余傳録一册。惜錢君鈔時未校，謬誤不少，又無從借原本一核，爲之憫然。今年夏，芙川復得此本，喜甚，走急足持以見示。余亦狂喜，藉以校正迷謬，而益嘆芙川之翰墨緣深，不能豪奪也。得書之後二年仲冬記之，歲次戊申，太倉城南居士季錫疇讀竟漫書。

文安著作，海内争先快覩。全集罕覯，得此如韓陵片石，彌深寶貴，爲沈寶硯所藏，即此天順刊本，近難得，亦同元本矣。丙午十月玉峯友張静坡攜來得之，爲吴君志恭舊有散逸也。虞山張蓉鏡芙川氏誌。

芙川先生執事：揭文校過，知前本固有誤字，即刻本亦有謬處，承命作一跋，自謂語簡而賅，大雅以爲何如。儻尊藏有此等文集小册，弟樂爲跋語，并得藉以快讀，亦荷雅惠也。道園類稾及遺集、黄文獻文集、姚牧菴集有否？乞示悉。石氏本帖，前人謂其枯燥，國初其石猶藏錫山秦氏，王肯堂、王虚舟但深詆之，惟樂毅論乃爲真本，不比快雪之僞造耳。覃溪學士論樂毅帖真本僅二種，一墨池堂原刻，一石氏本爲停雲館祖刻，其餘皆不足信，當非誣語。尊藏小本，未知何刻，見而賞之，當有以復。所云負暄野録，乞爲録示。又聞令弟皆歸府中，如欲延請名師。弟意中有一人，堪當其選。係先師師嘗館吳槐江宮保家十餘載。俞枕書先生之令子，名嗣伯，號竹君，以諸生頻試高等。人極真誠，而亦才能，脩脯以大衍之數爲率。聊進芻蕘，以備採擇。或有可推薦，亦乞留神是荷。此頌道安不次。愚弟功季錫疇頓首。

金華黄先生文集二十三卷 元刊殘本

曩在都門，從友人許借讀黄文獻公集十卷，乃明仙居張儉存禮删本，病其去取失當，而附筆記、碑狀、謚議於第六卷末，尤乖剌不倫。茲於吳門黄孝廉蕘圃齋見元槧金華黄先生集不全本，紙墨精善，始快然莫逆於心也。考宋景濂撰公行狀，述所著書有日損齋初稾三卷、續稾三十卷、義烏志七卷、筆記一卷。此編排次自卷一至卷三十一，初稾三，續稾一至廿八，雖無日損齋之名，其爲一書無疑，但闕續稾十一至十八、廿九至三十耳。貢師泰序稱初稾臨川危素編次，續稾門人王生、宋生編次，所云王、宋二生，即子充、景濂也。而每卷首但列臨川危素名，蓋太樸在元季負重名，王、宋皆後進，不敢與抗行也。行狀云續稾三十卷，今貢序云廿八卷，蓋作僞者洗改，痕迹宛然，廿八必三十甲案實係四十之譌，并初、續稾爲三十三卷甲案實係四十三卷耳。癸丑九月十有五日竹汀居士錢大昕識。

陳衆仲文集十三卷 元刊本

嘉慶戊寅八月石韞玉假讀。

此元刻陳衆仲文集七卷，潛研堂藏書也，辛楣先生於辛酉歲與明翻元刻本同以遺余，蟲傷水濕，不可觸手，頃付裝池，僅取元刻列諸所見古書録甲編中，謂此半璧之珍，世所未見爾。壬戌秋七月蕘翁黄丕烈識。

己巳正月下澣二日，海寧陳仲魚來訪，云有同邑吴槎客所藏殘元本陳衆仲文集，攜在行篋。越二日往觀，遂假歸補此本缺失糊塗處。吴本印較先，殊勝此本，惜止四卷，未能補此所缺，然得此已數年，今始遇元刻填寫，亦可喜矣。復翁。

吴本失張序，止存林泉生序，脱第二葉前半葉。

附　録

按千頃堂書目：陳旅安雅堂集十三卷，今行世本大率相同。余舊藏此元刻本二册，曰陳衆仲文集，考諸家簿録，皆未見有此目，未審其同異若何。卷首林泉生序，作於至正辛卯，距衆仲之卒已十年，當是其子籲最初刻本，雖僅存四卷，而詩則已全。零編蠹簡，何可不什襲珍之。兔牀記。

元百家選詩小傳，安雅堂集一百廿四首。元刻陳衆仲集一、二卷一百六十九首，三卷一百五十九首，通計三百廿八首，較元詩選多二百四首。　案此亦兔牀所記。

衆仲集十三卷，四庫書目所載同。此本元刻甚精，而止於七卷，又其中漫漶不可辨者甚多。蕘圃自記云，辛楣先生并明翻本見遺，何不照翻本補足，豈明本亦止七卷耶。芙川殷殷寶藏，古書真不易得，余就此本録存之，擬從文瀾閣四庫本補足焉。道光十五年七月望李兆洛識。

元槧陳衆仲集，只存詩三卷，序、記共四卷，爲琴川張君芙川所藏，雖一鱗片甲，而已不可多得矣。余向藏衆仲集十三卷全本，出是鈔録，刻則未之見也，後贈閩中陳蘭鄰先生，不及與此本一較異同耳。按衆仲初從馬石田游，復爲虞伯生推許，有云「我老將休，付子斯文」之語，二子之傾倒衆仲，亦可謂至矣。芙川汲古不倦，廣收博採，將來必能得延津之合，余此跋即爲左券可耳。道光十四年甲午仲夏，嘉興錢天樹識於味夢軒。

陳衆仲集余求之有年，僅得鈔本於浙中，又譌舛不可讀。嘗與婁東季菘耘互相商訂，終以未見刻本爲憾。茲從芙翁假得元刊本，覆校一過，雖止七卷，然可讀者已過半，獲益良不淺矣。昔吴兔牀所藏僅有四卷，近聞塘栖勞氏亦有之，然亦止七卷，是則江浙藏書家未必有勝於此者矣，其可寶貴何如哉。咸豐丁巳良月，文村王振聲謹跋。

衆仲集明刻作安雅堂集，文十卷，編次略同，惟詩三卷全異。元刻編年詩亦較多，明則分體，原注亦多漏落，此元本之所以足貴也。余嘗見鈔本，是從明刻出者，亥豕滿紙，以意校之，終未慊心。今得芙翁此本，覆校七卷，快慰之至，惜全本不可見，并蕘翁所藏之明刻亦不獲見也。季錫疇。以上卷一後。

道光庚寅三月，古歙程恩澤借觀。此元人集之罕見者，芙川兄其珍護之。卷六首。

己巳春日校海寧吴兔牀殘元刻初印本四卷。下有丕烈印。

陳集校過，弟所藏亦不全者，可見古書之難得也。即繳，順請著安，並謝不一。愚弟孫雲鴻頓首。卷七後。

傅與礪詩集八卷 舊鈔本

傅與礪文集十一卷附録一卷詩集八卷，錢補元史藝文志所載如此，但傳本絶少。此詩八卷，不知得於何時，上下方校字係余筆，又不知據自何本，皆健忘之故耳。丁丑檢理書籍，因記之如左。

其弟若川云「文集陸續刊行」，則當時所行，詩集在前，亦未知文集果否陸續刊行也。世必有其書，而余已得詩集，當訪購文集以成完璧，書此自勗。

元傅若金，字與礪，江西新喻人，受業范德機之門。年三十，遊燕京，虞伯生見其詩，大加稱賞，由是知名。元統三年介使安南，還授廣州教授。余修江西志，於臨江人物爲立傳。此八卷借鈔於吴尺鳧氏，尚有文集若干卷，當從花山馬氏合成全集。初白翁識，時年七十一。

金臺集二卷 舊鈔本

詩亡而離騷作，離騷一變而爲漢魏，再變而爲六朝，爲三唐，則大備極盛而變止矣。然漢魏自成其爲漢魏，截然不是離騷。六朝自成其爲六朝，截然不是漢魏，三唐亦然。至於宋元則未嘗不變，然斷斷不能出三唐範圍，此宋元所以不及唐人也。論者乃謂唐□□無詩，不已甚乎？自此論一倡，遂使宋元之詩，埋□□幾三百年。於是松圓老人稱之於前，虞山蒙叟推之於後，然後談詩者稍稍知有宋元。至於今日，輦轂諸公皆謂宗唐爛熟而爲宋元，而宋元之詩乃大出。嗟乎！士之致力於斯者，鉥心劌腎，斷鬚落齒，耗無限歲月而不能保其必傳。既傳矣，而其間興廢尚如此，信乎詩之難也！偶録迺易之之詩，漫識此。易之爲葛邏禄人，其國去中華數千萬里，西夷之最遠者。而其詩工麗秀逸，極得唐人之風致，而又確然自成其爲元人，亦豪傑之士也。乙丑長至日録於珠涇館齋。金侃。

丁卯孟陬既望，坐半園雨窗再校。

貢禮部玩齋集十卷拾遺一卷 舊鈔本

雍正五年四月九日又從潘是仁彙選宋元詩集補三葉，係七言古風十首。卷首。

乾隆六年春三月四日又較莘客持來活字本。卷末。

貞居先生詩集四卷詞一卷 舊鈔本

貞居先生集有版行者，比斯鈔本十之二耳。近得此本於南濠都太僕家，借歸録之，以補小傳。安愚柳僉識。

句曲外史貞居先生詩集六卷詞一卷雜文一卷 舊鈔校本

嘉慶癸酉正月下浣六日，五柳主人以柳大中手鈔貞居先生詩詞舊本見示。詩集四卷，與此都不合。惟貞居先生詞編與此相勘，惟無首闋，餘次第多同，遂輟一日閒手校此，頗多是正。時天陰微雨，門無客來，仍理故業，藉以消遣。知非子識。

玉笥集十卷 舊鈔本

咸豐丁巳歲夏六月讀此集，以弘治壬子年嘉定令王伯仁刻本校一過。王本僅有詠史樂府及古樂府一册，不分卷，與此本字句微有不同，編次先後亦異，蓋别得一初藁本刻之也。中有鐵崖評語，極爲推重。松雲居士季錫疇記。

此書尚有楊維禎、周砥、戴良序，孫大雅玉笥生傳，楊基玉笥生傳書後，共五篇，當覓而補録之。閱一日又記。

玉笥集一卷 明刊本

咸豐丁巳夏六月以舊鈔本校一過於恬裕齋。錫疇。

鶴年先生詩集四卷 影鈔元本

題丁鶴年集呈蕘圃政得「年」字，禁押本事，時嘉慶乙未四月　顧廣圻稿

西域詩人集，傳於至正年。諸兄咸附録，高第各分編。時下哀思淚，亦隨方外緣。須知海巢序，只説武昌前。

次澗薲韻題元本丁鶴年集　蕘圃黄丕烈草

元代詩名盛，涵濡近百年。用戴序語。流風傳絶域，吟稿見遺編。鶴年集以此爲最善。廬墓全親孝，居山謝世緣。石田雁門集，美不擅於前。叔能以伯庸、天錫輩爲比，今余藏元人諸集，如元刻之馬石田，舊鈔之薩雁門皆稱善本，得此可云濟美，故以爲擬。

次澗薲韻題蕘圃新得元刻丁鶴年集　夏文燾草

明代重刊本，云題正統年。名因文苑重，傳入史臣編。一過真空選，用蕘圃跋語。三長合有緣。三長謂石田、雁門集及此書也。蕘圃有「結翰墨緣」圖章，「緣」字本此。後來定居上，祕笈勝從前。蕘圃云，舊有明本，藏諸笈久矣，曾取此手校，知不如遠甚。

右三益聯吟册中題元本丁鶴年詩也。此集爲澗薲歲試玉峯時所收，而後以歸余者，故仿校宋本建康實録例，澗薲爲首唱，而余次之；方米最後者，因余兩人唱和時，方米挈徒小試玉峯，歸後繼和故也。限

「年」字而禁用本事者，亦册中例也。此書破損，不堪觸手，重付裝池，并録三詩於卷首，以見題書紀事，一時賓主之歡有如是也。蕘圃跋。以上卷首。

卷端五言古詩採蓮曲第三首以下闕文，久無從補，迄今辛巳，時越二十三年矣，始見沈寶硯徵君手録殘本，依樣補之。昔義門何學士補宋刊後印本許丁卯集，得毛豹孫影寫本足之，謂非不知妄作。茲余之補丁集而得沈寫本，不猶此義耶？喜而書此。道光紀元秋九月望日，復見心翁坐雨縣橋之學耕堂燒燭識。卷一後。

此元刻元人丁鶴年詩，余友顧澗薲歲試玉峯時所收，而以之歸余者也。余向藏正統重刊本，止三卷。今元本分四集，一曰海巢集，二曰哀思集，三曰方外集，四曰續集，以附録終焉。嘗取與明刻校勘，分卷分體，俱非其舊。即如海巢一詩，元刻在卷一，或以是名集，職是之故；明刻列諸卷二中，失其旨矣。他如哀思以下三卷，皆有取意，而後之稱者，僅據至仁一序，悉以海巢名之，有是理乎？得此可證廬山面目，益歎元本不致淪没者幾希，爰付裝池，俾得附麗不壞，與元刻諸名公集同十襲藏之，較嚮之塵埋故紙堆中，其顯晦爲何如耶。伯樂一過冀北之野，而馬羣遂空，此書之於澗薲，吾亦云然。嘉慶己未孟夏五日書於士禮居。棘人黄丕烈。

再賦丁鶴年集一首得「丁」字，仍禁本事。　廣圻稿

搜來從架下，首葉已殘零。我自一知己，人殊不識丁。收藏誠有數，呵護豈無靈。別具區區意，茲爲媿始寧。時蕘圃命某賈爲玉峯續訪之役。

次澗蘋韻　蕘圃黄丕烈

重覯裝潢舊，旋風葉未零。圖章宜置甲，部次恰居丁。我願希千頃，君交託九靈。訪書情正切，寤寐想難寧。時玉峰書攤傳聞有舊刻大戴禮，澗蘋欲與余買舟往訪也。

同蕘圃次韻　方米夏文燾

莫嗟相見晚，全帙未奇零。他日誇黄甲，二字借用蕘圃將輯書目，此元刻元人集例入甲等。今朝笑白丁。用澗蘋詩押「丁」字句意。受嗤遭目拙，特賞愜心靈。得隴休重望，教君五藏寧。蕘圃所續訪大戴禮，已採得，是明版矣。

中春月，余得宋刻千金方，同人相約題詩紀事，限「孫」字而禁用真人本姓。自後因書而賦者，悉用是例矣。初澗蘋得此書，重爲元刻，詩以紀事，擬用「丁」字，畏其難而改用「年」字，卷端三首是也。昨澗蘋自家至書塾，袖出一詩，謂向所爲難者，今反見巧矣，所押「丁」字，果稱巧絶，遂偕方米次和。時命工用也是翁所用旋風重裝潢法裝之。事既竣，即就副葉界烏絲欄書其上，披覽之餘，亦頗快目。書中哀思集重第六葉，續集闕第八葉，重第十二葉。總計七十七葉，每葉邊楷書細字，筆墨亦古雅，澗蘋謂是明人書，余亦絶愛之，故并及云。哀思當作方外。蕘圃。

華陽貞素齋文集八卷　舊鈔本

右元貞素舒先生文集，中有誤字，層見迭出，原寫本亦然，業經改正十之六七，餘則闕疑，俟他日借得善刻本，當細校之。道光戊戌冬十月六日璞巖諸成璋識。

龜巢稿十七卷 舊鈔本

雍正戊申東滄宋賓王借校。卷五後。

歲丙午冬至前三日第二次校畢於率真書屋之南窗。有譌字未敢臆改，仍存之。蓮涇識。卷末。

梧溪集七卷 元刊本

虞山覯庵陸貽典校補於汲古閣下。丁巳九月下浣。卷末。

鐵崖漫稿五卷 舊鈔本

鐵崖之稿多矣，而卒莫能見其全。余幼時，或以周桐村所録一帙乞余録之，余時尚惰於筆墨，恨録之未全，僅獲其文四十九首，遂索去，迄今殆三十五載矣。間取而觀之，字畫訛謬，且多草率可笑，未暇檢校，又恐其散失而無附麗。歲戊子，或自雲間來，别以録藁一帙售余，所爲文凡一百五十首，距今又二十年，因以鐵崖漫稿目之，而以幼所録者附其後，蓋余所獲者，有復古詩三卷，有史鉞二册，以版籍大小不侔，别裝潢而藏之云。

鐵崖先生賦一卷 舊鈔本

洪武三十一年歲在戊寅七月二十五日録於潭涇寓所。是日夜雨初晴，臨窗一望，禾黍漲天，生民樂太平寬仁之治，豐稔無疵之年，何其幸之甚也。生死榮辱似有定分，何勞役役以累其靈臺。追思鐵崖先生在家舅雪齋芝川園林亭館之盛，冠蓋文物之多，恍然如夢中矣。今年西禧樓先生文淵，乃文獻故家，孝節昭著於當今，矧又讀書，隱居教子，深可爲則。忽辱見借此帙，其幼年手書諸賦，簡編浩瀚，區區録其二三，後之覽者，將知所自也。是日午時書識，海虞晚生朱燧子新也。

新刊麗則遺音古賦程式四卷 元刊本

往從香嚴周丈借觀麗則遺音，歎爲精妙絶倫，首鈐毛氏父子印記，是即汲古閣珍藏祕本書目中所載，最精元版麗則遺音也。雖寶愛之至，而影寫殊難，僅登其書於余所著所見古書録附録中，家實未有其書也。既而玄妙觀前骨董鋪劉希聲持殘本僅存三、四卷來示余，余喜甚，喜半部之鈔補易爲力，而卷中有黄氏珍藏印，識是家陶菴先生故物，因急收之。復從周氏借本傳録，於周本儲藏之印，標題之籤，無不影摹逼肖，而字體之一筆一畫，纖悉無訛，又不待言矣。惟傳録時方旁評點，不盡摹入，蓋非所急也。此書之得，已越四五年，其中影摹傳録，皆藉家中親友下榻荒齋者乘暇爲之，不限時日，故至今始克裝成。丁丑春朝蕘翁記。

元刊十七番，鈔補二十三番。

張光弼詩集二卷 舊鈔本

計七十二葉，統二卷，楊陳二序各二葉。

張光弼詩卷一止，此刻失結尾處，復翁校。

嘉慶甲戌收得明刻本校，非特浥爛損壞字與趙所據鈔之本合，且此本有墨筆旁添之字，皆刻本所有，其爲海鹽胡孝轅本無疑。明刻新從湖賈之趕考玉峯鋪中所收，來自浙中，當不誣也。趙據鈔於前，余覆勘於後，尚有一二字爲趙鈔時遺，書經三寫，魯魚亥豕，余故樂得祖本也，校訖記。閏二月十九燈下復翁識。

此書多孫唐卿本校補一過，幸先收此，而刻本反可藉是獲全，書之不可偏廢如此。復翁又記。

元張光弼詩二卷，爲不解事書人强爲解事，作七卷分之，遂失其本來面目。一卷之五卷元合作第一卷，六卷之七卷元合作第二卷也。其書借海鹽胡孝轅氏藏本所録。往數年前聞孫唐卿氏有是集，碌碌南北，未及假録。昨歲差旋，往謁孝轅，遂攜之歸，録之以償夙昔。然胡本中頗多浥爛損壞字，尚須假孫氏本補之。集有輦下曲一百二首，宫中詞二十一首，皆道胡元宫闈事也。別有國初宗室得所賜元老宫人，言庚申君宫中事，爲作宫詞百，今見文園漫録，惜爲删去五十二章，惟存四十八章，録作一家，亦備一代之遺事云。時天啓二年壬戌正月上元後一日書於武源山中，連陰雨二十日矣，尚未有晴意，恐復作元年連綿四五月也。清常道人書。

趙清常道人，藏書之最著名者，余所得其家書卻鮮。去歲從香嚴書屋借鈔其家脈望館書目，以爲搜訪之助。頃從坊間購歸元人張光弼詩集一册，末有清常跋，知爲其手書，余以所見他書字跡證之益信。隨檢書目，於元人文集門卻未載，或編次失落，抑所録在成書後，皆未可知。光弼詩傳本頗稀，更得清常手鈔，真可寶也。嘉慶辛酉秋七月廿有八日，蕘圃黄丕烈書。

壬戌從都中購得建康實録舊鈔本，與此鈔手略同，似一人所書，因取相對，審此書卻非清常手鈔，特跋語爲清常筆爾，爰以自訟。蕘翁記。

竹齋詩集三卷 舊鈔本

余得此書於表弟葉楙，蓋楙父潮，字半帆，工花鳥，余家有其畫，乃以是相易王先生稿。此爲舊鈔，間有訛字，暇日當校正之。先生詩多天成之句，可以想見其胸次。集中有一聯云：「山城雨重鐘聲短，海國風清劍氣高。」最喜誦之。顧秀野元詩選，不知曾遺此佳句否。又先生有子名周，字山樵，亦工畫。余前歲在友人家，有客執畫卷相問，余不能答，至今思之，愧且悔也。讀宋金華所作傳，每疑先生遭明祖爲不得其死，及觀山樵行狀，高隱不仕，似重有憂者，闕疑焉可矣。集。

玉臺新詠十卷 明刊本

戊子冬嘉平月，山居暇日，岑寂無聊，偶得宋刻較正本重勘一過，但宋本頗多訛舛，而今之行世者仍有佳處，今舊兩歧，勢不得不淆溷無辨，又不敢擅自增改，故並列於上，以證是非，是在知者能曉之耳。仁祖識。

余自南宫得雋後，有客從關中來，攜宋刻玉臺新詠一帙示余。較今之行世本十減三四，而每卷首俱各不同，而增者有十之一，且卷中字句與今不相類，如以「昔」作「若」，以「傳」作「轉」，不可枚舉。是康武功篋中物也，其中有數字用朱點定，亦是武功壯年健筆，故娬媚可愛，留之信宿而去。今甲辰春暮，吴中翰惟吉氏忽以此本相示，宛然當年舊册，閲後且三十六載矣。余常想不去懷，不覺驚嘆豐城之異，因題以歸。中翰其世寶藏，毋墜落傖父可也。京山李維楨題。

中興閒氣集二卷 校宋本

康熙戊戌十月望，以事往南海淀，借宿蔣西谷寓舍。架上有鈔本唐中興閒氣集、極玄集一册，視其行數字數，似從宋雕影寫，問之乃述古堂故書也。因借歸，呵凍是正，遂成善本。餘兒他日其愛惜之，或更倩善書者重録，尤不負老子一再勘校以貽兒曹之意也。焯記。卷首。

此集所録，詩格卑淺，殊未𤟹心，殆出一時傳詠，不見全集故耳。若云全味別裁，則如古調獨推孟雲卿，爲著格律、異門與及譜三篇，此中亦有深工，後之憒憒者惡足語此。

坊本錢起誤一首，李希仲誤分一首爲二首，李嘉祐誤一首，章八元少一首，戴叔倫多四首誤一首，朱灣少一首，皇甫曾誤二首，孟雲卿少二首，今依宋鈔本增定。焯記。以上卷上目後。

唐詩極玄集二卷 明鈔本

祕藏天書，寶之寶之。□山主人。

此係我鄉秦西巖手録，庚寅上元日遵王見贈。弗乘。

庚申九月九日得於虞城肆中。超然。

古文苑九卷 影鈔宋本

庚午二月再校此卷，注其所自出於題下。思適居士記。卷三後。

己巳十月再校於玉清道院。澗蘋。卷四後。

趙靈均臨摹本亦歸林宗。五月十二日并假再校，略無魚魯之謬矣。陸貽典。

趙凡夫藏宋刻古文苑一部，紙墨甚鮮，筆畫端楷，深爲寶重。靈均作「雙鉤郭填法」，臨摹一本，友人葉林宗見而異之，較諸他刻殊不相同，因倩筆録成，藏之家塾。辛巳夏，同陸敕先假歸，分諸童子，三日夜鈔成，此帙但存其欵式耳，其形似葉本已失之矣。孫岷自誌。

戊戌五月借錢遵王鈔本校一過，其筆畫異同處，標識於首，以俟再考。

嘉慶十四年歲在己巳，用此本影寫付刊訖，校樣一過印行，時寓玉清道院中。澗蘋居士。以上卷九後。

文苑英華纂要八十四卷 宋刊本

此卷藝芸書舍本闕一、二葉，第三葉校始。卷二十三後。

五月夏至前一日借藝芸書舍宋本校。

活字本二十五卷止，因校此二十三至二十五卷。戊寅四月復翁。以上卷二十五後。

戊寅夏五借藝芸書舍藏宋本校，此鈔本行欵全同，即非影宋，當是照宋録出矣。復翁。卷二十九後。

此册亦校藝芸書舍宋本，賴以校正五十四、五、六葉，此鈔本小號錯寫也。八十七、八葉均失，行欵稍有參差者，鈔不如刻益信，惟文字間有較宋本不甚漫滅者，當是所據本印略前也。戊寅夏五月廿一日晨起校畢識。復翁。卷三十七後。

此丙集一至四十三葉，内闕三、四葉，藝芸本同，五葉至十三葉藝芸爛版，此有。復翁記。卷五十三後。

此丙集四十四葉至八十二葉終，内闕六十九、七十，計二葉鈔補，七十葉以前補闕者證之，當非不知而作矣。藝芸本全脱，無可校補矣。此五十五、五十六葉，可補彼闕也。復翁。卷六十一後。

此丁集一至三十二葉全，爛版較少。復翁記。卷六十七後。

余又案傳是樓書目集部總集，宋版高似孫文苑英華摘句與文苑英華辨證共十二册；又集部文史，宋版彭叔夏文苑英華辨證十卷與高似孫文苑英華摘句共十册云云。是徐氏所藏，雖非纂要之名，而與辨證相合，又爲高似孫所撰。取此書趙序核之，無不合者，蓋趙云高公手鈔，必似孫也。向跋但考證與辨證十卷相合之處，並未考證撰書者何人。頃又得傳是樓書目證之，可云全備矣。向鄭堂云各家書目不之載，今復得此左證，何快如之。四月十二日復翁又記。

戊寅夏，因得活字本，遂動鈔補之興，託五柳主人往借藝芸書舍本，校對一過。印本此較舊於彼，故殘毀處差少，即如此本三十三至七十，余脱四十三、四十四、五十五、五十六，計四葉，五十九、六十尚有，藝芸本脱也。末趙彦後序，藝芸本亦脱，此尚完好，可見彼印較後矣。三十五、三十六，版片損傷多同，無可補，並記。以上卷六十八前。

此書向爲黄蕘翁藏本，校録幾費心力，詳於各卷手跋。甲申年冬，芙川以重直購得，嗣月霄丈堅欲傳鈔，割愛贈之。月霄以收書廢産，秘籍星散，不知落誰何手矣。壬辰之秋，忽有書賈攜至芙川處，趙璧復返，如逢故人，信乎墨緣之有定焉。抑蕘翁定爲宋本，而愛日書目以有延祐年間後序列之元刻中，余初覽亦以爲然。及細閲全書，於宋諱多闕筆，實即自序所云治使史公刊本，特元復科時欲其流傳之廣，故加以後序耳。其云手鈔本者，乃鈔撮之意，自序有云寄刊本今作鈔序，其明證也。舉此以見蕘翁老眼之非花，芙川亦彌當珍重已。道光癸巳歲三月十七日，隅山邵淵耀記於一業居。

宋版文苑英華辨證，戊寅檢絳雲目，一本作四册。

文苑英華纂要八册，絳雲、滄葦兩家皆如是云云。此時僅存七册，失其首矣。然就其所存者核之：言其分集，則失甲之半也；言其列卷，則失一至十六也；言其排葉，則失一至四十三也；言其裝册，則失第一也。余故以素紙空白者留其迹，安知後不遇其舊以補其闕乎？丁卯孟夏復翁黄丕烈識。

余得此書後，坊間又從郡故家得宋版二部，印本多與此同，一歸默堂查氏，一歸冰雪堂汪氏，彼皆取以鎮宅，未必能假人，故數年來無從借鈔。君子於其所不知，蓋闕如也，余亦守斯意耳。及今戊寅孟夏，獲見會通館印正本，書雖止卷第二十五，然宋版所闕恰可補鈔，方歎竹頭木屑，古人豫儲需用之説爲不誣，而余抱殘守闕之功爲不小也。頃寫後跋畢，書友來成議，因書原委如此。宋廛一翁。

余既收得活本後，因動鈔補之興，并以活本補宋本究未盡善，思借汪本補鈔，恐其靳而不予也。適彼介五柳主人借余舊鈔本郡齋讀書志衢本校其所藏本，遂亦丐五柳借其纂要，慨然允諾，鈔補如右。今而後可謂毫無遺憾，非不知而妄作矣。汪本較余藏本印較後，故闕葉爛版更多，復可從余藏本補之，一舉兩得，方信君子成人之美爲不誣耳。戊寅六月初九日記於百宋一廛之北窗下。廿止醒人。

所鈔補甲集中，仍闕第二十八葉，會通館活字本即據闕失之本開雕，并削去第二十九葉首行「初賦」二字，以當十六卷之首葉，苟非宋本，何從知其僞乎？書之不可不藏宋刻如是。裝訖復記。

越歲戊寅四月十四日晨起，有書友邵鍾琳攜書二種，就余質證，云是伊友從太倉得來欲求售者，其一爲七寸版蘇老泉先生嘉祐集十四卷；其一爲會通館活字本文苑英華纂要也。時余但評其爲明刻善本，因其索直昂，未之留。蘇集四十年前曾於紫陽居書坊朱秀成處見過，知爲善本。文苑纂要但記余亦有殘宋本，於向年探討一番之情事，盡忘之矣。及書友去，方命長孫美鏐檢舊藏殘宋本覆閱，始知會通館活字本，世但見有辨證，而纂要則未之見也，遂重取歸核之，與前記悉合，惜止一本也。因歎翰墨因緣有如是之深者，念余雖年衰力絀，尚能見聞廣博，益我聰明，天之愛余爲何如耶！十六日偶記。

初五日夜航書到，適弟有題主之局，駕輿將發，但取名條寫一收照，并尊札亦未及開讀，晚歸始悉一切。前小孫來，原爲他事，非斤斤於交易事宜也。蒙不棄，留纂要一種，此書弟得諸江鄭堂廿四金，內首册空白，及後訪知汪藝芸有此，借歸鈔補，并校補向時鈔本之未備，心力不知費幾許也。承兄重余之手校留之，并云照得價稍浮。在舍下與府上幾代交情，斷不爲此計較，而小孫新習書業，未免有將本求利之意，故嘵嘵於半斤八兩之間也。蓋弟處之物，若論時日，固無不以爲貴。彼未知讐校鈔補，皆得從宋本原書而來，非不知而妄作者可比。故昔人如義門先生，動云此據宋本補、某本校，非不知而妄作，正謂此也。一遇知音，則錢物可得，書不易得，如也是園主人所云矣。此書竟如台諭奉納，非爲此書之可貶價，難得知己之重視拙校耳，謹此奉復。外竹卷一及上河圖一，遵指交夜航，并前纂要一包，末册略附小跋。統祈收入賜復爲禱。餘件尚希留意，不必汲汲也。上芙川大世兄。不烈手啓。堂上祈叱名請安。府志將出，想尊府必要一部也，容續致不一。又及。臘八日。

初五日船友持有收條去，屬其於後日取復，渠卻於初七日又來，因弟不在家，未經作復。初八日早間修復封好，約其於初九日來取，乃初八午後弟又不在家。别有夜航信至，始知兄自知前還纂要之直過少，故又勉增二餅，足見愛我，諒余之鈔補讐校爲艱也。足感足感。拙跋數字，略及此書過賤之意，今既增二餅，可謂天理人情之至矣，故續於書尾又贅數言，以見古書授受源流如此其鄭重也。欒城二十本，止有三集，無應詔，卻審係影宋，擬直二十餅，還過十四，未之買也。今寄上首尾兩本，的便仍希示復。文鑑來歲因有敝伙可工裝潢者，擬自留做好。若果可作介，歲内定見爲妙。諸承雅愛，無勞屬付耳。上芙川大兄，不烈手復。小孫稟筆問好，不另復。初八燈下。以上卷八十四後。

唐文粹一百卷　明刊本

文苑英華屢引川文粹，而其間每爲文粹不載之篇，疑不能明者久之。頃讀彭叔夏辨證第五卷「名氏」條，有云近世眉山成午編唐三百家名賢文粹，乃知川文粹者指此，爲記於帙，亦讀文粹者所當知也。道光乙酉七月下旬思適居士書，時客揚州之翠筠館。目録後。

七月六日校至此卷，始覺宋槧用字皆闕末半筆，庯字亦然，通亦有然者，蓋沿天聖時避章獻明肅父諱也。一雲散人記。卷三十七後。

明堂議等篇，鼎臣從舊唐書儀禮志録者，與英華多不同，他日當再細勘之。千翁記。卷四十後。

萍鄉宫保不識姜慶初，是豈但腹中無兩唐史，抑此家至户有者亦未一寓目也，若問毗陵集，則真僻書矣，可慨可哂。燈下偶讀，漫記之。嘉慶丙子七月既望。卷五十八後。

初五日校，初六日雨窗再校。身世兩忘，自得其樂而已。一雲散人記，時年六十。卷六十八後。

果泉中闕全一部，未及重刊，今闕人將求善價，然□恐未□有過而問者耳。道光乙酉中秋日無悶子記。

借孫古雲家殘本校，闕者十六至十九之上，又五十九至六十二，又七十三至九十七，宋槧雖僅泰半，然亦可見其大概矣。重陽後三日又記。以上卷一百後。

西崑酬唱集二卷 舊鈔本

闕舊物也，三月望日手校，改二字，千金闕作是字，淡生堂鈔本上卷，鶴詩闕楊億悵望闕連前鶴詩寫去又闕劉闕將一詩卻以下任隨作劉筠下闕鈔本每印現成格紙，鈔寫不□元書行欵，往往肓落多有脱闕謬寫竟□裝裱全不校對之致闕得其元本一校，庶乎此書無毫毛憾也。仲子盧江生煌記。明日倩陸乾寶覆勘，校出一字：荷花七言「露成珠」一作「露如珠」，亦可兩存也。以上上卷後。

梁有徐庾，唐有温李，宋有楊劉，去其傾側，存其繁富，則爲盛世之音矣。

闕一參得字每云徐庾闕唐太宗、虞伯施、李百藥以及王楊盧駱温□之極，有晏元憲、二宋以及楊劉，窮則變，變則通，盛世之音所由成也。下至胡元諸家，習尚西崑，洪武初，張光弼、高季迪亦有黼黻太平之作，今觀此書批閱，可以知其識矣。余曾録浄本，爲馮借去，以此見償，其評騭精到，後人毋或忽焉。況此書想慕幾三十餘年，同志老友，皆不得見，見者惟余與馮及陸敕先耳，保之保之，庶乎西崑流韻復□於來禩云爾。□□春仲洞庭東山葉石君識，闕六十九。

闕孫潛夫勘定本照改，孫云：「己未十月一日用黄俞邰藏本勘正，改九十餘字；黄本從鈔本，闕詩三首，亦改正二十餘字。字山法頂識。」字山法頂，潛夫別號也。今此書可謂完璧，他日能付之梓人，應勝李氏刊本矣，南陽穀道人記於城南讀書處。

闕借失，以此見償，驗之闕圻記於羅宿亭，時重九後。

驗其筆蹟，蓋定遠手録者。案此書元明時不顯於世，國朝凡五刻：一刻於崑山徐司寇；再刻於吴門求是堂；三刻於長洲朱氏，即所謂聽香樓本也；四刻於浦城祝氏；又有周楨注本。世以朱本爲善，祝本依之，最後亦爲最精。然以□本對□□，如「直道忍籧篨」，「忍」刻「思」；「茗粥露芽銷晝夢」，「夢」刻「夜」；「□□方諸荐水蒼」，「蒼」刻「倉」；「蹁躚露袖舉」，「舉」刻「舞」；「巢笙傳曲沃」，

「笙」刻「生」;「出恐嚴鍾晚」,「鍾」刻「妝」;「不曾亡國是無言」,「亡」刻「忌」;「珠蚌淚長圓」,「蚌」刻「串」;「江澄濤練匀」,「江」刻「汪」;「秋意先侵玉井桐」,「先」刻「光」;「佳色豔新霜」,「佳」刻「桂」;「金波先上結璘樓」,「璘」刻「麟」;「故宫涇駁娑」,「涇」刻「輕」;「昔人求富是虚詞」,「昔」刻「晉」;「林疏露下涼」,「林」刻「松」。非得此本正之,幾不得其解,乃知前輩之物爲可寶也。望日廣圻又記。以上卷下後。

樂府詩集一百卷 元刊本

己卯四月四日坐寶月堂照宋版較過。連朝極晴暖,至是輕陰,夜遂雨,是日春歸。王與公。卷二十三後。

己卯四月十八日坐寶月堂較完此本。始讀梅花曲,令人幽冷。繼讀紫騮馬,令人雄騁。及後挽歌、對酒諸作,又不覺志念俱銷,欷歔泣數行下也。文章能移人之情如此,豈獨高山流水而已耶!長洲王與公識。卷二十七後。

此後尚有尾張,要照宋版鈔上。卷三十第十葉後。

己卯四月廿六日閲完此本。憶早春,客有自西北來者,言流寇縱横,然所過或有全者,獨官軍一到,雖雞犬亦無噍類矣,聞之蹙於傷心。兹讀戎昱苦哉行,「前年狂胡來,懼死翻生全。今秋官軍至,豈意遭戈鋋」，乃知振古如斯也，可勝歎哉！與公。卷三十三後。

己卯九月五日坐寶月堂較完。日來天氣晃朗，心意開暢，憶「秋光何處堪消日，玄晏先生滿架書」之句，殊覺有味。王與公。卷六十七後。

己卯八月廿五日坐池上閲竟。嚮讀李羣玉集，有「人老自多愁，水深難急流」之語，人謂勝於老杜「江平不肯流」。今閲此集，又爲李端作。古人詩文，多有互見乃爾，何耶？讀書但可量力而止，兩日頗費翻閲，覺頭涔涔然作痛也。長洲王與公。卷七十二後。

己卯重九前一日閲竟。時涼風卻暑，晴曦映窗，展卷頗覺神怡，南面百城之樂，遂可坐擁矣。與公。卷七十六後。

己卯九月九日閲竟。人皆重重九之名，登高落帽，何如閉户讀書，各從其志已。而穀貴異常，今日晴美，秋成可卜有收矣。王與公。卷七十九後。

己卯九月廿二日坐池上看完，天日晴暖，鳥雀之聲與幽香互答，殊可喜也。王與公。卷八十五後。

閲竟前一卷，日將下舂，因付刻催迫，乃復披閲，不謂遂能終之。初九日識。卷九十二後。

分門纂類唐歌詩□□□卷 宋刊殘本

虎邱山邊放櫂遲，殷勤搜訪唐歌詩。古香入手何掩藹，牙籤錦贉精裝池。楮墨輕虛不敢觸，憐若美人珍若玉。借問誰家清祕藏，琴川毛氏曾收録。天府儲藏付六丁，人間掇拾更零星。西河季子求全衺，佳話流傳絶可聽。過眼雲煙經幾度，殘書尚有精靈護。短箋長跋粲然存，標題印記驚如故。風雨逢窗展轉看，歸來插架吒奇觀。何須古卷供清賞，大美從來總忌完。

乾隆癸丑，余有浮梁之行，經過虎邱，而萃古齋購此書，作詩紀事，久未録出。西窗清暇，取以消遣，每册鈐以侍兒香修小印，并録詩於卷端，計此書之歸余，已十有一年矣。嘉慶八年五月十六日修能嚴元照書。

余姬張香修，名秋月，江南祁門人，柔婉明慧。余以十六觀經戒香熏修之義，字之曰香修。余妻良清，以其小字幼憐字之，朋好皆有詩詞贈遺，余彙録成帙，良清名之曰「簪花小集」。又刻小印一方，長箋短札，帖尾書頭，往往用之。仁和宋茗香助教題「簪花集」，有一詩云：「頭銜合署校書郎，小印紅鈐助古香。從此流傳增愛惜，美人親手爲評量。」即指此事也，後之人當必有知我香修者。五月廿六日雨窗修能漫書。

宋刻書殘本，往往爲書估割去卷數，甚則去其首尾兩葉。此書存者於全書僅十之二，猶思作僞，割去首尾，幾及半部。古書經劫，良可歎也。修能書。

余家尚有馬氏小玲瓏山館所藏舊鈔本六册，欠葉欠字，與此本同，即從此録出者，序跋亦全，惟欠末後王、唐兩札，當擇好書者贈之。修能。

書趙孟奎歌詩後

此書係牧翁先生藏本，後歸先君。先君見背後，余兄弟往見，先生問及遺書，答以宋本皆先君手授，問趙孟奎唐歌詩屬誰，答云屬扆，又問施註蘇詩，云亦屬扆。先生注目視扆曰：「汝何幸也！此二者皆良書也，余與君家俱有之。余爲六丁下取，惟君家獨存，故問。唐歌詩，吾家故物，尊府君見而奇之。後余又得綿紙强半部，從内府流出，紙白墨新，燦然奪目，尊府君因求此本，適牀頭金盡，遂以相貿。内府藏本有序目，并鈔去。猶憶其序云一千三百五十三家，四萬七百九十一首。又云蘇詩王註荒陋，施註典核，即如吹洞簫之客，姓名藝能甚悉，他可類推矣。君家有闕卷，屢從余借鈔，未與也，今深悔之。」扆聞之，茫然不知所謂，歸家篝燈，發兩書而讀之。唐歌詩無序目。及檢蘇詩赤壁賦註，亦無吹簫人姓名。次日反覆繙閱，果於次孔毅父詩註見之。載坡公手帖云：「綿竹武都山道士楊世昌子京，善畫山水，能鼓琴，曉星曆骨色，及作軌革卦影，通知黄白藥術。」其第三首有「西州楊道士」、「識音律」、「洞簫入手」等句，證其自廬山從公，在壬戌之夏。赤壁賦中吹洞簫者，殆是楊也。吴文定公題赤壁圖詩云：「西飛孤鶴記何祥，有客吹簫楊世昌。當日賦成誰與註，數行石刻舊曾藏。」見家藏集第二十卷。扆按：施註記飛鶴者，又是一帖。此二帖蜀箋墨蹟，往昔藏施宿家。其所刊石榻，文定公有之。據「賦成誰註」之詞，則公亦未見施註矣。而所鈔趙孟奎序目，奈何失去。後二年，檢書録中得之。開卷疾讀，一句不誤一字，急録入册内。按目展玩，雖十存其一，有隱僻姓名從未寓目者，因思以天下之大，好事者之衆，豈無全書。傳聞武進唐孝廉孔明宇昭有之，託王石谷翬往問，無有也。先是託王子良善長訪於金壇。甲辰二月，子良從金壇來，述於子荆之言曰：「唐氏舊有其書，價須百金。」夏日暴書，方讀趙序，忽憶其言，躍然曰：「余與唐，姻亞也。果能得之，鳩工而刻之，不過傾家之半，遂可公之天下，俾讀其書者如入建章而睹千門萬户之富，此生樂事，莫踰於此矣，盍再訪諸。」即欲鼓棹而前，如石壕吏何。內兄嚴拱侯垣曰：「此韻事亦勝事也，吾當往。」次日即行，道經丹陽，宿旅店樓中，中夜，聞户樞聲，雞初鳴，鄰壁大呼失金，諸商旅盡啓，將啓行，户皆扃鐍不得出。天明，伍伯來追。宿店者二十三人，拱侯居首，爲與失者比屋也，匍匐見縣令，命各出囊中金，召失金者驗之。布金滿堂下，多者數百，最少者拱侯也。及驗畢，皆非，遂出。拱侯曰：「可以行矣。」曰：「未也。」令不能決，當質之於神，舁神像坐廣庭，庭中架熾炭，上置巨鍋，傾桐油於中，火炎炎從油上出，向拱侯曰：「請浴。」拱侯長歎曰：「毛斧季書癖害人，一至此乎？趙孟奎之唐詩，其有無未卜，令余死於沸油，何也？」一老人曰：「若毋恐。苟盜金，必糜爛，不然無傷也。」試以手探之，痛不甚劇，遂蘸油塗體，果無損，以次二十二人盡無恙。拱侯曰：「人謀鬼謀，鑊湯鑪炭，盡嘗之矣，今可以行矣。」又一人亦去。其二十一人者，方與旅店鬨。及事白，盜金者店家也。拱侯抵金壇，促於子荆寓書唐孔明，答曰，無之。竟不得書以歸。扆趨迎，問唐歌詩，拱侯曰：「焉得歌，不哭幸矣。」扆驚叩之，具述前事，既悵怏，復跼蹐焉。雖然戚戚焉，猶思他訪也。後讀葉文莊公集，謂從雷侍郎録殘本，完者僅二十七卷。乃幡然曰：「公爲英宗朝名臣，前此且二百年，其菉竹堂藏書甲天下，尚止於此，余小子焉得冀窺全豹乎？」敝箒之享，遂欣然自足。汲古後人毛扆謹識。

按趙孟奎，字文耀，號春谷，寄貫蘇州，太祖十一世孫。寶祐丙辰文信國榜進士，官至祕閣修撰，博覽工文，善畫竹石蘭蕙。祖希懌，字伯和，淳熙中進士，以江西安撫轉運除知平江，覈財用出入而削浮費無藝者。郡多舞文吏，未及期年，苗薅髮櫛，官寺肅清，以治行進直學士，尋以病告，移知太平州，拜昭信軍節度使。致仕，累贈太師成國公，謚正惠。葬吴縣穹窿山。父與𥲅，字德淵，別號節齋。嘉熙三年直敷文閣，知平江，兼淮浙發運使。四年郡中饑，分場設粥，委請董役，全活者數萬人。寶祐三年以觀文殿學士再守郡，行鄉飲射禮於學宫，復修飾殿堂齋廬，廣弦誦以嚴教養，學宫子弟爲生立祠。明年兼提刑，六年除江東安撫使，知建康府。景定初再知平江，匄祠，封周國公，謚忠惠。宸按：孟奎祖、父俱典吾郡，有政績，且丘墓在焉，寄貫於蘇宜矣。唐詩一集，亦吾郡典故，故其序在咸淳改元，距今四百餘年，而湮没若此，景仰之餘，可勝扼腕！宸又識。

略疏隱僻姓名於後

文丙　許大　任生　劉乙　孟翔　姚揆　喬備　狄焕　郭恭　戴公懷

附録葉文莊公書唐歌詩後見涇東藁第十卷

唐歌詩殘書十册，録於雷景陽侍郎。此書趙孟奎編，分門纂類，其用志勤矣。舊凡百卷，今存此三十一卷，内三十一、三十二卷見名類詩逸，三十九、四十卷僅有首末二紙，所存實二十七卷，蓋三不及一也。景陽云：「尚有一册，尋未得。」

嘉慶壬戌十二月廿四日元和顧廣圻訪九能嚴君於石冢，坐芳椒堂重觀，此書向在吾郡，屢得寓目，今如見故人也。

辛未花朝後一日，將爲吴中之行，留餘不溪館一旬矣。瀕行，修能仁兄出此相示，因題數字以識清賞。杭人倪稻孫。

仲春擾別，倏又深夏矣。正相念間，拱侯表舅適至，知興居佳勝爲慰。所諭宋版唐詩，前於荆老實未知其詳，百金之説，亦擬議之辭。今接華翰，即便作札，特地遣使往毘陵，細問唐雲老，實無此書，云石谷已問過矣，回札呈覽。彼係至戚，諒無欺也。但拱侯往返之勞，中途受累，兼之舍間多慢，弟負罪多多矣，餘容秋間荆請，率復不一。眷弟王善長頓首，斧老尊舅大人。

今年茶時，司中與牙行狼狽爲奸，大蠹商賈。章蘭瀕發，亦更茶毒，失去片茶十數兩。復值司官不在鎮，無可追查。僕大費唇舌，押弓兵賠償十餘兩（係開美處回出者。）帶歸。謂章蘭不久過常，即可攜去，不意遂遲至今。又狂霖載道，難負持歸，僕收好更俟後便耳。宋版唐詩，寒家絶無，當是足下素悉者。毛氏欲覓，向石谷曾言之，已託奉復，豈尚疑僕有所慳秘耶？如此時勢，且值僕如此奇窘，而尚有所慳秘不出，愚不至此也。石谷屬期不來。近一徽友欲畫壽屏兩架，附託其乃姪，凡三往返於虞山、金閶之間，始踪跡得之。復以計賺，孑身而至，甫於大雨中片刻晤言，仍爲徽友挾之而去。又八越日不通音問，正不知匿之何所，然只怕不到常，到常萬無聽其復還之理。第屏事必須兩月卒功，秋以爲期，當令兩兒挾之過貴里耳。

若絹楮則絶無攜得，足下須先期多方覓之，勿致臨時掣手可也。時雨快人，插蒔已遍，而霪霪不止。去歲憂旱，今歲又將憂潦矣。催科之厄，十室九空，真不堪命，豈堪復罹飢饉耶？正不知貴里情景若何耳。百里泥途如淖泥，而章蘭告歸甚迫，真神行太保有駕霧騰雲手段矣。十一日明頓首，子荆足下同心。以上附札。

皇朝文鑑一百五十卷 宋刊本

道光庚戌十月龍涇孫雲鴻觀。

長洲徐康敬觀。以上卷首。

此尚是嘉泰時新安初印本，在未經重修前，宋刻致佳，絶無僅有，良足寶貴，盥手展讀，心目俱開。崇禎甲戌秋日季偁王闓借觀。序後。

文鑑一書，爲新安所刊布者，始於嘉泰，繼於嘉定，而再修於端平。此本於諸帝御諱，雖嫌名偏旁，闕畫惟謹，且紙墨精古，其爲宋槧宋印無疑。抑於理廟嫌諱如筠字之類，多未闕筆，則并在端平重修以前矣。葉氏菉竹堂鈔本，從宋刻傳録，已遠勝明刊，況真種尚存，可不彌加珍重耶？道光庚寅三月既望隅山邵淵耀記。

道光庚寅三月程恩澤向芙川兄借觀。以上目録中後。

虞山小琅環仙館儲藏之富，甲於三吴。即此宋槧文鑑，藏有三本，初寄示明時印本全帙，嗣後得觀元印本百卷，已爲罕覯；兹復得拜觀嘉泰時新安初刻印本，雖只存七十餘卷，展對之下，覺古香撲人眉宇，恐當日絳雲樓所藏前後漢亦不能遠過。是本與元印本皆經芙川先生别假得宋本補完，以成全璧，真有功於藝林不淺也。余昔藏大字殘本三蘇文粹，較此紙墨正同，後爲月霄購去，載入藏書志内，今見此覺頓還舊觀，不禁神往久之。道光十六年丙申小春十日嘉興錢天樹。目録下後。

道光辛卯八月下澣白下女士方若蘅叔芷氏借讀。昔年曾見杜用嘉藏元時印本，尚不及此之精，固好古者所宜珍護也。卷十二後。

皇朝文鑑一百五十卷 舊鈔本

皇朝文鑑，計二十册，乃文莊祖於正統、天順間所録。時刻本尚少，借宋版録得，四傳而至余。隆慶壬申歲，余淹病檢出，乃失其中一分，時謬本德用以整書謂余曰：「顧觀海家有宋版文鑑，可借觀對之。」因以校勘留對鈔完，可謂全書。故記存以見集書之難有如此者，後人視書，勿以爲易而忽諸。隆慶壬申四月三日括蒼山人葉恭焕志。

此書乃前明崑山葉文莊物也。其鈔凡三手：通部前後，著録者所書也；其序目雄壯之筆絶類寫經體者，文莊筆也。余以文莊跋金石録筆對閲，故知之。其目録中以及卷七十六至七十九四卷，九十三、四兩卷，故老相傳爲文氏二承筆，即隆慶間文莊後人失去中一分，以倩名人補録者也。其説余未之信，然要其大概，則此書鈔自宋刻，書屬名手，其爲善本可知，間嘗取慎獨齋刊本一對，其謬譌不一，益見此本之宜寶貴矣。跋尾名恭焕者，乃文莊五世孫也，手自校書，不下萬卷，因閲菉竹堂書目知之。乾隆壬子清明後一日裒盅學道人顧之逵記。

此書向藏小讀書堆，今歸愛日精廬。余所藏亦有是書，計得五部，皆係宋刻，有大字小字之别，惟因均已殘闕，猶爲恨恨。即效述古主人百衲史記之例，尚少目録之下卷，緣借鈔足之，可云快事，比還因記。吴縣黄丕烈蕘夫借讀。時道光壬午秋七月，三孫美鎬書。

互爲校勘，各有佳處，不可以原本修本而存褒貶也。又記。

聖宋名賢五百家播芳大全文粹一百五十卷 舊鈔本

此書鈔本，除文瀾閣外，皕宋樓陸氏、八千卷樓丁氏均著録。近澄江繆藝風師亦得一舊鈔本。凡閣及三家所藏爲卷皆百有十，連子卷計之，共百二十五卷，而皆佚第二十卷。又六十二卷與五十五卷并目重複，實共佚二卷。此本一百五十卷，首尾完具，驚人秘笈，爲諸收藏家所未見。今春在寧垣高等學堂差次，藝風師出示藏本，并託向鐵琴銅劍樓轉鈔闕卷。暑假旋里，攜師藏本録目數册歸，函開所闕卷數專力向從舅良耜大令乞鈔。及舅氏飭胥鈔畢寄城，乃非繆本所闕卷第。因商之舅氏，蒙破例以總目五册假閲。互勘一過，知繆本所闕之二十卷，在是本爲六十卷；繆本六十二卷與五十五卷重複者，則實闕五十五卷，而在是本爲九十五卷。編次卷第，無一相合，且各類篇目，爲繆本所無者，幾十之四。即賀表一類計之，此本凡五百五十一篇，繆本祇二百九篇，餘可類推矣。考此書宋光宗時初次刊行，原止百卷，後乃增輯爲百五十卷。疑文瀾閣及丁、陸、繆諸家所藏，均從初刊本傳録，而强分爲百十卷，又分子卷爲百二十五卷。不得舅氏此鈔互勘，則宋刊百五十卷之真面目無從呈露矣。新學龐興，斯文將喪，特從舅氏重鈔繆本所闕之兩卷，以復吾師。而文瀾閣及丁、陸二氏所闕亦得轉輾通叚鈔補，保存國粹素心，藉舅氏之力而稍慰。率跋數言，以識厚誼。是書爲海内僅存之孤本，保守世澤，廣爲傳布，是尤抱殘守闕之士深有望於吾舅氏者也。丙午八月三日丁國鈞秉衡讀畢率記。

右舊鈔五百家播芳大全文粹一百五十卷，國朝朱竹垞太史曾見徐章仲家宋槧本。卷首有紹興庚戌許開序，以爲魏仲賢、葉子實所集。此鈔本卷首序同，列家五百二十亦同，獨卷末有嘉定三年唐山宋均記「苕溪王者香言其舅葉子實爲是書初編一百卷，刊行後一時紙貴；既思書以四六爲宗，宜多採表啓諸作，乃復廣蒐旁輯，成百五十卷，未及梓而卒。然則此書世無刻本，彌足貴也云云」。按宋均跋語，則此書初次刊行應在光宗時，至寧宗時又復增加，尚未授梓。竹垞所見宋槧，今未之覯，亦不言有宋均此記，其書之刻，或在光宗時，或經增加在寧宗晚年或理宗時，未可知也。惟竹垞言二百卷，則與此鈔不符。謹按四庫全書總目以竹垞爲記憶未審，或偶然筆誤，觀宋均此跋益信。且云是書雖嫌冗雜，而宋人專集之不傳於今者，實賴此編略存梗概。則固好古者所宜珍惜，不徒供文人漁獵之資矣。又按四庫書目云一百十卷，而此鈔一百五十卷，又多宋鈔一跋，蓋是最後續增足本，尤可寶也。校勘一過，爲誌數語，以諗後人。大清嘉慶二十五年六月遂初居士孫均跋。

余客寶應，交朱孝廉彬，言其表兄劉教諭台拱爲彭南昌門生。南昌所選宋四六集盛行於世，其文多今所不見，不知南昌何自得之，後乃知出播芳大全文粹。書爲南宋坊本，不甚足依據，然遺文軼事略有表見，間可校正諸家文集訛謬者。吾師惜翁爲古文辭類纂，論介甫上仁宗萬言書，自「陛下躬行節儉」至「弛其本」，與後段「法嚴令具」至「不能裁之以刑也」兩段，當互易。所見南宋雕荆公集，其誤亦同。今此本訛脱處同於南宋荆公本，而前段「在位之人未有乏於此時者也」，下又有錯異，於義爲短，不可從。然則即以校正諸家文集，亦當慎取之矣。四庫書目云一百十卷，而此乃一百五十卷，則疑書目偶脱「五」字，非有二本也。道光五年歲在乙酉季秋朔日婁姚椿題。

衆妙集一卷 舊鈔本

嘉靖丙申臘月晦日宋本摹書，時寓繡石堂。卷末。

二妙集一卷 舊鈔本

趙紫芝選編衆妙、二妙二集，世不經見。今吾友顧大石仁效過訪次山秦思宋，執是爲贄，次山藏焉，因假摹。書實爲宋刻本，不易得也。時嘉靖丙申閏臘三，寓繡石堂識。

此爲竹垞故籍，毛斧老假而不歸。既没之二年，伊子雜售於湖船，余以銀三錢得之。康熙乙未秋小山記。

箋註唐賢絶句三體詩法二十卷 元刊本

唐人詩佳者□遺失，蓋此集專取合格之故，不得盡去格而採其詩也。注亦離合相半，然人能細參，則作詩之道得矣，切勿以拘檢而輕視之。何師看法尤别有所長，人嫌其穿鑿者四，門外人説門外話，適自形其無知識而好爲議論耳，何足以掩其美哉！丙寅中秋夜誌。

宋人小集九十三卷 舊鈔本

繡水竹垞翁秘藏宋人小集，多世所罕見。其客周文遷曾攜數種見售，字畫多譌，且非其全。既而王子逸陶有收藏善本，分甲乙，凡五十一種，於十集外，另有二十餘種，較繡水爲愈矣。丙午夏借鈔之。卷首。

天民，字無懷，山陰人，學浮屠，法名義銛，字樸翁，後還，築室蘇堤，自號柳下，與楊誠齋、姜白石、趙紫芝唱和，有小集一卷。葛無懷小集後。

此吴僧就堂鈔入宋人小集，不知何所本也，姑從之。

柳塘外集者，宋南渡僧無父道燦之所著也。寶慶間，師住薦福，既又住開先，五年還薦福。所著有銘、贊、記、序、雜文若干篇，皆鈔本。余丁亥遊廬山，偶獲見，不及録，録其詩凡百二首以歸。按西江詩自黄魯直、陳師道、潘大臨以下，共二十六人，謂之江西宗派。柳堂識議超卓，不襲故常，或亦宗派中之同岑異苔者歟。余懼其寖久失傳，因刊備宋人之一臠。柳塘屬豫章，漢昌邑，多陶姓，五柳先生後也，今猶聚族居焉。師亦其裔，故以柳唐名其集云。江都張師孔書。丁未三月宋賓王録。柳塘外集後。

滄洲翁名公升，字時翁，吉之永豐人。大父開禮，宋咸淳間由胄監登第，授袁州教授，尋改武岡。德祐丙子文丞相開督府於閩廣，號召天下勤王兵，辟開禮知縣事，授安撫使。後兵敗被執，不食死節，即辰翁序中所云水心翁也。滄洲少有才略，以軍功授本邑尉。傷大父死節，傾資北遊燕趙，與宋宗室趙孟榮諸公圖復宋祚，知執不可爲，回經錢唐江，作弔胥濤以自寓，今載集中，餘亦多感憤語。永豐志云尚有石初集，則未見也。滄洲有弟，宋亡亦不仕元，父死於寇，廬墓號泣，不御酒食肉者七年。蓋孝義萃於一堂乎？於以見宋之能養士也。癸亥至日書於京邸。此録吴門顧俠君所藏，併補卷前挽何見山詩一首。羅滄洲先生集後。

陶商翁，楚之永州人，流寓吴中，放宕萬安山間，宋仁宗朝官拜上閤門使。陶邕州小集首。

此五種於甲辰歲杪承逸陶先生所惠，原選祗六十種，所云百種後人續集之，此六十種中物也。踈寮小集後。

雍正二年十一月十五日，較蘇州梵門橋王逸陶所藏就堂和尚手鈔本一次。逸老所藏有宋人小集百餘種，此其一也。

增廣聖宋高僧詩選前集一卷後集三卷續集一卷 影鈔宋本

揚州藝古堂寄到馬氏藏本，通七十八番，合裝一册。士禮居裝補全。

舊影宋鈔增廣聖宋高僧詩選前後續集五卷。以上書衣。

余向藏毛氏精鈔增廣聖宋高僧詩選前後續集共五卷，裝一册，已歸藝芸書舍。惟存傳録斧季所校九僧詩一卷，末附摘句，并從他處補遺，其實詩之正文悉與聖宋高僧詩選前集合，而面目已異矣。頃揚州坊友以此見遺，余稔與毛鈔行欵字體合，避諱如「懸」作「懸」，「樹」作「樹」之類，皆與影宋無二，誠善本也。惜破損失字，擬借歸藝芸本補之。既思讀畫齋曾有巾箱本覆刻，探知鏡古閣蔣氏有之，遂借補闕失最後五行，命孫美鎬手寫，其蠹蝕處差異，不知而作矣。道光甲申七月二十六日，宿雨纔過，涼飔漸動，晨坐學耕堂之南軒，秋清逸士書。

讀此書一過有懷澄公

秋風生桂樹，招我有山僧。昨澄公徒孫辛成師過訪。白露兼旬到，清吟獨學曾。猶憶辛未秋澄公招獨學老人與余華山看老柱。遺文珍舊扇，澄公爲余寫扇頭梵崇「老木因風時自號」一首。秘笈訪同朋。澄公爲余求吕峰所藏唐宋僧詩一册。展卷添愁思，何心策瘦藤。澄公作古後，山中更無吟侣。老蕘。以上續集後。

九僧詩一卷 舊鈔本

歐公當日以九僧詩不傳爲歎。扆後公六百餘年，得宋本弆而讀之，一幸也。校之晁、陳二氏，皆多詩二十餘首，二幸也。晁公武郡齋讀書志九僧詩一卷，一百十篇。陳直齋書録解題，一百七首。今扆所得一百三十四首，比晁多二十四首，比陳多二十七首。此本但有僧名，而不著所産，又從周煇清波雜志各得其地名，三幸也。又從瀛奎律髓得宇昭曉發山居一首，并爲增入。但陳直齋所云景德初直昭文館陳充序，目之曰「琢玉工」，以對姚合「射雕手」者，此本無之，誠欠事也。方虚谷謂司馬公得之以傳於世，則此書賴大賢而表章之，豈非千古幸事哉！雜志又謂序引崇到長安，「人遊曲江少，草入未央深」，此亦無之。且謂惠崇能畫，引荆公爲據。讀瀛奎律髓，有宋景文公過惠崇舊居詩；又讀楊仲弘集，有題惠崇古木寒鴉詩。并歐公詩話、清波雜志二則，附録於左。康熙壬辰三月望日隱湖毛扆斧季識。

國朝浮圖以詩名於世者九人，故時有集號九僧詩，今不復傳矣。余少時，聞人多稱之，其一曰惠崇，餘八人者忘其名字也。余亦略記其詩，有云「馬放降來地，雕盤戰後雲」，又云「春生桂嶺外，人在海門西」，其佳句多類此。其集已亡，今人多不知有所謂九僧者矣。是可歎也！見六一詩話。

煇昔傳九僧詩，劍南希晝，金華保暹，南越文兆，天台行肇，沃洲簡長，青城維鳳，江東宇昭，峨眉懷古，淮南惠崇也。九僧詩極不多，景德五年直史館陳充所著序引，如崇到長安，「人遊曲江少，草入未央深」之句皆不載，以是疑爲節本。崇非但能詩，畫亦有名，世謂惠崇小景者是也。「畫史紛紛何足數」，惠崇晚出，吾最許荆公詩云爾。見周煇清波雜志第十一卷。

雖昧平生契，懷賢要可傷。生涯與薪盡，法意共燈長。遺畫空觀貌，殘詩孰補亡。元注：本院惟有師詩藁數卷。神期通一語，無乃困津梁。元注云：余爲郡之年，師之去世已二紀矣。方虚谷云：景文年四十四，初得郡壽陽，惠崇舊居院在境内，選此詩以見惠崇之死，宋公年二十也。宋景文過惠崇舊居詩，見瀛奎律髓第三卷。

江上秋雲薄，寒鴉散亂飛。未明常競噪，向晚復争歸。似怯霜威重，仍嫌樹影稀。老僧修止觀，寫物固精微。楊仲弘題惠崇古木寒鴉，見仲弘詩集第三卷。

中州集十卷 元刊本

金版中州集闕數。　共闕十六葉。

中州目　十一葉、廿九葉、三十葉、三十一葉、三十二葉。

中州一　二十一葉、二十二葉。

中州二　十一葉、十二葉。蔣本可補。

中州五　二十四葉。蔣本可補。

中州六　十葉、十一葉、十二葉、二十一葉、二十二葉、已上蔣本可補。二十八葉。續得別本影寫補入。

此書久無有見此刻者。自余得此刻本，不兩月，書友又從南路書船中得一本，與此刻印本卻無先後。爰從書友取歸，就中可補者止卷六二十八葉，又半葉之碎版及損傷者，皆影寫足之，此刻蟲蝕處亦可填補，餘失版者並同。可知書籍流傳，正自不乏，無明眼人識之，盡歸散亡耳。此書經余收得，書友中竟有聞風而購獲者。諺云「價高招遠客」，吾於是益信云。閏月既望，坐雨讀未見書齋，適命工重裝訖，復爲著之如此。蕘圃氏丕烈。

嘉慶丁卯夏復見一本，每葉二十二行，行二十一字，殆明弘治刻也，後有頤齋張德輝序，惜與舊本行欵未對，不獲鈔補耳。復翁。

余友顧澗蘋嘗爲余言曰：「郡中朱丈文游家曾有金版中州集，惜已散去，無可蹤跡矣。」余心識其言，不敢忘。既檢延令書目，載其名，云是十卷六本，亦未見收藏家有滄葦故物也。頃二月廿八日往送友人北行，歸家見案頭有小字中州集一册，爲丙、丁二集，詢是書友攜來求售者，乃知澗蘋所云即此舊刻歟？按其行欵字數與列朝詩集同，可見錢氏之集詩，悉本於元氏，信不誣矣。明日書友來，詢其直，索白鏹五十金，云是金版，須每本十金。余方疑書友學問平庸，無此識眼，而書友以爲物出故家，主人以爲金版，故價昂如是。余屬其攜全書來，通部闕十六葉，十卷後無中州樂府，目録尾有模糊字跡幾行。余斷其爲元本明印，非初刻者。故樂府已無，卷中版片損半及失葉，硬填某至某，其殘缺之迹顯然。藏書家以爲金版，從元氏爲金人言之耳。余方重是書之希有，書友亦居奇，累許至十五金而猶不允，欲取全書去。余强留其樣本，而以四册還之，猶是羈縻勿絶之意云爾。適道經臬署前，憩文瑞堂書坊。又有一書友談及此書，云是目所未覩者。問之，知爲書船吴姓物，而吴姓適來，乃吴步雲其人。其人固余所素識者，呼與語，遂一一以實對，索直青蚨十四千文，因如數與之，而酬前取來者以二千文。此書竟不至受書賈之勒索，可爲生平一得意事。余何與古書緣巧若是耶？吴姓曰：「君真有福分者。是書爲海鹽人張晉喬物，任杭州府學教授，卒於官。余得諸伊姪孫手，實錢十千文，後送諸鮑以文先生處，渠許過元銀十二金。余尚須請益，適渠於大雪中泛舟往杭州，夜半遭風，舟幾覆溺，遂翻然曰：『吾身子尚不免，何況身外物？此書毋使諸失所也。』余取歸書船，今爲君有，豈非冥冥中有若或使之者乎？」交易既成，書此緣起，并著物之歸宿有在，不可勉强者。爰什襲而藏諸讀未見書齋，命兒子玉堂歸諸金元文集部。兒子還報曰：「架上先有中州樂府在。」啓緘讀之，蓋毛鈔元本，與此集無纖毫異者。余向從東城故家得羣籍，一鱗片甲，未及盡記，得此已數年來，若有待於此刻之補闕，抑亦奇矣。今而後元氏之書，可無缺遺之憾焉已。嘉慶庚申三月三日，蕘圃黄丕烈燈下記。

毛氏刻中州集并樂府，觀其序跋，中州集有弘治人跋，謂出於前哲所自録；中州樂府有嘉靖人序，謂陸儼山刻之九峯書院。則子晉所梓，皆非元本矣。故取此及鈔本樂府勘之，多所不同。書必取其舊，信然。獨怪歷朝詩集出於毛氏所刊，至於行欵格式，無一不與元氏原刻中州集合，影寫中州樂府亦出於毛氏。何所見皆真本，而所用以梓行者皆屬後來之本，豈所見在後而所梓在先耶？抑所見者真本，而所梓者可用後來之本耶？余所覩毛氏珍藏之本，不必盡合於所刻，往往如是，竊所不解矣，書之以質來者。蕘圃又識。

戊辰九月望日，借濂溪坊蔣氏本勘之，較此刻刷印在先，而佳處目録後有樂府目，樂府亦全，中州一、五、六欠葉皆有，所惜中州目、中州一欠葉並同。物主需直五十金，爲介者斷以八折，余許三十金，尚未之許，因假歸擬影鈔足之。復翁識。

己巳春正月晦，鈔補之葉重爲裝入，較庚申初得時忽已十年矣。大兒之歿，亦復五足年，顧後子孫讀學堂書籍尚不能成誦，安望讀此耶？余一生精力，半耗於書，未知有能爲我守成者否？挑燈書此，彌覺黯然。復翁。

壬申秋前所續收之本與書賈易他書，此書惟此本存矣。向留蔣本，有奢願，思蓄之，今成虛願，聊記於此。九月晦日又挑燈書此，情緒之惡，彌覺黯然。復翁時年五十，擬易號曰知非子。

丁丑初夏，書友有以李之純鳴道集説示余者，前有金華黄溍序，知係金人。序云：「遺山元公嘗以中原豪傑稱之，謂其庶幾古者立言之君子。」一則其人可從中州集考之也。因出中州集核之，亦但云三十歲後徧觀佛書，能悉其精微；既而取道學書讀之，著一書，合三家爲一，就伊川、横渠、晦菴諸人所得者而商略之，毫髮不相貸，且恨不同時與相詰難也，絶未言其所著何書。今得鳴道集説讀之，方信是書目録家不載，未知有金刻否。見在鈔本止三卷，未知全否，附記於此。

蔣本亦於今春歸冰雪堂汪氏，因主人韻濤作古，書籍分授諸子，各自售去，兼收之望，自此絶矣。暇當檢毛鈔中州樂府合裝以成完璧。宋廛一翁記。

中州樂府一卷 影鈔元本

余應文選局之募，傭書於讀未見書齋。主人出毛鈔中州樂府，屬摹補目録及後碑牌於首尾。目録前即中州集之目録連刻者，玆祇就樂府目録補之，故前空數行，刊刻年月一葉，即係第十八葉，玆因別書一葉，故附於後，不標小號云。嘉慶戊辰冬尹傳李德經識。

中州樂府　一葉後三行「髻」作「鬢」。　後十三行作「鬢」。　二葉四行□録。　三葉十行「閭」作「閭」。　四葉七行「北都」作「此鄰」。　五葉十行「如」作「好」。　十五行□遮。　後十一行□雄。　後十五行□十。　六葉一行末旁註。集句。　七葉九行□佰。　十四行「伭」作「伭」。　八葉一行□蘭。　三行□印。　後十四行「紫」作「柴」。　十葉六行「楷」作「措」。　十一葉後十四行□多。　十二葉十行「昬」作「民」。　後三行□丞。　後十三行「紅」作「紘」。　後十四行「杯」作「柸」。　十三葉後十五行「周」作「問」，「菅」作「管」。　十四葉六行「延」作「廷」。

後十三行「仒」作「今」。十五葉後十四行「气」作「乞」。十六葉三行「白」作「自」。後四行「各」作「咎」。後十五行□君。十七葉二行□芼。

嘉慶己巳春正月晦日校濂溪坊蔣氏元刻本與此異字。復翁。

永嘉四靈詩四卷 影鈔宋殘本

四靈詩甲卷贈從善上人一首後，有訪趙紫芝一首，山中寄翁卷一首，送塵老歸舊房一首，猿皮一首。何學士先生手鈔本脱此四首。下有「深心託毫素」印。卷首。

乙未秋從影宋本校。錫園。卷四後。

昭忠逸詠六卷補史十忠詩一卷 校本

鄉知家刻有忠義集，因失去其版，無可得見。甲寅六月於伯兄處亂版中得之，喜甚，因令蒼頭拂塵滌穢，手爲甲乙。甲乙甫竟，叔兄走筆來索其版，乃枿與叔兄者也。余亟覓紙印出，即從叔兄索原本一校。廿二日校起，中因履兒縣試往邑三日，廿六日係母難日，持齋誦經，今日方校畢，然袢溽特甚。精神既憒，心氣亦粗，深知落葉之未掃也。甲寅六月廿七日省庵識。序文後。

顧修遠鈔本校。甲寅九月十六日貽典識。

是月十八日又校一過，續有是正處。

乙酉中元鳩工修版，計三日畢功。毛扆。

戊子年六月廿七日鳩工修版，至晦日修畢。毛扆識，時年六十有九。以上卷末。

皇元風雅三十卷 元刊本

皇元風雅三十卷，蔣易編次者，載諸焦竑國史經籍志。近浙江采輯遺書目止二卷，天一閣寫本，知此書之流傳非廣矣。向嘗收得元刻殘本，又從香嚴書屋借得元刻殘本影鈔，媲之，總不符三十卷之數，亦第藏諸篋衍，備元詩舊本之一家耳。頃有書友攜一部來，竟三十卷，序目都有，遇缺失處已鈔補。驗其裝潢，識是金星軺家故物，非出自尋常藏書人家者，宜可信爲全本也。然以余及香嚴本核之，卻多歧異。序目向闕，無可參考。至每卷各有子目，於一卷而列諸人者，則題「國朝風雅　蔣易編集」；於一卷而列一人者，則曰「某人詩目録」，「建陽蔣易編集」。間於目録板心填某卷，於卷中起處，但以人姓名爲大題，官銜、籍貫、表字爲小題，不載書名卷數，每葉板心各載每人名，無卷數。兹刻子目都無，間存王繼學詩目一葉，想子目本與舊藏本同，此皆失之。至每卷各標卷數，其板心亦如之。細玩字跡，無一與本書同者，當是板片不全，子目盡失，遂按人姓名分卷，加此題頭，及板心刻入，故字跡各異。否則本書字跡同出一刻，何中多歧異耶？總之，古書日就淪亡，既得見元刻殘本矣，又得見元刻全本矣，而鈔補增改，究不知元刻真面目，購書之難，一至於是。余日來俗務填膺，尚爲此忙中閒事，所謂書魔積習，自笑亦自歎也。嘉慶十七年歲在壬申中元後三日，求古居主人黄丕烈識。

余藏元刻殘本，反多僧虚谷詩，此卻無之，板片之不全可見矣。卷端序目，大半鈔補，因無此詩，故目不載，而賴殘本存之，不可謂非僧虚谷之幸也，并記。復翁。

草堂雅集十三卷　影鈔元本

東屏朱□□近得玉山草堂詩集若干卷，脱落散失，命余緝治。余因觀之，清絶可喜，故不辭而樂爲之整。循其次序，裝潢成書，以記歲月。時正統乙丑仲春下澣，玉峯七十五歲老翁金子真識。

玉山草堂雅集十三卷，爲家藏善本，卷首標目出先國博府君，亦楷書之最精者。友人錢受之、王淑士各借鈔一部，人間流傳未廣，猶可稱笠塢帳中珍也。時天啓元年新正三日，淑士持還，因記小語於清瑶嶼中。震孟。

余家藏草堂雅集十三卷，係文瀾閣傳録者，始陳基，終釋自恢，凡七十人。嗣於吴敏思處得見元刊本，始柯九思，終釋自恢，凡七十六人，即愛日精廬所藏本也。嘗以閣本略校一過，無處不改動，知元本勝之遠矣，爰照其格式行欵鈔録一部。按顧俠君敍柯敬仲詩，見元詩選。向來奉草堂雅集爲秘寶，而首册久闕，朱竹垞得琴川毛氏鈔本，始據竹垞本以入選云云。今閣本開卷即以陳基冠首，殆因柯九思詩闕佚，故覆編其次序歟。琴川瞿氏收藏善本書籍甚夥，獨此未登鄴架，因慫恿亦鈔一部藏之。其行欵之大小，筆跡之正草，皆與元本無異云。咸豐八年孟夏胡珽。

玉山名勝集二卷 舊鈔本

孟冬望日張翥寫於京師寓舍。卷首。

洪永之際，禁網方密，故「君」字多書爲「均」，後來鈔本中班班猶有存者，駮文未及改爾。小蓬萊後。

是集「觀閣」二字皆誤。讀書不能討源，自元季已有之，不得歸咎於經義之盛也。桐花何物，亦見於序中，無怪乎張廷範之覬望太常清貫矣，惟允天倪之子肯列其下，有以知其不終。聽雪齋後。此朱性甫筆也。

性甫高隱，藏書孔富，往往手録者更多。此編止書此半葉，莫解其故，或者當時借他人之書，催索孔急，倩人代書耳。今獲數行，奚啻拱璧。庚午立冬日顧渚又題。秋華亭中。

余聞野航先生手録最多，如鐵網、如木難，咸先生祕笈中物也。已後傳流，騷客縉紳寶之不啻隋、和之璧。此集雖非盡出先生之手，前後有印章可憑，秋華亭半繙，實先生之手澤，豈世間易得之物耶？顧渚記。春暉樓後。

此帙朱野航家藏物也，前後有存理印章，存理即野航名，集內秋華亭半葉，是野航手澤，筆畫清勁可觀。崇禎二年閏月晦日棣川顧渚識。寒翠所後。

勺泉草堂有萬曆初刻本，乃嘉興曹侍郎所貽。雖亦分作四卷，而詩文之次第，尚仍其舊，字畫亦不俗。後有跋云：「右仲瑛亭館題詠集，朱性甫家藏録本也。仲瑛一時風流，文雅之盛，雖去之百年，猶可想見。視今世富家，皆多粟農夫耳，即與仲瑛充糞除之役，固知亦不納也。鄙哉鄙哉！弘治元年八月中秋日，吴人楊循吉題。」則知君謙當日亦從此本傳録，而刻者誤以「糞除」爲「除糞」，恐其間亦不無以意謬改之弊云。壬辰冬日焯再識於賚研齋。

此集朱野航性父先生故物，而余先妻太原孺人之曾祖雄蜚先生所藏也。先生萬曆癸卯南闈貢士，己未上春官，奚囊中儲此集，其同年宜興徐儀世虞倩比部見而愛之，手録以去。及出守嶺外，俾羅浮張萱孟奇開雕，然流傳甚寡。張又不學，謬分爲八卷，頗易置其詩文次第，訛字亦屢見，汲古毛氏有鈔本四册，而莫從是正也。今年春，訪就堂師於見山精舍，忽出此集相示，乃知後歸棣川顧渚墨癡，又流轉南潯一士人手，師從士人得之者。就堂知余爲王氏壻，粗知寶愛此集，遂舉以相贈。毛丈斧季聞而以所藏鈔本屬余校勘訖事，因識於書後。義門何焯。以上卷末。

玉山名勝集二卷 舊鈔本

玉山名勝集，世無刊本，月霄向從其小阮子謙家藏國初人校本繕録。其書自玉山草堂至寒翠所二十八題爲一册，每題各爲起訖，不分卷數，外集二卷爲一册，與四庫總目九卷本者不合。今秋月霄又從郡中藏書家購得明初鈔本，有張氏丑印記，紙色字畫，古氣盎然，詫爲希有。蒙君即以新鈔見贈，而以舊本屬校。細勘一過，乃知新鈔本頗多殘闕，如首題玉山草堂，篇末不完，脱鄭元祐、陳基二詩。可詩亭周砥後序中脱一行。芝雲堂篇中脱一葉，闕陸仁、鄭元祐、顧敬、秦約、張可久、昂士、黄玠七人詩。湖光山色樓篇脱岳榆一詩。淡香亭張翛詩脱末二句十字。絳雪亭陸仁詩下脱張渥一詩。其餘一二字衍脱訛謬者甚多，皆可據舊本一一校補。書分上下二卷，自玉山草堂至金粟影五題爲上卷，自書畫舫至漁莊二十三題爲下卷，當是玉山主人元本如是，後來傳録，意爲分合，故寖失其真也。此書非得舊本，即明知脱誤，奚從校補？而舊本不取新鈔相勘，其佳處亦未悉出。一經讎對，舊本之佳益顯，而新鈔之謬悉明，兩無遺恨矣。爰詳著其得失於篇末，並書一則以貽月霄，俾録於藏本之後，以見舊帙之洵足珍重云。惟所得張氏舊本，祇正集二册，其外集二册，亦係近鈔，互有得失，故不具論。時道光癸未十月之朔，拙經叟黄廷鑑校訖識。

玉山唱和集一卷附録一卷 鈔本

西湖梅約册借應龍副墨，乙巳八月一日小樓上志。

右水西清興詩廿二首，借徵明家遺墨，命庚孫録於玉山集後。正德五年十月十八日老安裔有髮僧合十書。

此玉山唱和、玉山遺什二册，朱性甫家遺物也，爲玉山名勝集及玉山璞藳所未收，昔鮑丈淥飲曾以此書流落江南人家，未及刊刻爲恨。及渌飲殁，而此書始出，竟無人好事付梓。余借諸壽松堂蔣氏，蔣氏得諸濂溪坊顧氏。原書大半爲性甫手書，有印記可證。余既倩友影摹其文，又命内姪模圖記各種，而於字之偶誤者手爲校之，命工重裝，而著其原委如此。今後世又有一副本，不減中郎虎賁之似矣。乙亥秋七月二十有一日，復翁識。時吴枚菴在座，屬爲題籤，并記。

文心雕龍十卷　舊鈔本

往余弱冠，日手鈔雕龍諷味，不舍晝夜。恒苦舊無善本，傳寫譌漏，遂注意校讐。往來三十餘年，參考御覽、玉海諸籍，并據目力所及，補完改正共三百二十餘字。如隱秀一篇，脱數百字，不復可補，他處尚有譌誤。所見吴、歙、浙本，大略皆然，雖有數處改補，未若余此本之最善矣。俟再諮訪博雅君子，增益所未備者而梓傳之，亦劉氏之忠臣，藝苑之功臣哉。萬曆癸巳六月日南州朱謀㙔跋。

按此書至正乙未刻於嘉禾，弘治甲子刻於吴門，嘉靖庚子刻於新安，辛卯刻於建安，癸卯又刻於新安，萬曆己酉刻於南昌。至隱秀一篇，均之闕如也。余從阮華山得宋本鈔補，始爲完書。甲寅七月廿四日書於南宫坊之新居，時年七十四歲，功甫記。

功甫諱允治，郡人也。厥考諱穀，藏書至多。功甫卒，其書遂散爲雲烟矣。余所得毘陵集、陽春録、簡齋詞、嘯堂集古，皆其物也。歲丁卯，余從牧齋借得此本，因乞友人謝行甫録之，録畢閲完，因識此。其隱秀一篇，恐遂多傳於世，聊自録之。八月十六日孱守居士記。

南都有謝耳伯校本，則又從牧齋所得本而附以諸家之是正者也，讐對頗勞，鑒裁殊乏，惟云朱改，則必鑿鑿可據，今亦列之上方。聞耳伯借之牧齋，時牧齋雖以錢本與之，而秘隱秀一篇，故別篇頗同此本，而第八卷獨闕，今而後始無憾矣。

丁卯中秋日閲始，十八日始終卷。此本一依功甫原本，不改一字，即有確然知其誤者，亦列之卷端，不敢自矜一隙，短損前賢也。孱守居士識。

崇禎甲戌借得錢牧齋趙氏鈔本太平御覽，又校得數百字。

壬寅臘月望後重裝。

文則二卷 元刊本

此書題簽作宋刊，然末葉有至正己亥一條，是係元刊無疑。余另有弘治刊本，較此無稍異，但後有山陰陳哲一序，載明弘治時識，此本無之。

對床夜語五卷 舊鈔本

對床夜語五卷，宋人詩話也，議論超卓，極有開發。虞兄委余鈔録，惜老眼昏花，塗鴉帝虎，開卷生憎，殊負委託主意。乾隆十八年長至後二日，曹炎志。時虚度八十又一，有雲聖德，無善及人，虚生徒死，能不令人太息哉！

梅磵詩話三卷 舊鈔本

韋居安，號梅澗，宋末時人。所作詩話，記宗室諸公爲多，其間頗有異聞，非近世雷同勦説之比。癸酉歲晚，越賈持售，收而藏之。二酉山人吴會飛卿識。

嘉靖戊申七月十九日委門僕葛會摹之，齋中備覽。汝南袁表志。

剡溪詩話一卷 舊鈔本

剡溪詩話一卷，從柳大中丞處假歸，余遂手録。愚意此書似非似孫所著，觀其筆意，與緯略不同，姑書此以俟博洽者辨之。丁丑六月十七日，後學俞弁子容甫書於紫芝堂中。

蒼崖先生金石例十卷 元刊本

錢叔寶藏書，歷經諸名人鑒跋，士禮居黄氏秘笈，於道光丙戌夏得之賦孫兄，海内名書，元刻甲品也。道光乙未秋七月上浣，合江陶廷杰觀。

右吴□氏家寶，秘笈也，得之虎邱文粹金石樓。

會稽夏叔通先生家有廣川書跋、廣川畫跋二書，王玩草嘗借謄寫，謂此金石至寶也，蓋宋人所編，出名姓，錢鈞羽家藏之。出霏雪録。

此書元至正中刻本。嘉靖壬辰三月廿二日於金陵淮清橋書舖購得之，世無刻本，寶之寶之。前跋亦元人所書。錢穀記。

右金石例向無刻本，自叔寶得此書，龍宗武借得，壽諸梓，遂行於世。龍君序中載其始末，故知斯本爲真種骨也，後人其寶之。順治乙未夏五，雨窗跋，支指生葉裕。

余向收得金石例元刊本，版刻與此正相似。澗蘋以爲第三刻也，爰取第二刻本易去，以余本歸諸五硯樓。并云小讀書堆有第一刻，余惜未之見也。此本爲試飲堂物，有錢罄室圖章題識，洵古書，亦名書也。爰從購得，與周九松所藏第二刻本並儲，可云雙璧矣。同收有金俊明手鈔本，似從此本出者，今歸東洞庭鈕非石云。壬戌冬十一月五日蕘圃黄丕烈識。

此本上有先忠烈前後四印，當是舊藏吾家者，子孫不能世守，遷徙不常，良可深慨。今歸扶川，可謂得所。扶川性無他嗜，壹意於羣籍，儲蓄既多，鑒别尤審，又爲此書幸。道光己丑二月廿九日蔣因培記。

道光八年嘉平月扶川兄攜此過香瑣樓，獲讀一過，歡喜贊歎，謹識於後。蘭齋。

芙川好古能文，無書不覽，廣收博採，鑒賞彌精，所得金石例元刻本，世所罕覯者，致足寶之。道光九年立秋前一日，子甘何秉棠謹識。

金石例臚陳品式，爲著作家不可少之書，矧元人槧本，經前代鄉賢藏弆者乎。扶川得之，出以見眎，俾獲摩挱縱觀，且贅言簡末，譽翰之餘，不任欣幸。道光十年春正月既望邵淵耀識。

研芬楊希銓借讀於友琴書屋。

叔芷女士方若蘅觀，時庚寅三月六日。

道光庚寅五月，吴憲澂借讀於古金石齋。

此是元時初刻本，爲錢叔寶心賞，蔣忠烈公舊藏，入國朝爲葉祖仁所得，葉故藏書家也。近時如鄭谷口、曹地山先生，俱經入目，印記分明。余於丙戌夏五月得之黄賦孫兄手，知是蕘圃先生最所寶愛，入甲品之古帙也。每他出，必攜以展讀。己丑在邗，曾經江鄭堂、包慎伯、儀墨農輩流覽，海内名書，皆以得寓目爲幸。卷末叔寶手跋二行，筆法深得晉人用意，視骨董家之僞作懸磬書，真有霄壤之判。展卷三復，泚筆記之於尾。道光甲辰四月中旬琴川張蓉鏡芙川氏識。同治丁卯夏午月，宗汝成借讀於羣玉山房。

舊鈔本蒼崖先生金石例，與乾隆年盧刻王思明本迥異，最後有此附録一卷，世所未見，亟録而傳之。顧千里記。

道光甲午四月李彦章假讀。

承示各書，皆宋元槧本，人間希見者，足徵鑒賞之精，欽服何似。因培於此事，實係檮昧寡聞，而所買半屬坊間通行，聊備繙閲而已，珍貴可藏之本，力不能致也。先忠烈所藏之金石例，已識數語於後，久留恐有損失，謹將昨日之廿八册先行送還。頃所付之兩種，暫存几案，一二日奉納。弟夫人事實，當爲一題，但恐弱筆不足以宣揚懿美耳。率復即候刻安，因培頓首。

芙川仁弟大人侍史：金石例一帙，本擬題一小跋於後，匆促未果，僅書名於簡末，疎嬾之愆，惟祈原諒。海岳書紙色甚舊，字體結搆亦佳，然細閲之，有數字顯露破綻。收藏題跋，固不足憑，然此卷又太覺寥寥，其流傳無可考證。或係雙鉤本，未識法眼以爲何如，今一併奉繳。令姑母昨晚忽寒熱，今日又嘔吐泄瀉，服藥後稍得微汗，熱尚未解也。專函佈復，即候暑安。別録一卷，日前校正數字，今仍之，并繳。芙川契内姪，瀓頓首。

承見招，本不敢辭，惟日内要往來鄉舍妹處，有要事不可以遲，特此奉謝。宋刻二種，精妙之極，誌獲觀年月，幸甚，附呈台收，即候日佳。令叔前乞道慰，往來彼此不值，悵甚，容再趨晤也。張大少爺。弟楊希銓頓首。

南唐二主詞一卷陽春集一卷簡齋詞一卷 舊鈔本

嘉靖甲辰秋假文氏鈔本録於懸罄室。縠記。陽春集後。

右詞三卷，從罄室借録，因再閲原本，乃罄室手鈔可重，遂留之，而以此本歸焉。罄室知余之重其手迹，當亦不吝也。第一卷爲南唐二主，第二卷爲陽春集，南唐相馮延巳所著。志南唐君臣競尚浮靡，逐於聲律技藝，而不復知政治之事，其敗亡晚矣。然其詞調，往往逸麗流暢，無不可誦，至其怨聲，鮮不嗚咽，要亦變風之餘習也。知音之士，當不棄焉。第三卷爲簡齋陳去非詞，尤古雅頓挫，閴閴可誦。人云簡齋善冥搜静覓，頗得佳句，信哉。閑窗漫題，兼質諸罄室，他日校定，當爲刻之以傳。嘉靖甲辰冬十一月，少岳山人復初識。

乙未長夏，假洞庭東山葉氏樸學齋藏本録於留餘堂東軒，書此以識歲月。星源蕭江聲。以上簡齋詞後。

樵歌三卷 舊鈔本

朱敦儒，字希真，一字希直，洛陽人。以薦起，賜進士出身，爲秘書省正字，兼兵部郎官，遷兩浙東路提點刑獄。上疏乞歸，居嘉禾，晚除鴻臚少卿。至元嘉禾志曰：「宋朱敦儒，字希真，號巖壑，本中原人。以詞章擅名，天資曠遠，有神仙風致。高宗南渡初寓此。嘗爲樵歌，有讀書堂在天慶觀之西。」

蘆川詞二卷 宋刊本

宋版書紙背多字跡，蓋宋時廢紙，亦貴也。此册宋刊固不待言，而紙背皆宋時册籍，朱墨之字，古拙可愛，并間有殘印記文，惜已裝成，莫可辨認，附著之以待藏是書者留意焉。復翁又記。

此書出玄妙觀前骨董舖中，余聞之，欲往觀，而主人已許歸竹厂陳君，僅一寓目焉而已。頃從他處買得影鈔舊本，識是刻本行欵，讐校之私，卒未能忘情於前所見者。遂託蔣大硯香假之，而竟獲焉，許以十日之期，校補影寫失真處，何幸如之。庚午七月不烈記。

渭川居士詞一卷 舊鈔本

舊鈔渭川詞一卷，「禎」字、「桓」字皆闕筆，題注「恩」字提行，蓋猶鈔自宋刻，而藏書家均不著録，洵詞苑秘笈也。舊爲月霄張君金吾愛日精廬中物，今歸香初閣。香初蒐采遺事三則附後，又爲校補蝕字，以片紙校對者則闕之，間有疑處，則姑識之，以俟他日再勘。昔錢遵王行笈中有絶妙好詞，小長蘆叟以計賺録，遂布人間，詞家奉爲圭臬。此集儻有好事如叟者刊播海内，則不特渭老之幸，抑亦詞林韻事也，香初其然余言否耶？道光丁未臘月醉司命次日，文村王振聲記。所見渭川居士事跡：

呂勝己，字季克，渭川人，嘗爲沅州守，部使者忌之，中以事，罷歸。有別業一洲，可五百畝，植花竹，其人號小渭川，作渭川行樂詞。右小傳一則，見御選歷代詩餘南宋詞人姓氏。

渭川居士詞一卷，舊鈔本。宋呂勝己季克撰，勝己仕履未詳。是書亦絶無著録者，滿江紅注云「辛丑年假守沅州」，又云「登長沙定王臺和南軒張先生韻」。鷓鴣天注云「城南書院餞別張南軒赴闕奏事」，蓋與南軒先生同時人也。辛丑當在孝宗淳熙八年。右小叙一則，見昭文張金吾愛日精廬藏書志。

近世諸體書。余嘗評近世衆體書法，小篆則有徐明叔及華亭曾大中、常熟曾耆年。然徐頗好爲復古，篆體細腰長脚，二曾字則圓而匀，稍含古意。大中尤喜爲摹印，甚得秦漢章璽氣象。隸書則有吕勝已、黄銖、杜仲微、虞仲房。吕、杜、黄工古法，然頗勁，而其失太拙而短；虞間出新意，波磔皆長，而首尾加大，乍見甚爽，但稍欠骨法，皆不得中。行草則有蔣宣卿、吴傅朋、王逸老、單炳文、姜堯章、張于湖、范石湖。蔣、吴極秀媚，所乏者□勁，逸老草法甚熟，而間有俗筆。單字法本楊少師凝式，而微加婉麗。姜蓋學單而入室者。于湖、石湖悉習寶晉，而各自變體。今世俗於篆則推明叔，隸則貴仲房，行草則取于湖，蓋初無真識，但見其飄逸可喜，殊不知此皆字體之變，雖未盡合古，要各自有一種神氣，亦足嘉尚。人效之者，往往但得形似，非惟不及，且併失其故步，良可歎也。右雜記一則，見宋陳櫄負暄野録。

香初閣所藏渭川居士詞，即愛日精廬所藏舊鈔本也，向秘張氏帷中，未經傳出。自香初閣收得後，友人持去，鈔過一二帙，魯魚亥豕，不及此本多矣。道光己亥二月十四日，香初閣主人周綸涣謹誌。

陽春白雪八卷外集一卷 舊鈔本

錢唐何夢華向年以元人鈔本陽春白雪歸余，其時余姻家袁壽階亦有藏本，較何本多外集一卷。今來武林，訪何君夢華，上吴山翫遇賞樓書肆，見插架有此殘帙，遂購歸，可據所藏元人鈔本補完，亦抱守老人之幸也。庚辰小春望後一日，書於松木場舟次。復翁。

道光壬午四月廿有五日，夢華從琴川返棹過余，向余問及此書，因有人託鈔副本也。余曰：「此書除元鈔本外，尚有一殘鈔本，卻亦得諸武林，尚未鈔全，君如應友人託鈔，何不就君所藏副本上録其半，即以此下半册合之，豈不成兩美乎？」此議未決，而余卻思倩人鈔全，俾成完璧，以了宿願。遂先校其所有者。此殘本似從元鈔本出，於紙損及字跡未明晰處，皆闕而不書，或書之不全，即此可見。惟八卷中八葉後有欠葉三葉，計元鈔本七十九行，或鈔後失落。而此十二葉第十三行至十五葉第八葉（案：「葉」係「行」之誤。）止，增木蘭花慢十首，爲周草窗繼張成子作蘇隄春曉十題，元鈔本卻未之有，未知其何自寫入，即檢殘鈔本八卷目亦無此。可見書不校對，雖同出一源，而同異有如是者，亦無由知之。甚哉，古書之難言也！廿有六日午後校畢識。蕘夫。以上卷首。

余生平喜購書，於片紙隻字皆爲之收藏，非好奇也，蓋惜字耳。往謂古人慧命全在文字，如遇不全本而棄之，從此無完日矣，故余於殘闕者尤加意焉，戲自號曰「抱守老人」。不謂數年來完璧之書，大半散去，即斷珪亦時有割愛贈人者。宋元舊本非得本子相同，無從補全，且工費浩繁，近年力絀，何能辦此。幸有大力者負之而趨，不惜多金鈔補，此亦書之幸，未爲余之不幸也。如此種小品，因有元鈔本可補，故收之。向但知所闕在一至四卷，卻未知八卷中闕三番。昔之藏是書者，似亦知其闕，故留空格三葉在卷尾，以待後人鈔補。今余適補之，如其葉數據元鈔計羨一行，而余寫此適於第九葉誤落一行，省後續填，故十一葉格子盡而文亦完，亦事之巧者。元鈔本字體行草，非案文理求之，幾不可辨，故余自寫之。久未握管，腕力不能端楷，但取文理之無訛，不計字體之多拙也。廿有七日，晨起至午畢工，因記。六十老人。卷末。

名儒草堂詩餘三卷 舊鈔本

右元人草堂詩餘三卷，借已蒼馮氏藏本録過，原書有「姑蘇吴岫塵外軒讀過」并「方山」二印，因記之，以見珍重云。崇禎己卯冬十二月十七日葉石君記。

遺山新樂府五卷 鈔本

遺山新樂府五卷，十年前得之四美堂書舖，即愛日精廬書目第一次著録之本，因彼處更得一舊鈔本，故棄之也。舊鈔本係王蓮涇藏書，後歸諸子謙處。去秋余假得之，置之案頭，未遑一校。近子謙欲刻詞數種，將歸是書，爰盡兩日功對勘一過。卷四鈔補三葉，卷五鈔補一葉，至牌兒名下諸題，舊鈔本反不及此本之備，訛字亦不少，甚矣善本之難言也。時丁亥孟秋下浣校訖記。甲案：下有先祖子雍印。

新刊張小山北曲聯樂府三卷外集一卷 舊鈔本

章丘李中麓開先，曉音律，善作詞，最愛張小山，謂其超出塵俗。其家藏詞山曲海，不下千卷，獨不得小山全詞，僅從選詞八書，太平樂府、陽春白雪、百一選曲、樂府羣珠、詩酒餘音、仙音妙選、樂府羣玉、樂府新聲。輯成二卷，名曰「小山小令」，序而刻之海塾。余購得元刻，據其標目云：前集今樂府，後集蘇隄漁唱，續集吳鹽，別集新樂府。元分四集，今類一編，每調下仍以四集爲次，然其中仍有重複者，今皆刪而不録，校之李刻，恰多百餘首，可謂小山之大全矣。據中麓後序，鄒平崔臨溪有一册，想亦無以逾此矣。書有先民不得見而後學幸得見者，此類是也。小山名可久，慶元人，以路吏轉首領。首領者，即民務官，如今之税課局大使也。太和正音譜評小山詞如瑤天笙鶴，既清且新，華而不豔，有不食煙火氣味；又謂如披太華之天風，招蓬萊之海月，良非虛語。昔人以李太白爲詩仙，小山可謂詞仙矣。虞山毛扆斧季識。

附録李中麓張小山小令後序

余自遊鄉校讀書，有餘力則以學詞，詞獨愛張小山之作，以其超出塵俗，不但矍勁而已。當時苦於無書，止有楊朝英所集太平樂府。及檢舊篋，又得陽春白雪集及百一選曲兩種。既登仕籍，書可廣求矣，然惟詞書難遇，以去元朝將二百年，鈔本刻本多散亡。洪武初年，親王之國，必以詞曲一千七百本賜之。對山高祖名汝楫者，曾爲燕邸長史，全得其本，傳至對山，少有存者。人言憲廟好聽雜劇及散詞，搜羅海内詞本殆盡。又武宗亦好之，有進者即蒙厚賞，如楊循吉、徐霖、陳符所進，不止數千本。今宜詞曲少，而小山者更少也。京師積書家如李蒲汀、沈竹東，詞書成編者不過十餘部。其小山詞載在樂府羣珠、詩酒餘音者，僅有數十曲，他所更得仙音妙選、樂府羣玉、樂府新聲，則有助於小山多矣。可惜類詞有小山半册，廖洞野取去，堅不復出。而普集元詞在鄒平崔臨溪者，小山詞獨有一册，以負累逋逃，不知所之。今所編次，雖成上下二册，每樣曲終鏤版不剔空，以待博學君子。詞山曲海，不惜寄示，必有以增其所未高，而濬其所未深云。嘉靖丙寅季冬臘日中麓李開先書。

太平樂府九卷

明活字本

癸卯中秋又借焦漪園藏本對過，補落葉一版半，時病瘧未可。卷二後。

此故明神宗萬曆初活字本，孫唐卿識。丐校之不易，觀者當鑒之。仲子。

辛丑孟秋日，偶得元刻不全本對過一次，稍爲改正魚魯，中落一葉，餘小令三枝，無從補也。其本乃爲趙仲朗取去。癸卯夏日，攜此册至金陵，復假得焦弱侯太史家藏元刻校讐一過，盡正魚魯，并録所失一葉餘三枝者，補訂册中，方成完本。太史本失套數第九卷，賴是册亦成全書，乃知完本之艱如此。首冠北腔韻類，他本俱未有，當是在前，但其版陋耳。周德清音韻，惟分陰陽，已稱精妙，而卓君乃能别可陰可陽者，則大奇矣。大便作者，恨未能廣傳，恥獨爲帳中之秘。癸卯中秋後二日伏生胤伽識御營西寓。

乙巳仲春，又得國初殘本新水令起至末卷，用藍筆再對一過。以上卷九後。

附録

先父瞿良士先生事略

先父名啓甲，同治癸酉（一八七三）四月生於舊昭文縣罟里村。五歲而孤，依祖母陶扶育，有義方之教。長隨伯祖鏡之先生及斐卿、棣卿兩伯父整理先世遺藏。曾祖子雍先生所著鐵琴銅劍樓書目二十四卷，先於咸豐中付梓，已成經部七卷，旋被毁，再以原稿録副，倩通人繼事校訂。時伯祖亦告見背，兩伯父復績學早世，先父獨立支持，亟以清稿付諸剞劂，光緒二十四年（一八九八）始潰於成。未幾，端午橋督兩江，假樞府意，脅以家藏獻闕下，以京卿爲餌。先父不之動，郡縣父老咸爲鑒説，勸影寫罕見本百種以進。無何，清社已屋，其事始寢。而所録雖逾半，未竟全功，民國後，仍補寫闕卷，亦歸之公。其先進者俱載京師圖書館（北京圖書館之前身）善本書目，但僅著録某氏鈔本，不明載爲進呈者，固隱然猶寄微憾也。續進者，則載北京圖書館書目，均歷歷可數。民國紀元，與同邑徐少逵、蔣韶九兩先生同膺選爲衆議院議員，所提議皆有關國計民生之鉅，請改組太湖水利局，尤爲江浙人士所企望，惜未及决議也。於本邑圩工，尤所留意，倡築低區十二市鄉圩堤，崇墉崛然，潢潦持以無恐，水鄉咸利賴焉。歲癸亥（一九二三）曹錕賄選，先父與徐公先期南下，不隨濁流，里人善之。吾邑爲言子故里，人稱文學之邦，元明以還，藏書成爲風尚，於清尤盛，項背相望，各家往往出複本及傳録副本，以資投贈，互相增益，書林傳爲嘉話，流風所被，相沿弗替。吾邑縣志，於人物卷中，專列藏書家一門，固其來有自。先父竊以私家收藏，未能徧及於衆，倡設公立圖書館，俾學子皆可就讀，無使寒素力薄之士抱向隅之憾，邑人士厚其志，推爲之主。民國四年（一九一五），常熟縣立圖書館遂告成立，先父承其乏，首以家藏複本及邑人著述並有關鄉邦文獻者録副入藏，而同好者亦相率各出所藏以益之，先後成館藏目録正續兩編，蘇省各縣館中，有足多者。己未（一九一九）之秋，上海商務印書館同仁，以神州多故，國學寖微，創議影印古籍，欲網羅巨帙，以成學海之鉅觀，以便學者，董其事者海鹽張菊生、無錫孫星如兩先生由滬假道崑山，駕扁舟至罟里見訪，道使命，商請發棠，共襄盛舉。先父素抱書貴流通，能化身千百，得以家絃户誦，善莫大焉，私志不謀而合，遂被推爲發起人，相計就地取材，豫約次年派員來吾家攝影，藉以付印。越三載，至壬戌（一九二二）告成，顔曰四部叢刊，所收凡三百二十三種，出之吾家者二十五種，其數爲采自私家所藏者之冠。甲子（一九二四）齊魯構釁，閭閻杌隉，吾家移書滬瀆。商務館以世多故，古籍銷亡，國學起衰，相需尤亟，似初編爲未足，故有續編之議。先父繼承舊志，盡出家藏，請選所需，俾成美備。期年告成，全編凡七十五種，出吾家所藏者逾半，達四十種。次年，又賡續三編之輯，共七十種，吾家占十六種。尚有待印目録，備再續者，其中吾家亦有十餘種。重以抗戰軍興，商務館廠房再事被燬，遽告終止。此外，百衲本二十四史、續古逸叢書，亦各有收録，至初、二、三各編中，遇有闕卷短葉以及序跋等，爲考訂板本，力求完整計，從而刺取者亦多，無他，先父不厭其煩，亦惟使古籍通過複印，得能止於至善之境也。他若有同好者欲假善本影印或複刻，亦有求必應，而於乞求傳録者，每爲之代覓寫官，付之精繕，數十年中，未嘗間斷，累計在千卷以外。有以時本代校善本相懇者，亦不吝拒，得者寶之。抗戰既起，交通告阻，先父避地洞庭東山，越歲，長兄濟蒼隨侍間道至滬，闔家得以團聚，親友相見，莫不稱慶。時愛書友好，避地僑居申江者頗多，每相過從，恒各出善本以糾時本之失，聊資談助，并以稱快。越歲，先父病殤，遂告不起，時在己卯之冬，即一九四〇年一月，春秋六十有七，遺命書勿分散，不能守則歸之公。新中國成立，經濟蒼、旭初兩兄同意，歸諸北京圖書館，遂先父之志也。先父爲求先世寶藏發揚光大，嘗擇宋刻本中孤行之離騷及唐人集等付之影印，復別取宋金元刻本中較爲罕見者，每取一二葉倣楊氏留真譜例，影印爲鐵琴銅劍樓宋金元本書影，復擬於各書中所附前賢題跋，輯成一編，付之梨棗，俾得與目録及書影彼此參證，以期相得益彰，以戰事惶惶，未觀厥成。吾家除影印善本外，又嘗以鄉賢遺著，付刊多種，後復得歸安姚氏覲元所輯梓咫進齋叢書等板片若干種，分別付印，以饜讀者。中有其嗣慰祖所輯刻晉石厂叢書，皆爲目録學家所必讀之書，原無敍目，蓋殺青未竟，有待增補，闕葉墨釘，所在而有。爰覓本校訂，整理印行，仍其原名，不没其功，此甲戌（一九三四）年事也。日月如矢，先父之殁，轉瞬四十餘年，兩兄亦告不禄，人事倥傯，不才如余，亦屆炳燭之年。憶先父所輯各家題跋，幸存篋笥，取商出版單位，喜聞可謀付印，可望得償先父遺願，亦後死者之責也。鐵琴銅劍樓藏書，肇始於高祖蔭棠先生，及余五世，已越一百五六十年，私家收藏，經歷之長，僅次於四明范氏天一閣，並得有妥善歸宿，可告無罪於先德矣。爰縷述之以備邑人士之究心鄉里事蹟者。一九八二年冬日瞿鳳起。

書名索引

説　明

（一）本索引依據《鐵琴銅劍樓藏書題跋集録》所列書名，按四角號碼檢字法編排。

（二）各書所附續集、後集、附録以及不同版本，均附於正集之後，不另列條。

0

1

3